39

前川佐美雄
清水比庵

新学社

装幀　友成　修

カバー画
パウル・クレー『戦闘的―スポーティー』一九二九年
個人蔵（スイス）
協力　日本パウル・クレー協会

河井寛次郎　作画

目次

前川佐美雄

植物祭

故園の星

夜道の濡れ

かなしみを締めあげることに人間のちからを尽して夜もねむれず
人間のおとなしさなればふかき夜を家より出でてなげくことあり
春の夜のしづかに更けてわれのゆく道濡れてあれば虔《つつし》みぞする
人みながかなしみを泣く夜半なれば陰《かげ》のやはらかに深みて行けり
人間の世にうまれたる我なればかなしみはそつとしておくものなり

かなしみはつひに遠くにひとすぢの水をながしてうすれて行けり
手の上に手をかさねてもかなしみはつひには拾ひあぐべくもなし
おもひでは白のシーツの上にある貝殻のやうには鳴り出でぬなり
晴着きて夜ふけの街に出でてをる我のさびしさは誰も知るまじ
ひとの世に深きうらみをもちをれば夜半の涙も堪へゐねばならず
床の間に祭られてあるわが首をうつつならねば泣いて見てゐし
幸福のわれが見たくて真夜なかの室《へや》にらふそくの火をつけしなり
真夜なかの室に燃えゐるらふそくの火の円《えん》をいまは夢とおもへり
子供にてありしころより夜なか起き鏡のなかを見にゆきにけり
てんかいに遅遅《ちち》とほろびて行く星の北斗もあればわれのねむりぬ
あたらしく北斗となれるペルセウスの星をながめて夜夜さびしめり
つひに北斗もマンドロンダンの星に狙はれて蒼き光を夜夜に嘆けり

故園の星

何んとこのふるい都にかへりきてながい歴史をのろふ日もあり

幾千の鹿がしづかに生きてゐる森のちかくに住まふたのしさ
このうへもなき行《おこなひ》のただしさはいつか空にゆきて星となりたる
百年このかたひと殺しなきわが村が何んで自慢になるとおもへる
むかしわが母にききたる子守唄そのこもりうたになごむ日もあり
村びとが水汲みにくる野のなかのいづみを見つつこころ和《な》ぎゐる
何んといふこはさまざまの小虫らよ青草の根にかたまりひそむ
幾万の芽がうつぜんと萌えあがる春をおもへば生くるもたのしき
草刈つてゐるは幼時の論敵かなつかしさが胸にこみあげてくる
千年のつきひはやがてすぎ行かむされども星は地にかへり来《こ》ぬ
つひにわれも石にさかなを彫りきざみ山上《さんじやう》の沼にふかくしづむる
山上の沼にめくらの魚らゐて夜夜みづにうつる星を恋ひにき
われもまた隠者《ハミツト》となりて山に入り木に蜥蜴《とかげ》らを彫りて死ぬべし
真夜なかは四壁《しへき》にかがみを掛けつらね火を点じてぞわれの祈れる

四角い室

なにゆゑに室《へや》は四角でならぬかときちがひのやうに室を見まはす
四角なる室のすみずみの暗がりを恐るるやまひまるき室をつくれ
丸き家三角の家などの入りまじるむちやくちやの世が今に来るべし
燈のまへに手はものの影をゑがきつつ今宵も何かまとめかねゐる
この壁をトレドの緋《ひ》いろで塗りつぶす考へだけは昨日にかはらぬ
壁しろき室にかへりてわれはいまなにも持たぬとなみだながるる
室の隅にあかるい眼《まなこ》をもとめゐるあはれねずみよそこにゐてくれ
夕くらむわが室の壁をながめては今日もつかめぬ何ものののあり

孤独の研究

人間の身にありければすこしでも日かげはながくながめたきなり
生きものの憎しみふかき蛇ながらとてもわれには殺すちからなき
冬ながら今日の温《ぬく》さに這ひ出でしあはれなる蛇よ殺されねばならず
床下の暗さにいちづに向いてゆくわが頭なり物をつきつめるなり

眠られぬ夜半におもへば地下ふかく眠りゐる蛇のすがたも見ゆる
どろ沼の泥底ふかくねむりをらむ魚鱗《うろくづ》をおもふ真夜なかなり
さしせまる家のあやふさは父母《ふぼ》も我も口に出さねば深きさびしさ
ほそぼそと漬菜《つけな》噛みゐるひとり身のわがさびしさは気の毒ならむ
膳の上のこのいかめしき金頭魚《かながしら》憎《にく》くしなりて目玉ほりやる
なまぐさいこの牛の舌もおとなしく食べねばならずと眼をふたぎをり
晩もまたあのいかめしき金頭魚が膳にのぼるかとひとりおそるる
牛の舌金頭魚などと日がはりに食はされてゐてはたまらずやあらむ
春になり魚《さかな》がいよいよなまぐさくなるをおもへば生きかねにけり

苦悩の氷柱

をさならのうた歌ひゐるなかに来てわがするどさのたまらざりしか
おもほへばなにが何やらわからざるまぎらはしさに生くるこのごろ
貧しさにこころかまけて生くらくはおもひ見るだにたまらぬなり
たまきはる生命きはまるそのはてに散らつく面《おも》よ母にあらずあれ

苦しさにのたうちまはる気ぐるひの重なるはてやつひに死ぬべし
のろはしと世をいきどほる悲しさはことさら母にやさしくぞなる
新聞の切り抜きを今日もしまひゐていきどほろしき世を思ひたり
いまの世にめぐみなどさらにあるものかほつといて呉れといふ心なる
いまもまたわが掌《てのひら》のうすよごれ覗いてゐたりはかなくぞなる
ひと凌ぐこころも今はなくなりておとなしく世のかげに添ひゐる
ほのぐらいわが影のなかにふとひかり土にもぐれる虫ひとつあり
おもへども甲斐なきことのつぎつぎに湧き出るはてや死にかねずゐる
掌をじつと見てゐるしたしさよ孤独のなみだつひにあふるる
罪ふかき我にやはあるか行く先に持つ子おもへば生きかねにけり
どうしても駄目駄目と思ふ悲しさよ溝ほりになつても身は生きられる
へうきんに世をわたりゐる彼の眼のつねなきさまにも心惹かるる
あはれ世の何ものにしも換へがたきこの自尊心のくづるる日にあり
足もとの土がおちいつて行くごときかかる不安は消しがたきなり

燈の下《もと》に青き水仙を見つむれどこの気ぐるひのしづまらぬなり
胸のうちいちど空《から》にしてあの青き水仙の葉をつめこみてみたし
身をかばふこころがせちに可愛くて水仙のはなをふたたび活ける
よこしまの思ひはいくらつのるとも人のものまで盗るとは言はず
人の物を盗りてならずと教へられとりてはならずと決めてゐるあはれ
われのこの寝がほがあまり恐すぎてゐたたまらぬと母はなげけり
青空をながめてをればおのづから苦しみの胸もひらきて来なり
北窓のあかりのもとに眼はさめてこほろぎの目のあをき秋なり

葉煙草

野の家にすこしはなれて立ちをれば風吹き来たるあをき空より
葉たばこを吹かしゐることがたのしくて窓より碧《あを》き野の空を見る
窓あくれば青き森より風は入りたばこのにほひがすこしながれぬ
森のなか椎茸のねやはつくられありうす紫の春のきのこあはれ
朴の落葉しろじろかわきありければ踏みたる音がかろらかにあり

小檜木《こひのき》のしげみがなかに冷やかにをりてはあをあを煙草も吹けり
頸すぢに檜葉《ひば》ひややかにふるるよとふりむけば白き富士が見えてゐる
山ばらはいばらばかりの茎あをし手にひきみてはなぐさまるなり
みんなみの駿河の海にながれ行くさびしき川よわれわたりをり
うすうすとゆふべは霧のながれゐて野のどことなく明るくおもほゆ
何んといふ真白の富士ぞ大野原のこのたかき松にのぼりて見れば

敵

こころよく笑みてむかふるわれを見て組し易しとひとはおもふか
真夜なかにふつと目ざめて眼をひらく悔しさのわれや涙あふるる
眠りてもいかりのこころとけがたく夢にいかりていくたび覚める
何もかも滅茶滅茶になつてしまひなばあるひはむしろ安らかならむ
生きゆくは容易《たやす》からぬと知りてより生くるさびしさも深まれるなれ
ところ得ずとき得ずひと得ずゐる我をわれのみの罪と君もおもふか
死をねがふ我をあざける友のこゑ聞きたくなりてききに行くあはれ

行く処まで行かねばわかぬわが心行きつく果のあらばまたあはれ
われを死なすは君の言葉よ君こそはげにわが敵とおもほゆるなれ
おのれを殺すに慣れて生きをれど生気地なしとは死にても思はず
おのれの弱さを知らずうちしやべりわけのわからぬさびしさにゐる
悲しげな恩義を知らず買はされて今は抜き差しもならずなりゐる
君などに踏み台にされてたまるかと皮肉な笑みをたたへてかへる
死ね死ねといふ不思議なるあざけりの声が夕べはどこからかする

青白い影

身にきざす深きやまひをおそれつつ夜ひるわかぬ生活《くらし》をつづける
夜《よ》はねむり昼ははたらくひとびとの律しがたかるわがなやみなり
青白く壁にうつれるわがかげも朝がたゆゑに見なければならず
夜半いねず窓うすしらむ朝がたにくるふ身なればいかにかなしき
ねむられぬ夜半に思へばいつしかに我は影となりかげに生きゐる
室なかにけむりの如くただよへるわが身の影は摑むこともならず

今日もまた四方《しはう》にくらくひくき壁われのからだにのしかかりくる
止まつてゐる枕時計のねぢかけるこの真夜なかの何もないしづかさ
この壁のむかふの室《へや》にゐるひとの影うすじろくわれにかかはる
青じろく霧くだるらむ冬の夜の朝がたにしてやうやくねむる
鶏のたまごがわれて黄なりしを朝がたさむくひとり見てをり

押入風景

ふと立ちて押入あけてのぞきけりこの暗さにぞ惹きつけらるる
あはれわがこの室のうちに押入のひとつあるこそなつかしきかな
押入の襖《ふすま》をにはかに開けはなち気がかはるかと待ちつづけゐる
押入は暗いものよと決めてゐるこころのうちをたどり見るべし
押入のふすまをはづし畳敷かばかはつた恰好の室になるとおもふ
吾《あ》を寝するこよひの夜具は押入にしまはれてありとなぐさまる
いまにはかに身に仕合はせもきたらじと押入あけて夜具を出しゐる
外に出れば虐《さいな》まれがちのわがいのち押入の中にでも隠れたくなる

押入の暗がりにでも入りてをらざればとてもたまらじと思ふ事あり
穢《むさ》きものはみな押入につめこんで室のまんなかに花瓶を持ち出す
室のうち片づけ終へてすわりたれさてこれからがさびしきなり
押入に爆薬もなにもかくさねどゆふべとなればひとりおびゆる
真夜なかに戸棚あけたるその音にうちおびえてはまた寝にかへる

秋の生物

父や母がなくてはわれに温かき血ははじめからなかりけむかも
かかる家に嫁ぎしゆゑに不孝者のわが親となれるわが母をあはれ
もういちど生れかはつてわが母にあたま撫でられて大きくなりたし
おとうとがアルコール詰にしてゐるは身もちの守宮《やもり》愛《かな》しき眼をせり
清正は秀吉の家来と教ふれどとても納得のならぬ子ろあはれ
あふむけに畳のうへを舞ひもがくこの源五郎虫をなぐさみにす
脊筋《せなすぢ》に入りし羽虫にもがかれるわれはあはれか立ちあがりけり
むらむらとむごたらしこころ湧くときのわが顔はあはれ気違ならむ

そこらまで野べの小鳥の来てをれば草にねたまま死んだふりする
草はらに来てねてをればわが肩にひとと知らで蝗子《いなご》のぼりぬ
街上にむごたらし犬の死にざまよたれかその眼をはやとぢてくれ
ふるさとの紫蘇の実のにほひを頻り恋ひ頻り恋ひゐる雨の降る日に
ふるさとの虚《むな》し風呂にはいまごろは薄朱《うすしゆ》の菌《きのこ》生えゐるとおもふ
その母に涕《はな》かむすべををしへられ涕をかみたるをさなごをあはれ
東京に蝗子売といふおもしろきあきなひのあるを母に知らさむ
蝗子売に蝗子買ひゐしをさなごの唇《くち》の臭さはおもひたくなけれ
串にさしし蝗子らはいまだ死にきらずそのけりあしを頻りけりあひ
こはごはにわが室をのぞく宿の子にゆふべとらへしばつたをやりぬ
あらけく荒《すさ》みゐるらし東京に韮の汁吸ひてまづ住みそむれ
つづけさまに嚔《くしやめ》をしつつ起きいでて庭にさかりのコスモス見るかな
起きいでて顔をあらひに行くひとのくしやめをやめず廊とほるあはれ
ひたすらにひたひが熱くのぼせゐるわが眼のまへにゐるぞかまきり

秋晴

いそがしく十字路横ぎる傍目《わきめ》には街頭の菊の鉢が見えけり
なみなみと水を湛へて顔をあらふとてもすばらしく気が晴れてをり
天気ぞといふひところゐに飛び起きて洗面に行くぞたのしきなり
すつぱりと着物着かへて何処《どこ》となくこの秋晴に出でて行かましを
どうせこの虫にもおとるわれなれば今日の秋晴にも寝てゐてあらむ
秋晴の日和つづきにこもりゐるわれはおろかかめしひにぞ似る
障子押せば外面《そとも》に出づる炭けむり陽にあをむなかに羽虫らとべり
このままに我のねがひのとほらずば枯野のなかのむぐらもちにならむ
頭脳《あたま》わるくかなしきなれどよきことのたまにひとつは浮き出てもくれ
裸体《はだか》にて量器《はかり》のうへにのつてゐるこのさびしさはいくとせぶりぞ
霜枯れの野よさがしこしくさぐさの雑草の紅葉《もみぢ》瓶にまとめ挿す
霜がれの野よとりてこし蟷螂《かまきり》は瓶の白菊にとまらし見をり
ぞろぞろと鳥けだものをひきつれて秋晴の街にあそび行きたし

秋晴のかかるよき昼は犬も猫もまた豚も馬もあそびにきたれ

夕日の展望

あかあかと野に落つる夕日わが門《かど》になにをのこせるわが今日も立つ
沈みゆく夕日のひかり野に立ちてひろげては見し掌《て》に何もあらず
あんな家がじぶんの住家であつたかと夕日の野べに来つつうたがふ
この門からひろびろとした野にかよふ落漠《らくばく》たる道が見ゆるなり
日が暮れて今日もかへるなり何ひとつ　いのちにふれしかなしさもなく
あを草の野なかの土を掘り下げて身は逆立ちに死に埋もれむ
あかあかと夕日に染まりゐる野のはてに何んとわが家《や》の小さくぞある
野のはてに森はくろぐろと見ゆれども何んの恵みをそこからもたらす

国境の空

遠いあの青くさ野はらを恋ひしがるわがこころいまも窓開けて見る
国境のむかふはあをいひろ野なりまういつからか恋ほしむこころ
海越えて幾万のばつたが充ち来らむそんな日あれとせちに待たるる

何を見ても何を聞いても我はまうながいこと生きて来たやうに思ふ
すぐ胸に十字を切りたがる生気地なさいつそ死ねよといふこころあり
五六本木があるうらの空地場《あきちば》にゆふぐれなれば来て煙草吸ふ
空地場にひとりの子供をあそばせつつ汽車の絵をかくはかなしきなり
罎の破片を植ゑこんだ赤い煉瓦塀に添ふてゆくみちはまつすぐなり
不安でたまらないわれの背後《うしろ》からおもたい靴音がいつまでもする
また敵だまうたまらぬといつしんにきちがひのやうに追つぱらひゐる
ながいあのくろがみに身をともすればしばられかける我をおそるる
翅《はね》むしり肢《あし》もげどまだ死にきらぬこの青昆虫《あをむし》に歎くるべからず
われの手に殺されかけてる青虫をたたみに置いてなみだはあふる

悲しみの章

青くさの野がひろびろと闇のてに映《うつ》るがゆゑにあゆみゐるなり
世に生きて蔑まれずにすごす日のかかるよろこびは草にも分かたむ
威勢のいいあの地獄どもの歩きぶり見てやれ見てやれといふ心あり

荒土に冬ふかくこもりゐる蛇を掘りいだしてはみつめたくあり
しら雲はかげをおろしていゆくなりあはれいづこにわれの救はる
止めどなくなみだは熱くこぼしつつ野を森を行く何んのめぐみならむ
ひとひらの雲わがうへをながれをりかかるめぐみにもうなだるる
夕陽のかがやく遠《をち》に家ひとつ緑にとりまかれゐる何んの幸《さち》ならむ
そのへんがうすぐらくなつて来たときにゆふべ枯草の野にうづくまる
夕暮れは家のうちらがありがたくおもはるる野の霧あかりなり
娶《めと》れといふ母のすすめをはねつけるこころにすまぬかなしさはあり
何んといふ深いつぶやきをもらしをる闇の夜の底の大寺院なり
街なかのきたない溝に身はおちて世に施餓鬼《せがき》せむわれにはあらず
昔よりよろめく姿のいくたりがはやくわが眼にうつりゐしあはれ

五月の断層

鞦韆

春の空に雲うかびゐるまひるなり家にかへりてねむらむとおもふ
野の末に白雲ひくく垂れてをりそこから風がひえびえと吹く
嫩芽《わかめ》吹く木の間にみちははいり来ぬさてしづしづと散歩のこころ
野のうへの小公園にはいり行く麦穂のみちよ遠まはりする
春の野にとぶ蝶蝶のかろらなるこころなり鞦韆《ぶらんこ》に乗つてゐるなり
ひとり野に来て清水《しみづ》のんでをるときは世をいきどほるこころもあらず
ひとりのわれをいくにちたのします草ばなぞ春の野から摘み来る
ねそべつて頬づゑついて脚曲げて室のなかから野の空を見る
につくわうの暖かき縁にすわりゐて草ばなの鉢を膝にかかへる
縁がはの草ばなの鉢に日が照り来またかぎろひて風すぎにけり

薔薇類

夭《わか》く死ぬこころがいまも湧いてきぬ薔薇のにほひがどこからかする
ふうわりと空にながれて行くやうな心になつて死ぬのかとおもふ

街に来て香水をふと買ひてみぬ誰にはばからぬよきにほひなり
まくらべの白薔薇のはなに香水のしづく垂《た》らしおきて昼やすみする
いもうとの香水をぬすんで襟にしましたただわけもなくうれしきなり
わが室にお客のやうにはいり来てきちんとをれば他人の気がする
美しいむすめのやうな帯しめてしとやかにをれば我やいかにあらむ
室室《へやへや》に花活けかへてこころよきつかれ身にあり昼やすみする
ヴランダに地図をひろげてねむりゐぬコンゴの国はすずしさうなり
庭の上に椅子四五脚が散らばされありそのひとつに坐り春の空見る

五月の断層

わかくさの野にひつたりとをさなごを抱きしめてゐるさびしきなり
箱根のやまつづきの山にまつさをな扇のやうな熊谷草をとる
風船玉をたくさん腹にのんだやうで身体のかるい五月の旅なり
あを草のやまを眺めてをりければ山に目玉をあけてみたくおもふ
青くさの野にともだちを坐らしおきはなれて見ればよき景色なり

五月のひかりあかるい野あるきに耳のほてりを清水に濡らす
頭ついて逆さに這ひゐる六月のこの甲虫があはれでならぬなり
あを草の山に扉をうちあけてくるしみの身をかくれたくあり
ぎばうしゆの青葉を摘んでぬけた歯をそつと包んでゐる悲しきなり
歯がひとつ抜けしばかりに僂くなりしよしよと五月の旅を終へる
旅に出てもわがくるしさはをさまらず山も野もみな消えてなくなれ

鏡

街をあるきふいとわびしくなりし顔そのままかへりきて鏡にうつす
壁の鏡にうつるやうにと薔薇の鉢をそのまむかひのテエブルに載す
不快さうでひとと話もせぬときのあのわが顔がみたくてならぬ
室の隅に身をにじり寄せて見てをれば住みなれし室ながら変つた眺めなり
鏡のそこに罅《ひび》が入るほど鏡にむかひこのわが顔よ笑はしてみたし
壁の鏡に窓カーテンが三部ほどうつりゐる位置で本よみてゐる
壁の鏡にまともにうつるあをい絵よマチスの額をふりかへりみる

せめてわが寝顔だけでもやすらかに映りあれよと鏡立てて寝る
この室の気持をあつめて冴えかへる恐ろしい鏡なり室ゆ持ち去れ
夜なかごろ気持がふいにうごき出し夜明けも知らに室かたづける
暴風雨《あらし》のすぎたる朝は奥の室《ま》の鏡さへそこなしに青く澄んでる

美麗なる欲望

天井を逆しまにあるいてゐるやうな頸のだるさを今日もおぼゆる
覗いてゐると掌《て》はだんだんに大きくなり魔もののやうに顔襲ひくる
昂《たかぶ》れる心持が夢にひきつづきいつまでたつてもねむりきらぬなり
行く末は頸くくるのではないのかとひよんな予感がまたしてもする
昨夜《よべ》もまた頭のなかのひとところあきまのやうに眠りきれずあり
耳たぶがけもののやうに思へきてどうしやうもない悲しさにゐる
はかならしいわが行く末がかなしくてぢぢむさい掌《て》に覗きこんでる
まつ暗な壁にむかひていまもあれどこの壁はつひに眼をあいてくれぬ
路の上に唾吐きすてて行くひとをこころのうちににくしめるなり

電車自動車ひつきりなしの十字路に死につぶれてみたくてならぬなり
このからだうす緑なる水となり山の湖《うみ》より流れたくぞおもふ
湖の底にガラスの家を建てて住まば身体うす青く透きとほるべし
はつきりと個性をかざして来る友といさかひ歩くをたのしみとせり
さんぼんの足があつたらどんなふうに歩くものかといつも思ふなり
どうなつとなるやうになれとおもひゐる心のうちはさびしきなり
牛馬《うしうま》が若《も》し笑ふものであつたなら生かしおくべきでないかも知れぬ

雲と少女

顔やからだにレモンの露をぬたくつてすつぱりとした夏の朝なり
いますぐにテニスしに行くわれなれば果物の露はしとどに吸へり
遊動円木の庭にある少女の家に来て少女とテニスをして遊ぶなり
蔦の葉のあをあをとからむ窓ぎはで靴下を脱いでゐる少女なり
緑陰に少女と微笑をかはすとき雲はしづかにながれてゐたり
野のうへに青いプールが見えるなり彼女はすんなり游ぎゐるべし

バルコンにのぼりて見れば野のはての山ひくくかすむすでに夏なり
山荘の彼女からとほくおくられた春の白頭翁《おきなぐさ》なり水かけるなり

山の三時

まつぴるの光を浴びてあゆむればむかふの山はあをあをと見ゆ
真日《まひ》の照り清らにするどき途上にて清水のながれにいくど止まる
日傘さして途上に立てるわれわれにこんなに涼しい山の風来る
山みちにこんなさびしい顔をして夏草のあをに照らされてゐる
路ばたに乾ききりたる青萱を抜きつつもとな人の来たるおそき
白雲はいまこのわれらの上にあり汗ふきだまつて草葉に見入る
夏ふけの草木照りあふ真日なかにわれらしやがんで蟻を見てをる
白雲は遠べに湧きてゐたりけりわが眼のまへを蟻むれてはしる
路きりてながる清水に足ひたすここは山のくち草木の陰《くも》れり
谷におりてみんなさみしい顔をする裏白のむら葉おのづゆれつつ
ここの谷にわきみちして来し昼すぎか水湧き出でてしろじろ流る

こんこんと清水湧きゐるしろじろと羊歯はゆれゐるここの谷に来し

裏白はその谷風に葉うらかへす去《い》なめやとはやひとの眼が言ふ

まん夏の炎天のもとに湧くしみづこんなに清らな水われら飲む

につちゆうの風そよそよとやまざれば君よこのままにいつまでもあらむ

山みちに簇《むら》がりてありし青栗の毬《いが》にみんな手を触れて来しことを言ふ

燈火《ともしび》は行くてにひとつ澄めりけりこのゆふのみち虫のこゑにみつ

黒い蝶

ふらふらとうちたふれたる我をめぐり六月の野のくろい蝶のむれ

そことなく茨はなにほふ六月の野なりわがつかまへる何もののなき

しらじらと雲とほぞらを流らふるわれに涅槃《ねはん》のこころ湧くあり

みちばたに友食ひをしてゐる昆虫《むし》の黄いろの翅《はね》はふるへつつあり

虫も草も月さへ日さへわがために在りと思ふときの心のめぐまれ

いのち二つあらば二つを継ぎたして生きむと思ひしは過去のことなり

美しい人間の夢をつかみそこねしよぼらんとして掌《て》を垂れるなり

まつさをな五月の山を眺めをりあの山の肌は剝《は》がすすべぞなき
すねてゐる心の前におかれたる薔薇のはななればとまどふもあれ
遠くの方へ日はずんずんと過ぎ行きぬすぎし日ごろは幸なりき
遠い山にかへらされ行くゆふぐれの有象無象のひとりかわれも
庭の上に一脚の椅子がおろしありこはまた何んと虚《むな》しこころぞ
庭すみにひと株の羊歯《しだ》が芽を吹きをり油ぎりたるその芽を愛す
塩をふられ縮かみ死ねるなめくぢを羊歯のねもとに埋みおきやる

明暗

パラソルを傾けしとき碧ぞらを雲ながれをればふとほほゑみぬ
生れ月日を聞かれることのはづかしくひとのをらない野山に遊ぶ
弛《ゆる》みきつたわれのこころのすべなさに不足な顔して街あるきゐる
薔薇ばなを降り散らしつつ近より来るあかるい少女の顔をおそれる
物欲しさうに室のうちらを見まはしてまたあきらめの自分にかへる
何んのわれにかかはりあらぬことながら太陽の黒点が頭に来てる

つかれゐるわれの頭のなかに映り太陽のかげかたちのみちの黒さ
暗いかげがわれのからだをおほひゐてまう分裂もしなくなつてる
夜なかごろ壁にもたれて立つてゐる何んといふこの静かな世間
真夜なかにがばと起きたわれはきちがひで鏬入《ひび》るほどに鏡見てゐる
こんなに世間がしづまつた真夜なかにわれひとり鏡に顔うつし見る
背後《うしろ》からおほきなる手がのびてくるまつ暗になつて壁につかまる
夜の帽をかぶつて寝てる頭のなか人間光景のくらい場面がうかぶ
壁にかけし鏡ひとつに埃《ほこり》づく室のこころの落ちゐるらしき

深夜の散歩

ふらふらと夜なかの街に出でて来て昼歩いた道をあゆみつづくる
夜更けの街頭に立つてここにつながる無数の道をたぐり寄せてる
何んでかう深夜の街はきれいかと電車十字路に立つて見てゐる
月の夜の野みちにたつて鏡出ししろじろとつづく路うつし見る
鏡にうつらして見たる月の夜の野みちはしろく青くつながる

わがおもふ彼の家までのなが道をたぐり寄せては眼をつむりゐる
この道のゆきつくはてまで行つて見ろ花呉れる家でもあるかも知れぬ
この街をかう行つてあすこでかう曲りああ行けばあすこに本屋がある
平凡な散歩より今宵もかへりきて何かの蓄積におどろいて坐る
いつしかに決まつてしまつた散歩道ここに住むかぎりそを辿るならむ
一生の散歩みちをカントは決めてゐたわれは無茶苦茶夜昼かはる

留守の薔薇

五月の野からかへりてわれ留守のわが家を見てるまつたく留守なり
留守にして薔薇などつくる春の日はどこに喧嘩のあるかも知らぬ
どんなにかわがたのしくてゐるときも大好きな薔薇ばらの香がする
疲れゐるわれの裸体にふれふれの室《へや》の薔薇ばなじつに青くある
暮れてさてわが家のうちにねむるゆゑそこの草原明日まで知らぬ
夜となつてわが眠ることのたのしさは野にある草もにほひをおくる
薔薇の花をテエブルの上に活けておき三日ばかりを留守にするつもり

わが留守の室のなかにて薔薇よくづれよしかも夜は燈《ひ》に強く照りをれ

噴　水

体力のおとろへきつてる昼ごろは日本《にほん》の植物がみな厭になる
体力が日日におとろへて行くなれば夏はいよいよわが身にたのし
体力のおとろへはててる昼ごろは噴水の音がとほく聞こえる
遠いところでわれを褒めてる美しいけものらがあり昼寝をさせる
遠い空に飛行船の堕ちてる真昼ころ公園の噴水がねむい音なり
ベンチからをんなが立つて行つたので今は噴水のおとが聞こえる
闘ひはいつでもやるぞといふ時は水がおいしく食べられるなり
すみやかに伸びくる樹木のかげを見てゆふぐれは我も人間らしき
灰皿がわれてゐたからまう今日も西日がばあんと窓かけに照る
森に来れど樹樹みなあらくふとぶとし我の双手には抱きかぬるかな
六月のある日のあさの嵐なりレモンをしぼれば露あをく垂る

夜から開く

うつくしく店は夜からひらくからひとり出て来て花などを買ふ
貧血をしてゐるとそこらいつぱいに月見草が黄に咲いてゐしなり
ふつふつと湧く水のなかに顔ひたし爬虫類はゐぬかゐぬかと嘆く
ぞろぞろと夜会服が行く夕べごろああ何んて我のたのしくもなき
かうしてロマンスボックスに眼をつむり楽しくもない春の夜を更かす
ドオアーのむかふは鏡の室なれば香水噴霧器のすがしい音がす
われわれは互に魂を持つてゐて好きな音楽をたのしんでゐる
ゆるやかなメロデイのながれ眼をつむりテエブルの花を無心にむしる

白の植物

カンガルの大好きな少女が今日も来てカンガルは如何《いか》如何《が》かと聞く
ヒヤシンスの蕾もつ鉢をゆすぶつてはやく春になれはや春になれ
遠い空が何んといふ白い午後なればヒヤシンスの鉢を窓に持ち出す
ヒヤシンスの鉢をかかへてざんぶりと湯に飛び込んだ春の夢なり

あたたかい日ざしを浴びて見てをれば何んといふ重い春の植物
植物の感じがひじやうに白いから何もおもはずに眠らうとする
野の上の樹木のしげみにのぼり行き春の日をねるねむらせてくれ
我我もまた女性《をんな》からうまれたりされどもつひに屈辱でなし
君はまうカンガルなんぞを見て遊ぶ年齢《とし》でもないよと言ひ聞かせゐる
棕梠《しゅろ》のかげで少女が蝶蝶をつまむかられの頭が何んてのぼせる
壁面にかけられてある世界地図の青き海の上に蝶とまりゐる

仮設の生死

草花のにほひみちゐる室《へや》なればすこし華やかな死をおもひたり
くさ花の香《か》を室内《しつない》につよくして死ぬつもりなれば窓等《まどら》とざせり
今はまう妖花アラウネのさびしさが白薔薇となりて我にこもれり
白の薔薇に香水のしづくを垂らしゐて今は安つぽき死をばねがへり
もも色の草花ら咲く五月なればいよいよたのしくなりて死ぬべし
五月から我ひとり消えて行くなれば魚もさびしみて白くなるべし

いよいよに身体《からだ》うつくしく白くなり五月の終りまで生きてをりたし
うつくしき五月となりてをんならの体臭はわれを僂ながらせる
何んの意義もなき人生がたのしくて草花の鉢をゑりこのみする
春なればわれ海の族《ぞく》を食べあらし聾《つんぼ》になりて生きてをるべし
野も山もただ青くありし人間の歴史の最初にわれ会はざりき

草花類

一隅《いちぐう》に薔薇花瓶鏡らのよりあひてかもすあかりの華やかにさびし
あのひとに贈るべく買ひし薔薇なれどそのままわれに愛されてあり
ふつかほどわれに見られし草花は今日から君の室《へや》に置かるる
うつくしき鏡のなかに息もせず住みをるならばいかにたのしき
青年期の反抗もすこしうすらぎて春をしきりに眠らされゐる
あまりにも真面目すぎたる生きかたはわが死期《しき》を少し早めたるらし
誰《たれ》も室にをらねばひよつと腹切りの真似して見しがさびしきなり
ひとり室に不動の姿勢をとりたるが少しおどけてありしが如し

この虫も永遠とかいふところまで行つちまひたさうに這ひ急ぎをる
今の世にチヤツプリンといふ男ゐてわれをこよなく喜ばすなり
誰もほめて呉れさうになき自殺なんて無論決してするつもりなき
真夜なかにふと身じろげばしづみゐし室の草花がほのに匂へり
このあした春はじめての霧を吸ひやはらかな思ひとなりて歩けり
われのこの安暮《やすく》らしぶりにとけ合ひて香水が朝から室に匂へり
縁側の日向に出でて足の裏を陽に干してあれば死ぬ思ひせり
ひとり室に草花を愛してゐることのつまらなくなりて寝てしまひたり
冷やかな空気たまりゐる室の隅に白の草花の鉢ひとつ置けり
十日ばかり留守にせし室にそこばくの野の草花の香がこもりをり
野べに咲く五月の花の黄いろきが好ましからねば家より出でず
わが眼《まなこ》あきらに澄みてゐるならし青葉のかげの霧を見つむる

草木の牧歌

青い空気をいつぱい吐いてる草むらにわれは裸体《はだか》で飛び込んで行く

街からは非常にとほい野のなかの草むらでいま裸体とぞなる
僕はひとりかうして裸体で眠るからまはりの草木よもつと日に照れ
街の奴等はいまは汗かくさかりだが僕はかうやつて草木に愛されこれまでも草木にきらはれた覚えなくいまは草木と共に息する
野の草がみな目玉もちて見るゆゑにとても独《ひとり》で此処にをられぬ
草と草のあひだをわけていづこにか今まで行きぬ草にねてゐる
草の目玉の碧く澄みくるゆふぐれにわれは草から起きて街を見る
夕暮となる風のうちにうち倒れえもいはれなくてまた歩き出す
嵐する野の草なかにねむるときわが重たさを知らぬことなし
夕暮の野はいま実に青ければ何が来るかと見てゐたるなり

戦争と夢

戦争のたのしみはわれらの知らぬこと春のまひるを眠りつづける
きたならしい人間のすることに飽きはてて春の植物を引き裂いてやる
人間のたのしみの分らぬ貴様らは野の炎天にさらされてをれ

戦争の真似をしてゐるきのどくな兵隊のむれを草から見てゐる
足もとの菫を摘まうとかがむとき春の日にわれは頸をねぢらる

過去の章

闘争

何んといふひろいくさはらこの原になぜまつすぐの道つけないか
草はらに分け入つてみたが自らをなだめる卑怯さに堪へきれずなる
草なかに死にものぐるひで闘ひゐる生きものにわれを見せず過ぎ去る
草なかに腹をかへして日に温《ぬく》む生きもののあはれは見ずに過ぎさる
わが前にあらはるるおなじ貌なればむごたらしくも歪《ゆが》めてかへす
なまなまとみにくい相《すがた》がはなれねば堪へきれなくて草にたふれる
へとへとに闘ひつかれたおしまひはたがひのにほひに現《うつ》なくなる
日のもとに死にのたれゐるあふむけのわが腹のうへに草おほひくれ

なま殺しにされてるいのちは日の下《もと》にそのただれたるにほひをながす
たとへ半殺しのうきめにあはうともなまじろいその腹は見せるな
草はらにをんながころされてゐたといふこの現実にどぎまぎとする

白痴

わが寝てる二階のま下は井戸なれば落ちはせぬかと夜夜におそれる
下に向く夜更けのこころはあの暗い井戸の底までかんがへたどる
水飲みに夜なか井戸端に来たわれがそのままいつまで井戸覗きゐる
この家の井戸の底からはわが寝てる二階が何んてとほい気がする
わけの分らぬ想ひがいつぱい湧いて来てしまひに自分をぶん殴りたる
口あいて寝るとはどうしてもおもはずに自分のねざまを考へて寝る
ほんたうの自分はいつたい何人《たれ》かなと考へつめてはわからなくなる
からからと深夜にわれは笑ひたりたしかにこれはまだ生きてゐる
あの寺の井戸をのぞいてみたくなりしやにむに夜更けの家を飛び出す
夜なかごろ街頭のポストに立ち寄つて世間の秘密にひよつとおびえる

ひじやうなる白痴の僕は自転車屋にかうもり傘を修繕にやる

退屈

生きものでも見てをれば心が和むかと今日はとなりの猫借りて来る
虐待をしてやりたくて居るときにとなりの猫の頸しめてをる
猫ばかりめそめそとした生きものはまたとあるかと蹴りとばしたる
嫌はれて蹴られたとも知らぬ猫の子の泣いてかへるよこれまたあはれ
猫なんか飼ふひとの気が知れなくて猫飼ふともをいたく憎める

山の愛

雲は流るわれはつかまへる夏とんぼその光る碧き目を見むがため
七月の炎天をあゆむかげらふのなかまつさをにゆらぐ顔を見る
一滴の露を見むとしてまつぴるまわれは夏草の野をかけめぐる
はろばろと虚しい魂《たま》をはこび来た野の一樹かげくろい蝶のむれ
一傘《いっさん》の樹陰《じゅいん》にわがねるまつぴるま野の蝶群れて寄《く》しき夢を舞ふ
かぎりなき野の炎天のいくむなしさ路傍《ろぼう》に伏して草を噛みきる

山上《さんじやう》の湖面を見むとて山にのぼりしづかにあをき湖面を見てゐぬ

ゆふぐれとなるみちばたの草むらなか淡黄《たんこう》の小蝶いましもねむる

うしほなしよろこび心に充ちきたるこの一瞬に死なむとぞおもふ

電燈のひかりは室を平面にかへてしまひぬわれ立ちあがる

壁面にこよひてのひらをうつしみていのち弱れるわがかげを知る

ながい旅をともにしてきた壁の絵にいまはさいごの燈をささげやる

部のあついダンテルで窓をしめきつて死んでやらうと蠟燭ともす

合はせては掌《て》のなかに生るわがこころこれを遠べの草木におくる

草よ木よみな生きてゐて苦しみのあはれなるわれを伸びらしてくれ

山の夜のしらじら明けに眼ざめゐてわがすでに聞く草みづの流れ

かの道が行きついてゐたあたりの雑草が今宵のわれに影置いて来る

うす白い影を曳いてわが歩むらむどこやらの道がこころにぞ映る

どうせ二人は別れねばならずと薔薇ばなの根もとに蝶を生き埋めにす

蝶や蜂を生き埋めにしてむごたらし心で見てゐる七月の真昼なり

光に就いて

この家にまういつからか坐つてゐる頭にはひろい空を感じつつ
日傘のまつくろなかげを見つめてはわすれたやうに道に佇《た》ちゐる
百の陽でかざられた世界の饗宴に黄な日傘さしてわれは出掛ける
からからと青空のもとに笑ひたるわがこゝにいまおどろかされる
あを空にぶつかつてみたいわれなれど何んといふこの屋根の重たさ
かうやつてうごめいてをれば石にでもぶつかつてきつと眼が開くべし
床したの暗さは大地がかもすもの日日にわが身のふかまり落つる
どうしてものがれきれないわれか知ら今日も棟木をおもたく感じる
胸《むな》べまで大地の暗さがのびて来ていまこそわれは泣くに泣かれぬ
うまれ出た嬰児《あかご》のやうに明るさをおそるるわれは掌《て》もひらかれず
あを空に突きこんでゐる筈の頭だがまだ何んのかげも閃《ひらめ》いて来ぬ
壁のなかにすでにわが児《こ》が宿りゐて夜な夜なわれにこゝ呼びかける
こつこつと壁たたくとき壁のなかよりこたへるこゝはわが声なりき

土の暗さで出来上つた我だと思ふときああ今日の空の落つこつてくれ
遠い空にいまうすあをい窓があきわがまだ知らぬわが児が顔出す
おそろしい響きを立てて雲はいまかげ落とし来るわれは石となれ
真夜なかの鏡にうつる明りありとほい暴風雨《あらし》のいかにしづけき
いくまんの鼠族《そぞく》が深夜の街上をいまうつるなりあの音を聞け
ももいろの微笑が遠くよりなげられるかかる幸福にわれはうつぶす
突き抜けやう突き抜けやうとするわが頭いま帽をとつて青天に在り
この窓からすぐにひろがる野の空のはてなき青さをはてしなく見る
遠くよりすねて来る人の心持すねねばならぬ春を見おくる
めぐみある地上の光に背を向けて生きねばならぬ苦しさにをり

樹木の憎悪

われわれの帝都はたのしごうたうの諸君よ万とわき出でてくれ
ごうたうや娼婦ばかりのこのまちに樹木などのあるは憎さも憎し
往きて住み往きて死ぬべきは街のなか草木なき地獄のどたんばと知れ

俗人のたえて知るなきごうたうのその怪楽《けらく》こそわれ愛すべし
少年のかれが娼家にあそぶともそのおこなひよたたへられてあれ
階段のうらかはの下のテエブルにゆううつのかぎりのこの夜を眠れ
酔ひしれて酒場のなかにねむりゐる地獄どもらに夜の明けずあれ
いますぐに君はこの街に放火せよその焔《ひ》の何んとうつくしからむ
頭垂れてあるきゐる牛や馬なればうしろの景色は逆さまならむ
逆さまにつるされた春の樹木らのいかに美くしくわれを死なする
われらして歩き行く道の石ひとつこの石もつひに野の石ならむ

人間

夜の街でなんの見知らぬ酔ひどれを介抱してゐる我にはわからぬ
寸分もわれとかはらぬ人間がこの世にをらばわれいかにせむ
僕とかれとは何んと親しくありながら互に知らぬかなしさを知る
夜の街でいつか介抱をされてゐたあのゑひどれは我かも知れぬ
からからとかれは深夜にわらひたりかれは愛すべき詩人なり

夢から覚めてみたときまつさをな窓ガラス破れてこなみぢんなる
つひにかれも神と握手をしながらも見たまへいかに酔ひつぶれゐる
あをぞらを流るる雲のひとひらもつひに机にのせられて見る

地下室の魚

うつむいてあるいてゐると笑ふなよ花束のひとつも落ちてはをらぬ
地下室で魚《うを》のおよぐを見てるなどおもへばあまり仕合はせからぬ
すはだかの人間どもがあそびをるあの世をみたか見に連れてやる
つらつらと考へてみれば美くしいにんげんどもは恥さらしなり
脂肪ばかりの人間どものばちあたりたまらなくなつて我は飛び出す
あさましい心はいくらきざさうとそのやうに指を噛んでくれるな
四つ這ひといふことを今ひよつと聞きたまらなく我のなみだを流す
人間のまごころなんてそのへんの魚のあたまにもあたらぬらしき
廻転ドアの向ふがはにゐるをとめごの夢は美くしく黄にかはるなり
出来るならわれも拍子木をうちたたき夜なかの街を廻りたくあり

もはや夜もいたくふけたる公園に廻遊木馬《メリーゴランド》をさがして行けり

蹠

窓の無いいんきな室で僕はいま自分の足のうらかへし見る
生《なま》じろいわが足のうらを見てゐるとあの蛇のやうに意地悪くなる
陰性なあの蛇はきつと人間のあしのうらのやうに冷たきならむ
壁にゐる蛇に足のうらを見られたりこのこころもちは死ぬ思ひする
窓の無いいんきな室にあきはてて四壁《しへき》の裾を這ひまはるなり
雨のふるいんきな日なり壁にあるにんげんの指紋のいかにかなしき
なまじろいわが足のうらを日にほしてあたためてゐる雨あがりなり
しとしとと梅雨の雨降るころなれば脱皮する蛇もかなしかるらむ

羞　明

この日なかあの暗がりで妙な画がぱつぱと映つてるかと変に気になる
昼ひなか映画館をくぐる不思議にもこしらへられた暗さに心惹かされ
せつぱつまつてどうにもならぬ昼ごろは映画でも見ろと見に行くあはれ

世紀末的喜劇を愛するひとたちをわらへなくなつてわれも見てをる
映画はねて突き出された街のあかるさにひたと身にくる羞明《しうめい》がある

善良なる友情

生きることが無駄なら死ぬることだつて無駄になるのだ夜具敷いてゐる
何んでこんな心持になつて来るのかとはづかしくつて顔をおさへる
横腹をぐさりと刺してやつたならあいつはどんな顔するならむ
そのやうに皮肉すぎてはこまるから黄いろい日傘をさして街行け
街をゆくひとを引き倒してみたくなる美くしい心だ大事にしとけ
うすぐろい自分の噂にしびれたるお嬢さんもあつてと友の手紙来る
うすぐろい噂をそこらにまいて来てさもたのしげに歌うたふのか
周囲からあはれがられてゐるなんてそんな恥辱は死んであやまれ
なるほど春はのどかでございますねと言ひつつ袂の屑吹いてゐる
親切を言はれてはすぐほろりとなるかかる気持はいま野に捨てる
妻めとれきつと世間がしづまつて見えてくるぞと友の手紙にある

吸殻を拾ふ

わが力にはつと眼ざめて立ちあがるまうぐるりからの敵を感じる
われわれの周囲になんのかかはりもない遠方《えんぱう》に今日も人が死んでる
みどりに塗られた地図を見てゐても炭坑のしるしはすぐ胸に来る
封筒を貼らうとして舌きづつけたこのこころもちは死ぬおもひする
近所からをんなの子たちを呼びよせておはぢき遊びに笑ひころげる
世間もなにも信じられなくなりきつてさびしい野山の歌うたひゐる
如才なくされてゐることは嬉しいがそれだけにまた寂しくもある
たはやすくひとに涙は見せまいと何事もひとりに堪へ来つるなれ
行く先はどのやうになるかは知らないが再びこんな夢はつくるな
人はみな過ぎゆく知らぬ顔で行くのたれ死にのわれは蛇にもなれぬ
大勢がにぎやかに行つたそのあとにせつせと自分が泥こねてゐる
見たことのない沢山のひとに見られゐるわれは頭を垂れてはならぬ
行李の底にかれののこしし書《ふみ》がありこころおそれて読みがたきなり

バットの殻に歌かきつけてゐるわれのいまのこころはさびしきなり
屈辱の新聞記事に眼をおとしわれらはなみだをふいてかたれる
薔薇ばなに顔をうづめて泣いてゐしむかしわれがさびしがられる
ほのぐらく壁にのびゐる苔見をりここにかうしてわがそだちたり
おたがひに異つた思想に歪んではむかしの友から目がたきにさる
いまの世に地球を掘るといふことば何んとかなしきその言葉なる
闇のなかに黙黙とあるいくほんの樹木のちからは限りなしに来る
生きてゐる樹樹のちからを感じては暗夜のなかにまたうなだれる
路のうへに落ちてありたる吸殻をひそかにひろひ火をつけしなり
たれが捨てし吸殻とては知らねども拾ひて吸へばさびしく薫れり

過去の章

この道は自分のみちだと決めてたがいつか群衆に荒らされゐたる
ひとの顔に泥なげうつて君たちはかくれた世界でなにをするのか
腐りはてた汝のはらわたつかみ出し汝の顔にぬたくるべきなり

君たちの過ぎとほり行くみちは何処《どこ》われはここにゐる確にゐる
なにもかも運命だとしてあきらめたをとめであつたぞ日本のをとめ
ごまかしのちつとも利かない性分は損ばかりして腹たててゐる
われときにすてきな想像をすることありその想像のいかに痛ましき
うづだかく過去の日記帳をつみかさね魂《たま》ひえきつてうちすわる
わが魂を釘づけしといて遠く去りかれの名がいま世にうたはれる
なにも知らぬそぶりでゐながらをりをり魂を刺す言葉をくれる
あるべきところにちやんとある家具は動かしがたくなつて見つめる

忘却せよ

砂浜にいつか捨てて来たぼろ靴をいま両眼鏡《めがね》あてて見出だそうとする
砂浜にくさつた馬尻《ばけつ》を蹴とばしたそれからの記憶は夢のやうなる
いまになり恐れてにぐるか逃げぎはのその一言が何んてやさしき
はらわたをゑぐりとられて死んでをるわが体臭は知るものよ知れ
はらわたを握りとられて今はもう何んとでもしろと為されるがまま

君につね怖《おび》えきつてるわが影を歯がゆしとおもはば踏みにじりくれ
君のその胸まで暗くのびてをるわが影を見よ見ぬとは言はさぬ
深夜ふと目覚めてみたる鏡の底にまつさをな蛇が身をうねりをる
かまくびをぐつともたげて我をにらむ深夜の蛇よはや逃げてくれ
砂浜に目も鼻もないにんげんがいつごろからか捨てられてあり
砂浜の日ざかりをいま海虫《うみむし》がくろぐろと這ふわれはわすれる

大和

昭和十一年

修羅

ゆく秋のわが身せつなく儚くて樹に登りゆさゆさ紅葉《こうえふ》散らす
飢ゑきつた身を脊延びして切《せち》に希へど眺めやる野は低くつづけり
喬木の上にゐるのは野がらすか白痴のわれか霜降れば鳴けり
燈の下《もと》がどたどたとして奥の間は夜も菊花のうたげがさかり
門先を掃き清めゐるわれなりき松の木にあるは父の姿ならむ

忠孝の訓《をし》へにいまも叛《そむ》かねば峡谷の紅葉《もみぢ》はなやかに邃《ふか》し
父の名も母の名もわすれみな忘れ不敵なる石の花とひらけり
たつた一人の母狂はせし夕ぐれをきらきら光る山から飛べり
仏らはいづくにありやわがいのち燃え尽くるとき鳥も飛ぶべし
のろくさく陽のながながと照る道に老いくたばるはいつのことならむ
一枚の羊歯《しだ》の葉のごとくやすく燃え匂なく形なく生命《いのち》終らむ
脊戸のべに夜《よ》は火をともす土塊《つちくれ》の思ひ出はわれを貧しくするのみ
思ひ出は孔雀の羽とうちひらき飽くなき貪婪《たんらん》の島にかへらむ
デパートの入口に立ちぬ天国へかよふをとめ子と屑買のわれ
どたどたと雲より落ちしあれは樹ぞ今朝はみどりの春になりゐる
さんさんと日の照るなかに忍《しの》び込み姿見えざる息づき聞こゆ
青空か小鳥か母かおもかげか立ちても坐《ゐ》ても舞ひくるふなり

鬼

雪蹴つてほうほう飛び去る白鬼か青鬼か餓鬼か餓鬼なら逃すな

窓を破つていきなり鬼だいや雪ださあわからないわしは分らない

母

冬山の岩山に懸かる瀧つ瀬を年老いてのぞみ目瞼《まぶた》はふかき
夜となれば水凍る谷の風もやみひひらぎのやうなわが母のこゑ

春三日

蛇や蛙をたたき殺して快《くわい》をさけべば単に狂人と見る他なからむ
どしやぶりの雨ふり室《へや》のなまぬくく憎み合ふ眼は剣のごとく燃ゆ
春の日なかに門しめてこもり犬と遊べど畜生われを仲間と思ふな

薔薇

豚や家鴨《あひる》を追ひて暮らせど野のすゑに墻《かき》あり墻の薔薇咲きて春
青空に消えも失せたく涙こぼせば樹から落ちよと樹をかけのぼる
目高すくひに泣きつつ遊ぶふるさとは子が大勢であやまちもない
日に幾たび決意しなほしたよりなし若葉なびけばまた死ねずなる
我楽多のやくざな巷《まち》よと思ひつつうなだれて帰る日の暮れもあり

野の涯の薔薇垣のぞみ飛び超えて荒荒しき生命また歌ひ出す

火

夕ぐれの野をかへる馬の背後《うしろ》見て祖先のやうなさびしさをしぬ
古き代のランプをともし物書けば森ふかく骨《こつ》の朽ちてゆくおと
真夜中にわが祈るおもひはひとすぢの闘《たたかひ》の歌火のごとく燃ゆ
千万年生きてゐしとて何ならむ雪こほる山の夜に飛ばむとす
衝《つ》きあたる壁もなく青い空もなくわれの怒の行き尽くるなし
闇がりに身をおしかくす生きもののすさまじき眼はひととき思へ
いらだたしく紙や書物をひき裂けばはやものかげに歎く声あり

独

北に傾く青じろき地に住みなれて今年も空ゆくわたり鳥見ぬ
山の上のまつ白い石にねむり覚めまだ信じ切れず独《ひとり》なること
月きよき秋の夜なかを崖に立ち白鬼《はくき》となつてほうほう飛べり
墓やまのこなたに住まふひとびとの影のやうなる夕暮を見よ

星くづが輝やくのみなる真夜中を音あらく河の海にながるる
掘割にネオンがうつり霙《みぞれ》する宵《よ》は華やかな思ひ切なくしてゐぬ
くるくると梢に舞ひゐる一片《ひとひら》の黄葉《もみぢ》ぞあればたのしかりける
聢《しつか》りと頸を支へてゐなくては又しても青空が見えぬことになる

遍照

山にのぼり切なく思へばはるかにぞ遍照の湖《うみ》青く死にて見ゆ
何故《なぜ》かかう変に明るい草のなかを静かに行くぞ独り歩きなれ
しろじろと煙吐く山のぞみゐるわれの額《ぬか》の皺ふかく思ほゆ
青い火は夜昼なしに燃ゆれどもわが身にあればうち消しがたく
いつしかに山高く白くなりにつつ老いたるものの秀《ほ》はとがりたり

途上

今は世界が狂ひゐるなれ然れども春来れば野川の魚も食《た》うぶる
曇天の日ばかりつづきうす紅う花も咲ければはだかとなり出す
真昼間のねむり覚めきらず歩み来てまた若葉山に夢見つづける

青い雲流るれば飛行もかなしきに常に中空にて腹立ててゐぬ
思ひのこした空は青青渦巻けどわれは石ころふたたび飛べぬ
日の暮れは青黒い森につれ込まれ祖先の慈悲か何か責めらる

崖

崖の裂目に圧しつぶれ死ぬ夏の日の炎天の花は顫《ふる》へさせてみよ
泣きの眼に見すくめられて顫へをる野朝顔のはな我もまぶしく
おのれみづから眩《まぶ》しき思ひしてゐれば生命《いのち》は明《あか》き木のかげを飛べ
思ひやりただならざればすべすべの岩よぢ登り天がけり行け
夏も初めの空に行くわれを憎しめか樹も石もなべて飛び立つべし
何も見えない冬の景色は野のすゐの崖の裂目にわれを憩はす
青空が頭上にうづ巻きしづまればはやく地獄の火のくるま燃ゆ
曲りくねつた青い故郷の長道を罰当りわれは神を呼んで走る
北をさまよふ日となりてをり秒を刻むわが手の時計が我を虐《さいな》む

芽

硝子瓶に黄な春の芽がうつるので何故か真昼が巨大でたまらぬ
昼すぎは南方《なんぱう》の街のあをくなりわが家《いへ》の壁透けて見えくる
春山に夜叉のごとくにいきどほり眼をかわかせてゐる我を思へ
憂鬱なわが襤褸買ひの眼に見られ大木はなべて黄な芽吹きゐる
春ひなか磚茶《うすちや》茶碗をとり出でてぼんやりと何んの夢もわすれぬ
街も道も黄な春の芽が吹き出すと今朝はわが家をたづねて歩く
喫嚙類のモルモットといふを飼ひゐしは九つの春か昼の夢に見き
泥のやうな嫩芽《わかめ》を吹いた大木がわれの病気をおもからしむる
はるかなる祖先を恋ひて泣き叫び岩破《わ》れば岩の血がにじみ出づ

梅雨抄

たまらなく睡気もよほす街に住みことごとくわれは人憎みける
どんな血を浴《あび》ればわれのなぐさむか狂ほしく若芽の杜《もり》歩きつつ
犬ころもどろどろの瞳《め》で見おくれば速く若葉の杜にくびれよ
がらくたの街にすまへばみづからを玉と思《も》はねば息づきもえぬ

石竹の花あかき庭に蹴りとばす張りあひもなく猫死ににけり
毒を呑んだ青の風景のなかなればむかしの洋燈《ランプ》とり出でて見る
六月の梅雨の豪雨に狂ほしくなき父の血がわれにたぎり出づ

若　葉

ふてぶてしく女のやうに寝てゐるか若葉はわれの周囲《ぐるり》になだれる
若葉林のなかに入りゆき身悶えの切なさは真昼の日もなき如し

源

けだものの真つ白い歯並《はなみ》見せて笑へど春はたけなは何も恥ぢるな
ぶらぶらとやくざ共らがのし歩くいつそ死ねたらと思ふ日もあらむ
タスカローラ海床の底に沈みゆく人間の命といふもやりきれぬ
おそろしき殴りあひのあと涙ながしてきつい覚悟は歌うたひをり
めそめそと泣きごとを言へば寄り合ひて流されてゐる夜を限りなく
みなもとはどろどろの濁りよろこびも悲しみも承《う》けつぐ時に到らぬ

秋の森

白茶けた茸《きのこ》見てゐれば森のなかわけの分らぬ時間《とき》まなく経つ
嚙みついて離れない奴に青くなる毒毒しい風景にのがれて行きぬ
脊筋《せなすぢ》の荒くなりし蛇が夏すぎて穴にかへり行く忘られはせぬ
生命懸の思ひなりしか根も花も何もない草木の透きとほり来る
死ぬまへに秋の夕虹のぞみたり何の怪楽《けらく》かと恥ぢておもひぬ
森に来てくされ樹《ぎ》の株にへばりつく十年の余のやくざとぞ認《し》れ
八月の炎天の下《もと》すたれもののわが影を追ひて啼くけものあり

禽獣

秋ちかづくこのごろ門《もん》のあたりにて真昼はもつれる人の影あり
気ちがひとわれは思《も》はねど正気なくすでに水の如き秋むかへゐぬ
いづくにか山は爆発してゐれば今朝鳥の声が泥まみれに聞こゆ
穴のなかへかくらふ命かくらへず身をくねりをれば毒烈しけれ
世にも愚な夢見つづけし歳月《さいげつ》に挑みかかる思ひ忘られはせぬ
抱きあふか殴りあふより術《すべ》しなき荒くれない街も日の暮れとなる

畜生の諠ひはしるすがた羨んで殺気立ちたる秋がおもほゆ

四季

春といひ秋といふ季節ことほげばつかひはたしたる生命おもほゆ
夜おきて家のまはりを歩きゐる人間といふはさびしくてならぬ
雨の日のまひるは愚《ぐ》なるもの思ひ古ぼけはてたる家に住みつつ
さはやかな朝の光にさとふれて身の破《やぶ》れ死ねる嗤はれはせぬ
わびしくて燈もつけずゐる夕暮をもうどたどたと踏み込む音する
秋晴の野に紅葉見てあそぶなればわれを誑《たぶら》かす神ほとけあれ

石屑

道の上に光る石くづガラスくづいつの日かどんな血を流すらむ
乱行《らんぎやう》は日夜もわかずはげしけどまだ狂人《きちがひ》でなきなみだせり
最末《さいまつ》の日にみづからをくびるとも何がこの世の笑ひ草ならむ
愚劣さはたたき伏せたく怒れども乳出だす春のけだもの見をる
生きる為にはかつても手足を動かさね救はれ難しと人言ふならむ

すさまじく焔《ひ》ぞみちわたる天なればあな美しとかけりあがれる
涙こそ清らにそそがれ死にゆける若き生命にしばしかたむく
とやかくの銭金沙汰から身をばひき温かに春の夜を寝入らしめ
われにしたがふ春の獣らやさしげに雅にあれば歴史のやうな
若き日の意気地も何も消し飛んで四月の朝をじたばたとせり

錯乱の秋

家のまはりはサルビヤの花真赤にてどんな悪事も寄りつきはせぬ
昼ひなか頭を壁に圧しつけてうんうん唸り出すも何の所作ならむ
秋の真昼のねむりより覚めぬ庭の上に白い茸がくるくる舞ひゐる
夜となればわががらくたの町さへも華やかに明《あか》し出歩けはせぬ
たのしみは若き日に亡《う》せ今はただ季節はづれの食気よりもたぬ
あたたかに雨の降るなり巷ゆく人間の足のしろくもつるる
冬空は漏斗《じやうご》のやうに青く垂れくる運もないわれの生活《くらし》かと思ふ
けだものの脚はいよいよ繊《ほそ》ければ日の暮のごとくわれは歎けり

昭和十二年

魚の骨

ゆふぐれか朝がたかわからぬ青じろき光のなかに物おもひ痩す
冬の日は井戸のやうな底に明るくてがらくたの命やや生きかへる
冬来れば列記としたもの何もなく屋根のない街に真日照るばかり
人間の片割とうまれ三十路過ぎ来て何おどろきし青春もなし
冬の雨にうたるる魚の骨白しこの道のはたて何があるならむ
めづらしく朝起すれど冬のなかばおちぶれはてて西東なし
何を好んで身のおところへを願ひしか苦しさよ畜生の叫びごゑあぐ
わが身の行方《ゆくへ》知りがたくさまよひゐて朧にぞ見し日の暮の瀑布《たき》

歴　史

荒るるにぞまかせをりにし獣性のよみがへり来る春を楽しむ
うすぐらき蔵《くら》の中に来て静かなり今日も歴史の書《ふみ》読みかへす

石の上に腰をおろして燐寸《マッチ》擦ればうす青の火の老のごとしも
己が身の在り処《あど》も分かぬ日暮どきまた歎き一歩二歩と歩き出す
ひえびえと畑の水仙青ければ怒りに燃ゆる身を投げかけぬ

獣園抄

春

風吹いて桜花《あうくわ》のさつと散り乱るはやどうとでもわがなりくされ

四季雑詠

紅葉《こうえふ》はかぎり知られず散り来ればわがおもひ梢《うれ》のごとく繊《ほそ》しも
藍いろの襤褸《ぼろぎ》着まとひてあちこちと秋の日に名所見て歩きをる
深深とたたへられたる夜の底に黄菊の寒くまばたく思ひす
冬の夜をひとり起きゐて飯《いひ》食《は》めば食器に見ゆる菊の花の寒き
霰降る日の暮れがたをかくろへば何者かわれに迫らむとする
クリストを乗せて行きけむ和《なご》やかな驢馬《ろば》なり驢馬について歩きぬ
白痴みたいに鱈腹《たらふく》食ひてやすらへば今日のさんげの夕暮ぞ過ぐ

或る日われ道歩きゐれば埃《ほこり》立ちがらがらと遠き街くづれたり
ぼろぼろと岩ぞくづるる崖に立ち百年の生《いき》は誰《た》がねがふらむ
あたたかき雨降りの日の昼寝なり愚なる夢の花にかかはる
三軍を叱咤する将のこゑ聞きぬ金雀枝《えにしだ》咲ける春のさかりも

光陰

そろばんの弾きやうもなき肉体が春のけものの乳飲みてをり
いまの世のうつたうしさは言はざれどわれ劣れりとつひに思はぬ
冬ぞらは藍青《らんじやう》のひかり澄みゐればうつそ身の視力磨きあげらる
わが身に流るる祖先の血を思ふどこの国の言葉聞かさるるとも
元日の朝日ぞあがる今こそとひとつかみの塩は撒きちらすべし

春

春暁

朝がたは西山の端のうす黄いろくうたがふがごと月落つるらむ
朝闇に啼くは鶯しましてこの世ともわかぬなみだながれき

ひんがしの山の尾づたひ歩みゐし朝がたと思ふ夢やぶれたり
あかつきのまだ暗きなかを目覚めゐぬこの世の鳥は地《つち》の底に啼く
めざめては明日《あす》といふ日のなきごとく耳澄まし聞く暁がらす
遠き日の朝がたなりし菜の花の一面に咲けばわれも生れけむ
物言はず寝てゐる時ぞ静かなり花しきり散るはいつの代ならむ
朝霞濃きみどりいろの野を見れば判断しかぬる悲しみぞあり

春

春昼

そこらあたり沼地の水の嵩《かさ》増せばいよいよ愚《ぐ》なる春ふけてをり
屋根に登りてわが町の桜望みゐぬこころ呆《ほ》けてあれば美しきもの
家にゐても外に出でても落ちつかね一面に黄なる菜の花の明り
家出でてしばし歩めば崖ちかし崖にのぼりゆく真昼間ならむ
菜の花の黄なるかなたに無益《むやく》なる人間の家かひと日わするる
春霞いや濃くなりて何も見えねばここに家畜をあがめむとする

月の夜の菜の花ざかり見しゆゑか昼間といへど白面《しらふ》でをれぬ

真昼間の霞いよいよ濃くなりてむせぶがごとく独《ひとり》なりけり

靉　靆

千万の富をいだいてわめきけむいつの代の春とおもほゆるかな

靉靆と雲たなびいてゐるあたり脊のびしてこそ見るべかりける

ゆゑ知らぬいきどほりもちてさまよへど花美しき春のさかりは

如何ならむ大事業といふも成し遂げて言語道断に生き抜かむとす

日がなひねもす机の前に坐れどもおもひぞかかる机のほこり

一代の豪華とや言はむそのかみの醍醐の花見うらともしくも

いづくにか溜息ついてゐるらしきをとめよ春をみな飛び下りよ

ぞろぞろと従ひ行けば花見なりやけくその如く楽しきならむ

夢ひとつ見ともかなはぬ世に生きて父の菩提をとむらふ春なり

晩春小居

逝く春の霞ぞふかき真昼間は屋根にのぼれども眼の見えはせぬ

年寄や子らの手をひきてあてどなく春はぼろぼろになりて去《い》ぬらむ
春なれば親子ぐらしの愚かさも涙ながしてうべなはむとす
昼過ぎの霞いや濃くへだてられおもかげも見えぬいらだたしさを
ゆく春は獣すらも鳴き叫ぶどこに無傷のこころあるならむ
いつしかに春過ぎゆくに母の飼ふ小鳥はひとつ眼をまたたかぬ
ゆく春を蔵にこもりて読みたどる歴史のいくつうべなひがたし

青葉歎

若葉耀く五月の午後はどことなく墜ちゆきて暗きいのちと思ふ
放蕩のあげくは正《まさ》しく飢ゑきつてなだれ寄る若葉に追ひまくらるる
むせかへる青葉若葉の山みちに若気の情や分別もなし
薔薇咲いて屋敷町の昼ひつそりと面影はまなく過ぎゆくらしも
この春は三十幾回目の誕生をむかへしとおもふにはや若葉老ゆ

変貌

雨あとの夕陽を浴びたる草山があまり青すぎて夢見させらる

草はらを共にい行けば湿しく荒くれたきもそのすべを知らぬ
幾つかの草山を越え草山のあひに説明も出来ぬ水飲みてゐる
草山をどしどしと歩いてゐしわれを夜の夢に見れば旅人に似つ
雨づつみ青葉のいよいよかぶされば我の悲しみ何処《いづこ》にあるかも
紫陽花《あぢさゐ》の花を見てゐる雨の日は肉親のこゑやさしすぎてきこゆ

石　響　く

ゆふ風に萩むらの萩咲き出せばわがたましひの通りみち見ゆ
たましひの癒えそむるころ晩夏《おそなつ》は石ひびくごと遠くに過ぎぬ
秋の日向《ひなた》を軋《きし》りゐるのは牛ぐるま遠き日の夢の老いゆくまでも
まぶしくて樹蔭に入れば今ここに無一物なるわが夢顕《た》ちぬ
ゆふ空は水のごとくに澄みゐれば奈良の町は今どこも萩の花
夏草がはびこれば今日も裏に出て昼の月見てをらむかと思ふ
赤赤とただるる夏のをはり花われはとろけてしまふいのちも
いまははや夢見るばかりのいのちにて山が青しとては涙ながすも

炎天を朱き埴輪の人馬らが音なく過ぎしいつの夢にあらむ
荒草の庭にむかひて晩夏《ばんか》過ぐせばうしろに妻のこゑもせぬかも

秋断片

一

ふるさとの野山の相《すがた》変らねばかくるるごとく住みつくらしも
燃え立たむ思ひもなしに日ぞ暮れぬむなしき影を身に蔵《しま》ひ込む
見覚えのありと思ふ山青くしてとことはにめぐる日に照れるかな
夕ぐれの音ひとつしてがらんとせりはや何もなしに秋と思へり
あはれなる思ひにふける死ぬる日は俯すものぞと誰《た》が言ひにけむ

二

曼珠沙華赤赤と咲けばむかしよりこの道のなぜか墓につづくも
くたばりて帰る日もあらむふるさとの青き往来《ゆきき》のとはに静けき
悪事さへ身に染《そ》みつかぬ悲しさを曼珠沙華咲きて雨に打たるる
腐りゆく花の終りを見つくして何になるらむ悲しくありけり

曼珠沙華雨に朽ちゆく野に立ちて永遠《とこしへ》のもののごとき思ひす

三

くろぐろと翅《はね》切れし蟻のさまよへばまた歎きつつ帰る日となる
みづからを室《へや》暗き隅に追ひ込みてわれと見つむるは仇《かたき》に似たり
草原に持ち出されゐるは襤褸《ぼろ》の類はや眼を覚ませ真昼すぎなり
太陽はあるひは深く簷《のき》に照りわがかなしみのときわかたずも

雑信

鞦韆《ぶらんこ》のかげあはあはとわが胸にうつり居りいつか秋を病みつつ
そこらには黄《き》な蜘蛛が網を張るらしく独おもへば豊けき秋なり
秋は澄む地酒の味にゑひしれて涙ながしゐるもこころのほつれ
門前に立ちて眺むる秋風はいま鶏頭の畑《はた》をはすかひに吹けり
秋ふかみ白けゆくわが面《おも》もちのかく正面《まとも》むけば限りなきねがひ
大伽藍造営のさまは夢に見て伝説のごとき秋の日とおもふ
暗がりを菌糸の白くのぶるなりあなむざんなる夢見たりけり

燭台の燈を暗くすれば秋の夜《よ》のはやたえだえにひとの臈《らう》たき
大軍はすでにみんなみに移動して日本の秋コスモスのさかり

昭和十三年

園

めざめては他界と思ふしづけさに生きたるものは皆いぢらしき
くづれゆく雲はひときは輝きてきちがひならぬわが額《ぬか》照らす
透きとほる秋の昼すぎコスモスは立根《たちね》も浅く揺れなびくなる
何が悲しと言ふも愚なかぎりにて襤褸《らんる》焼きゐる真昼のにほひ
春風《しゆんぷう》を斬らむと思ふもののふのねがひもあへなくなりしが如し
地の底にうなされをるは夜明にてとはに歎かふごとくおもほゆ
絶えまなく薔薇の行列過ぎゆけば眼《め》くらむばかり真つ昼間なれ
夕焼は支那より射せり窓におくチユーリツプの黄な花も悲しも

幾つもの穴を掘りつつ日ぞ暮れてまぼろしのごと月のぼる見つ
おほごゑを立ててわめくなひしめくな印度のはての夕焼の空
いつしかも冬となりつつ朝朝をたまごの生《あ》るるきよき思ひす
壁のまに小蜘蛛もひそむ冬にして断腸《だんちやう》の思ひなきにしもあらず
寝る前に窓そとのぞく闇のなかまだ捨てぬガラスの破片《かけら》ぞ青き
今もまた途方に暮れてつぎつぎと室《へや》通りぬけし開け閉ての音
正気とは誰も信じぬあはれさは満月の夜を河に落ちにき
山の上に手をしきり振る人見えて秋らしく昼の空澄みにけり
ひらべたい岩の上にのぼり見渡せば野はだだつぴろい秋の洪水
窓そとへぶらさがりたるは断末魔師走の空のげにうつくしき
外套をひきずりながら球根を土にうめゐるよすでに父なり
浅らかにからす鳴きゆく夜あけがた故山に還る詩人にあらず
禽獣のしぐさをわれは恥づれども星かがやかに夜の更けゆくを
西山に日の落つるころを藪に入り椿の一枝《いつしき》截りたりわれは

落日のひとひとき赫《かつ》と照りしとき樹にのぼりゆく白猫を見つ

珠

冬にむき雨しとしとと降りつげばすでに器を伏せしおもひす
をりをりは心の底もあざやぎて高山《たかやま》のすがたうつすことあり
露しづく受けてあそべる幼子のその両の手に救はれましを
床下に射し込む冬日のぞけどもいまは青じろき草ひとつなし
眼鏡かけしはわれ十一の夏にして両眼の度もことなりゐたる
戦争の冬をこもりて何すとやへりくだらねばならぬわが身を
昼となく夜となくわれのそびらには枯葉のごとき音立ててゐつ
けざやかに雲ながらへば涙出づ気ぐらゐばかり高きにあらず
ふるへつつ卵うみゐる白き蛾をかかる霜夜におもふは何ぞ
寒ながらはやも黄に咲く花ありて物わすれせし春に似るかも
不眠症のむかし思ふもかなしけれ夜夜越えゆきし青山のみづ
器物にはこころをくだくたしなみも幼きこころにつちかはれしか

朝がたははや川底にかへりゆき耳澄ましゐるごとく静けし
チューリップも咲きぬと言ひて忙しく戸籍謄本取り寄する春
来年の向日葵の種子しまひつつはやなになにとこころせき立つ
ひとひらの掌中《たなごころ》にぞ見るべけれ亜細亜のはてにつづく国国
風のなかを額《ぬか》きらめかし来るものの聖《ひじり》ならねば蔑まれあれ
夜の底に燃えくるめける赤き火をわが身ひとつに清しみたるも
夕焼の空にたゆたふひとすぢの黄いろき雲も春らしくあり
さむざむと夕照りすればみほとけのお寺の屋根も曲りて見えつ
母となる日はいつならむわが妻に夜霧に濡るる草花見しむ
草なべて素枯るるときにありながら紅の茸《きのこ》庭にもえ出づ
六茶九茶に冬日照り込む家のうちアルミニユームの缶叩きけり
朱にひかる珠《たま》の一つをいつくしみおづおづと生命《いのち》いきながらふる
柿の木に冬日あかあか照りゐたり何為すなくてことしも終る

諸行

あたたかき雨降る夜《よは》に思ほえばなべての草はしろき根を伸ぶ
冬の間におのが短気をやむべしと願ひたりしもはやむなしきか
墨すりて何をしるさむ紙のうへ諸行無常とおもひは尽きず
肉体の内部の暗さ見え来つつせんすべ知らにかなし眼をとづ
をりをりに床下《ゆかした》覗きゐることありいつの日よりの愚《ぐ》な仕ぐさなる
大木《たいぼく》が黄な芽を吹けばかなしもよわが頭こはれゆくと恐るる
晩ざくらさとひらめきて散りたれば再び戻りそのしたを通る
あかあかと夕焼雲のうつらふを何のかげにや窓べを過ぎつ
冬の日の午後二時ごろをまどろめば網ふせられしごとく悲しき
日向《ひなた》べに短くゆるる草ありと妻にも言はねたぬしきものを
梅の香のにほふ夜ごろはわが町をやくざも歩く足おとぞせむ

よるひる

うす曇る温き夜なかを起き出でて大いなる春芽《しゆんめ》ひとつたづねつ
天も地もただ暗き夜を手さぐりに歩み出づればあやしきこころ

春雨のなかに暮れゆく崖高しひもすがらむかひゐしも敵《かな》はず
昼ひなか燈火《ともし》を提げて暗がりにもの探しゐしは今日かきのふか
夕焼の雲しづみゆくを見てゐしに鼠かかれりと騒ぐこゑする
戒律のきびしき時に身を生きて何んの悲願もかくるにあらず
対岸の岩をのぞむは信心かやまぶきの咲けばわれも見て立つ
ゆく春はわが祖《おや》の代もかなしくて菜種《なたね》子の油しぼりしか知れず
夜よなか裏の畑におり立ちて春も過ぐるとくらき土打つ
ゆく春の黄な花咲ける庭どなり如何なる襤褸《ぼろ》を焼きゐるならむ
夜をひと夜おもひつくして朝がたの静けきこころ墨磨りてゐつ

花　筐

おぼろ夜の月黄いろきにわかれゆくいのちと思へ肉体をもつ
はろかなる山のあひまにけぶらへば夕日のごとし抱きて歎かむ
たまゆらの休らひとてしなき如く現《うつつ》ならざる貌《かほ》かたちせり
なめらなる髪を撫でつつ悲しもよはやへだてくる生命《いのち》と知らず

かなしかる遺りの髪をまもりつつ春過ぎゆくも知らずありける
杜若《かきつばた》むらさきふかく咲く辺《へ》まで昨日はありしさきはひなるを

春　陰

ゆく春は鳥の抜毛もかなしきに白く落としてはや飛び去りぬ
はてしなく畑に落ちてゐるもののうれひは雨にしとしとと沈む
石垣のあはひにひそむ毒蜘蛛をいざなひ出すと昨日も今日も
土砂降りの雨にからだをうち流し木石ならぬわがいのち思《も》へ
手の甲を這ひゐる虫のまたしても血脈《けちみやく》にひそみゆくと悲しむ
大いなる穴のごときに向ふごと霞ふかくなり昼すぎてゐつ
白米《しろごめ》のひとつかみばかりたづさへて何にほどこすいはれも知らず
野にあれば遺賢とこそは言ふならめ霞濃き日をかなしむらしも
黄な花が一面に咲けるところにて涙ぬぐへり示《あか》しがたしも
まむかひの屋根に啼きつつ白猫が土塀をつたひおり来たるころ
ゆく春は老婆のごとき親すずめ雨に濡れつつ羽ぶるひをせり

脊《せな》の上《うへ》に石のせてゐるはいのちにて今年も春の老いゆくらしも
昼前の二時間ばかり幾百となく幾千となく羽蟻空に消えゆけり
勘《かん》どころはづれてゐれば老猫《おいねこ》のせのびするごと涙しながす
風もなき真昼を涙ながれゐぬいにしへは美籠《みこ》もち花摘ましけむ

野つぱら

青青とかがやきわたる野つぱらのかかる陽をわれら祖先となせり
蜥蜴らははや草の間《ま》にひそめるや龍のごと天の雲裂けてをり
かぎりなきこの世の夢やまぼろしもわがものとして生きゆかしめよ
石竹の花赤く咲けば梅雨ふけてなぐられしごときつかれ身に出づ
日のくれは天山南路を地図の上に恋ひわたりたる子供なりしも
たたかひを挑むものあらばたたかへよ遜《へりくだ》りゐるは歎きとならむ
黄な花がいちめんに咲ける晩春《おそはる》はわれの古さが彩《あや》なく眼に立つ
夕焼の空のこなたのもいろの雲の妹をあはれがりをり
夏の夜は智恵もなく露にまみれたる地酒を汲みて酔ひ伏しにけり

燃えあがる塒《ねぐら》の眠りといふことの誰《たれ》があはれに言ひ初めぬらむ

虹

肉体のおとろふる日もわが夢の濃く虹のごとく輝れよと思ひぬ
森ふかく咲きたる花のすがしきはひとに言はねば和まむとする
いきものの蛙ひとつを殺《あや》むるもあやに輝くわが眼ぞかなし
松のかげいまくきやかに澄みたれば手に兇器なし炎天に立つ
貧しけど心のすがしさ眼に見よとかなたなる虹の輪にむかひをり
ひとたびは深く信じし道なれどくづれゆく日ぞ響つたはらず
玉虫といふ虫生《あ》るる庭にむきたたかひの夏をこもるまづしさ

夏 旅

炎天に湧きあがる雲の限り知らねば一筋にわれの犬吠えて走れ
ひろびろし夏草の野を岐《わか》れゆく道のかたへのひじりのごとく
夏草の高しげるなかにかくろひて腐りつく古木の株は思ふな
駆けのぼる木立だになくば山の上の荒草に沁む真夏日の照り

夕空の雲とろけゆく蒸し暑さ容赦なくあかき罌粟《けし》の花なる
月夜ゆく川のながれのひとところ魂《たま》あるがに輝やきにけり
どんな獣を崇《あが》めまつれといふならむいよよ外道に落ちしかあはれ
あたまより影日向《かげひなた》なき陽を浴びて腐りゆくとは植物に似ず
炎天にたちくらみするつかのまぞ松虫草のむらさきふかき

市隠抄

朝戸出にふとわが顔が泥みづにかげを映《うつ》せりぬぐはれなくも
何が名誉の道か知らねば向日葵の西むくこころを暑しと言へり
すでにして夏も終りのもののおと黄いろくなりし畳にすわる
壁も柱も乾ききりたるかなしさは何にたぐへて死なばよろしき
荒庭にむきてこもれば土用すぎ見ひらきし眼のあはれを感ず
夕焼の雲枇杷《びは》色にうつるときよろめくばかり庭におり立つ
砂の上にとまれるらしき蝶のかげ淡く昼寝の夢に見えくる
向日葵が挑むばかりにかたむけばはや日ざかりぞ頭つかるる

むし暑き朝より木魚の音すればなんの疲れか身にいたく沁む
溝泥《どぶどろ》に突きおとすよりすべなしとはやとろけゆく夏の日のをはり
さまざまの記憶よみがへりまた消ゆる秋の日向に在りと思はむ
漢口の陥いらむ日をわが待てば石にひびきて秋立たむとす
しらじらと月に照らへる砂原をはや遥かにぞ思ふこのごろ

清　秋

退屈の時とほく過ぎてこのごろの朝あをき空に頭《かうべ》を垂れぬ
怒りては庭になげうつ宝石のひとつだもなく秋のしづけき
白き冴えたる牙うち鳴らし消えゆけりはや何もかも命のみなる
汗あへて勤労奉仕にたづさはる太初《たいしょ》もあをき松のかげなり
ねやにゐて秋のひかりの澄みたるに何を逞しき夢見むとする
はじめよりかかる大和の国ありと忘れをりしぞ歎き出されつ
あをあをと水を断ちきる秋の日のいさぎよき思ひしてゐたりける
夕ぐれは街のひびきが縞なして水と澄みゆけば秋の奈良なる

秋の日に照らふ草山ただ青くゐむかへばすでにわが眼はとづる

懸崖

あかあかと夕焼すればおのづから今は俗歌をまじへて亡ぶ
絶えまなき秋の日向の土くづれ何はかなむやいのちなきもの
白髪をふり乱しはしり哭《な》き叫び山に入りしが音沙汰もなき
澄みはてし野末を見れば夢なるやはや崖のごとくひらくものあり
がらくたを仇《あだ》のごとくはたたきわりもの狂ふさまの秋の昼なれ
懸崖の菊をつちかふゆふぐれはまた崑崙《こんろん》にわがかへり住む

鶴

飛び込めばはや渦巻きて散りしきる紅葉《もみぢば》のなかの来し方のゆめ
千年のよはひをかさねて松も青しすでにいつしか鶴飼ひにける
日の暮をとほく歩むは長安の詩人なりしか木沓《きぐつ》をはきぬ
かずかずの逆しまごとも過ぎにけむふり返り紅葉《もみぢ》藉《し》きて休めり
西域のゆふべにあふはうつしみの人にあらねばたなびきにける

しとしとと夜を落つるしづく濡れしとる石を抱きて重くしづみぬ
何の悲しき夢さへもなく鶏頭は土に折れ伏していよいよ紅し
定住の家を持たねば妻つれてある日に見たるコーカサスの谿《たに》
ゆふまけて水のおもては盛りあがる青青としまし和むこころを
朝しづくやさしやさしと手には受く心のそこのいきどほり消す

昭和十四年

南枝北枝

殉国の美談なりしか腸《はらわた》のこほりつく夜《よ》をにほふしらうめ
逆しまにかがやき落つる美しくこの世ならぬと褒めそやすかも
冬海の鳴りとよむはてぞ虚《うつろ》なる無限のごときわれを哭《な》かしむ
子らは遊び老いたるは坐る縁の端《は》のいつの代とわかぬ冬日ざしなり
肉体は首からしたか胴だけと信じてゐしがはや梅にほふ

鳥飛似鳥

たまゆらもその眼とづるな爛爛とかがやくその眼とはにとづるな

いかならむ世となるや我の知らねども水激しけばうち湍《たぎ》ちたり

鬨《とき》のこゑ野山にひびきとよもせばまた夢に似しうすき花散る

雪の日を花屋から来る一鉢の温室《むろ》咲《ざ》きの朱きはなよ凍るな

夜となれば庭の奥どをゆききする洋燈《やうとう》のありていまも眠れず

絶えまなく過ぎてゆく時間《とき》に逆らひてわが熱き血を悲しと思ほゆ

法則に今はしたがふやすらけく夜を夜もすがら雨滴のひびき

のろくさく今日も日が照りはげみなきわが日常の歌うたはしむ

雪の上にわれの脊骨か燃しゐしほのほのひとつ立たずかなしも

塵ひとつなき谷底の冬なればなみだもかれて鳥鳴きにけり

山河

一

おぼろめく春の夜中を泡立ちて生《うま》れくるもの数かぎりなし

夜をつくし勝負ごとにぞ勢《いき》ほへる虚しさや涙ながれてやまず
かがまりて見はれば荒き地《つち》なるを何の虫かもはねて飛びたり
みづからを火焔《ほのほ》のなかに燃えしむる不動といふも影かたちなし
泥沼を泥の底よりかきまはし慰《なぐさ》まるべくはものすさまじき
まがなしきわが行《おこなひ》を見しものの山河《やまかは》なるや青さを知らず

二

頭髪の汚れをいたく気にしつつなまあたたかき風中に立つ
かずかずの逆さまごとも眼に見しとはやおぼろなる涙ぐみつつ
ゆく春を穴のなかより這ひ出でて悪のごとくは憎しまれける
とことはに牙をあらはすこともなし岩のごとくは苔むしにけり
玉ちらふ瀧のしぶきのしげけれやこの一つごといかに守らむ

十二便

赤赤と落つる陽を見ずとどまらずあわただしくは流れゆきたり
さきがけてうす黄の花の咲く春に生れあへるも七夜たもたず

炎天にうちしほれゆく蔓くさをかなしむ思ひは夏と知りつも
おのがもつ十幾貫の重たさに今日をゆだねて生くるかなしさ
溝のべにあかき口してみづ飲める畜生ぞあればもの歎かふな
きりきざむ胴のなかより光り出る剣《つるぎ》にもあらばたふとむべきに
人間のいのちといふもはかなくて夜明に過ぎしひとひらの夢
逆しまに落つる速度のすさまじくまがなしき限りひとり思はむ
しづかなる春の夜なかをうつむきて何を思《も》へるや悲しみふかし
雲もなく山も野もなき眺めなりひとすぢに青きまぼろしのぼれ
夜一夜《よるひとよ》なにものもわれを超え得ずと信じきるこそ暗くかなしき
大空に胸つき出だし坐りをる山のごときもののつね自若たれ

春雷

まかがやく夕日のなかに眼をとぢよかくして今も由緒ただしき
ばら色の朝日ぞにほふ床のべに老いてののちや何みがきゐむ
春雷は鳴りわたりたりいにしへも今のうつつも仇《あだ》に刃《は》むかふ

青空の澄みたるほかは思はねばひびきを立てて飛び行きにけり
春の日に脊中を干してゐるものの頻りに泡を吹きて老いつつ
野いばらの咲き匂ふ土のまがなしく生きものは皆そこを動くな
青青と日の照れば深き谷にして昆布に似し長き草垂れさがる

大和

春がすみいよよ濃くなる真昼間のなにも見えねば大和と思へ
白鳥のせめてひとつよ飛び立てと野をいやひろみ祈りたりけむ
とこしへに春を惜しみて立てらくはいまに現《うつつ》のおんすがたなる
何ものも従へざればやまずかも永遠《とこしへ》にひびくこゑとこそ聞け
天ごもり鳴く鳥もあれ真昼間の野火燃えつづき太古《むかし》のごとし
四方山もすでに暮るると下《お》りきたり谷に水のむけものちひさし
ひもすがら陽に追はれゐる家畜らのはや夕暮とねむるかなしさ
畜生も石のほとけと刻まれしこころ見るべし春日照りつつ
ゆふぐれと彼方に低く錆びひかる沼地の水か心《うら》たよりなき

かぐはしき思ひのなにも無きながら強ひて象《かた》る花はひらめかず

霞

祖先《みおや》らを遠くしぬぶは四方山もかすみて見えぬ大和と思ひ
層雲の彼方に見る見るかき消えしわが子の面《おも》のかがやきあはれ
春霞いやふかき昼をこもらへば土間のあたりにうづくまれこそ
たはやすく人のこころを疑ふなかすみ濃くして天《あめ》も見えぬに
尾を垂れて夕べをかへる家畜らのうちしほれたる我は容るるな
よみがへる生命《いのち》ならねど眼をあきて霞の奥をのぞむしばしば
菜の花の咲きのさかりを家ごもり昼燈《ひるひ》を点けてこの世ともなき
春山のかすみの奥に逸したる鹿のごとしとひとつたへけり
戦《たたかひ》の日にありながら家のうちのわたくしごとをなげかふあはれ
牙鳴らし白きけもののかくろへる霞のおくにたづね入るべく

遠日

遠き日のいよいよ遠くなりにつつ山かすみひくくつらなれりけり

けだものに会ふばかりなりし古への神の道かも青く照る見ゆ
春まだき山上《さんじやう》の湖《みづうみ》尋《と》めて来てひと夜《よ》ねむるも水よりひくく
狂ほしく野山ゆきつつ時にわがあやまちのごと花散れる見き
春の宵《よ》は石油《あぶら》ランプにたらたらと石油注ぎゐしむかしの母を
山山のうち重なればおのづから霞みつつ春はねむり入りたり

韓　紅

ひとたびは音立てて清く流らへとあるひはねがひ沼の辺に立つ
たはやすく四億の民と言ひなすも悲しきかなや数へがたきに
たたかひを挑むものあらば闘ふとあはれにひとり眼を耀やかし
春の夜にわが思ふなりわかき日のからくれなゐや悲しかりける
あかあかと硝子戸照らす夕べなり鋭きものはいのちあぶなし
ゆふ焼の雲あかくうつる土の上に這ひもとほらふいきもののかず
また一つ国ほろべりと報《しら》するもわれらありがたしただに眠れり

ひびき

掟だにただしからずば春の日を生《あ》れつぐ虫もいのちかなしめ
いんいんと響き来るものありがたくただに無量の思ひしてゐつ
たよりなく昼霞せりいづくにか卵を落とし鳴く鳥あらむ
海底のふかき谷なすところより眼ざめ来たりて朝を息づく
おぼろめく春の宵月赤ければ土龍《むぐら》は穴より手をつきて見つ

風景

さざれ石敷きつらね清き水底《みなぞこ》にあゆみ入る朝ぞ花ちりしきれ
こなごなに砕けはてしがひとしきりあやに光れば手もつけられぬ
たまゆらに百年の月日過ぎゆくも疑ふなかれと石に彫り込む
西欧のむすめらうたふかぎりなきあなまがなしき声にゆすらる
住みつきてはや二年《ふたとせ》かあはれなる埃《ほこり》よと言ひて妻の掃きつつ
ゆふぐれと在《あ》るにあられぬ眼つきして虫ども棲まふ穴覗きをり
草も木もわれに挑みてほえかかるすさまじく青き景色なりける

明るすぎる野なかにあれば疑ひて立木の幹も裂きて見にけり
土塊《つちくれ》のなかにまざりて朽ちゆくか老のいのちの夕火をともす

草逞し

うつうつと梅雨の曇りのふかければ身に沁む紅き草花を愛づ
かがやかに日ぞ照りわたれ梅雨あきて地につき如《な》す青葉の重り
きりぎりす鳴くや草家簷《くさいへのき》ひくく十年《ととせ》にあまるわが夢成らず
ふつふつと沸き立つ暑き日ざかりの泥の泡とも吾《あ》をかなしまめ
雨あがり伸び著《しる》く太き夏草にわが身を並べすなほなる日や
夜ふかく雨さわさわと降るなべに燈《ひ》を照らし庭の青葉に対す
おのれをば鍛《う》ちなほさまくと腕組むや杉しんしんと声なく高し
牡丹杏の紅く熟れたる木のもとに少年なりし日のわれが立つ
山あひに遠く見えたる海の色かつてひとたびも父と旅行かず
夏草の野をただに逃れゆくわれのさびしき背後《うしろ》をりふし浮かぶ
しんしんと大樹の杉を容れしめてしづかなるかなや青空の照り

牡丹杏の朱く熟れたる木のもとに懺悔さながらのわが十年《とせ》思へ
さみだれの夜《よは》におもへば内ふかく蔵《しま》へるわれのこゑごゑ濁る
雨晴れてひとしほ色濃き紫陽花のかたぶけるさまは夜も思はむ

夏　夢

夏草の伸び逞しき日をひと日こもりをり壁のすべすべと白し
運命にひれふすなかれ一茎《いっけい》の淡紅《うすべに》あふひ咲き出でむとす
夏三十日《みそか》むごき日でりに萎《しな》ゆれば草さへ地《つち》を抜け出でて飛べ
彩《あや》なりし昨夜《ゆうべ》の夢を追はまくは満目の露ひとしきり澄む
骨髄に沁みしうらみの消えやらず十年経し今日をうづく思ひす
若葉せる樹樹の梢を踏みわたりいづく行かましや神ならぬ身を
若葉せる樹の上に夢を遊ばせて吾《あ》はかなしもよ家暗く臥す
天わたる鳥の羽音をとらへまく双手あぐるや黄昏はふかし
この道や夜霧のおくに燈《ひ》をともし妻子のねむる家ひくくあり
父のみ墓に母と詣りて額《ぬか》ふすやかくし音なきをいぶかしみせり

あをあをと我を取りまく夕野原針はしきりに草に蔵《しま》はる
遠空は淡《うす》き縹《はなだ》に澄みたれば夢消えてゆくよ草みちづたひ
この道の夏草あをき高しげり家出づるわれをはや隠さふも
万緑のなかに独りのおのれゐてうらがなし鳥のゆくみちを思《も》へ
あかあかと雲は遠べに退《しぞ》きゐぬ夢覚めて万朶の露をすがしむ

無　為

無為にして今日をあはれと思へども麦稈《むぎわら》焚《た》けば音立ちにける
真夏日の灼けつく白き石の上に立ちつくしゐてもつひに無為なり
ふるさとはひろからねども真夏日のいや青く照れば天才も出でよ
朝あけてはや濫《みだ》れさす暑き日にさだめに似たる葵咲きたり
草の上に脱ぎすてられし白き帽子が真昼の夢にかよふ久しき
土ふかく泥ふかくもぐり帰りゆきなべて彩なるものを忘れむ

炎　天

赤赤と雲のなだれてゐるゆふべ　わが犬は尾を巻きてうごかず

おそ夏はものなげくだに虚しくて柴の折戸をつくろひゐたる
草山に秋日照りみつる昼なれば蛇を近寄せる萩咲きにけり
蛇も蛙も脊《せな》の縞目の荒だちて秋に入りゆくはともにかなしき
汗あへて昼を眼覚めぬ鱗あるいきものを思ふは堪へがたく暑き
炎天に虫しきり鳴けり千年の夢かしばしば顕《た》ちては消えぬ
赤赤とどぶどろに日の堕ちゆけば夏も終りのあぶく立ちつつ
夕風に萩のむら青くなびかへば萩のむら潜《くぐ》るいのちすがしき
小鳥らは音なく空に舞ひあがり何のひびきも骨身に徹《し》まず
昼と夜のあはひにありて歎かふも定かには見えぬいのちなりける
昼寝より覚むればすでに夕ちかし夢もなき身にごんくのひびき

晩　夏

炎天に汗をぬぐひて立ちどまりわが旧《ふる》の身を悲しめりける
炎天に犬しきり啼けり旅びとは無形の父を眼におひにける
旅にある夕べはこころもせばまりて低い草山がなほさら低き

下界には今夕雲をうつくしと見とれゐるわれが足ふらつくも
夜となれば心おきなく眠らせと母には言はね草のかげより
青じろく湛へぞひろき水の辺に午前五時ごろ歩みちかづく
おのれひそかに楽しき思ひしてゐれば水動きそむ昼過ぎにつつ
大戦となるやならずや石の上に尾を失ひし蜥蜴這ひ出づ
鋸のおとこそひびけ石の上に夏もをはりの花あかく散る
谷あひに石割るおとのさえざえと秋空高くひびきてやまず
すでにして夏もをはりと桃の葉の葉脈《えふみやく》見ればあら透きとほる
口《こう》の渇《かわ》きを堪《た》へつつ帰るふるさとの赭土《あかつち》の道の晩夏《ばんか》のひかり
蜘蛛の巣が朝日にひかりをりしゆゑ著しきは今日なにもなし
なにごともなかりしごとき夕べにて青き砥石《といし》に刃物を当つる
夜夜をわれらまづしく地《つち》ひくく眠らへばすでに則《のり》にしたがふ

昼　顔

炎天に燃ゆるほのほの黄いろきに毀りこむべくいらだたしけれ

雲白き夏のゆふべとあざわらひ卑しみゐたり生ぐさきゆゑ
西空の雲焼けただれ縮《ちぢ》るると家の荒壁塗らしむるなり
昼前は救はれがたく暑くして野朝顔の花うす朱くしぼむ
夕ぐれとあるにあられぬ声あげて親の慈愛はどうしやうもなき
はろかなる星の座に咲く花ありと昼日なか時計の機械覗くも
神神のこゑもこそせね昼顔の花あかくしぼみ渇きゆく野に
赤赤と夏のをはりの花散ればいにしへよりぞ奴隷はあるも
こだまして雲に入りしが天降り来てまた限りなくいつくしみ垂る

短歌随感（抄）

短歌の正道について

明治大正の歌よりは昭和の歌は進歩したと言はれ、昭和初頭の歌よりは今日の歌は進歩したと言はれてゐる。更に去年の歌よりは今年の歌は進歩したと言はれ、昨日の歌よりは今日の歌は進歩したと言はれてゐる。これが今日の短歌の進歩図であつて、退歩といふものは無いもののやうである。誰も進歩したとは考へはすれ退歩したとは思はぬらしい。人間とはさういふ生きものかどうか知らぬが、時評や歌評の幾つを見ても進歩は云々せられてあつても退歩に就いては書かれてゐない。即ちかやうな歌は過去のものだ、十年前に過ぎ去つたところのものである。と言つた風の科白が合言葉のやうに用ひられてゐて一向怪しむものがない。この調子で行くとすると、現在のものは総ゆる過去のものより進歩してゐるといふことになり、現在だけの意義しか認めないといふことになる。にもかかはらず今日の歌は尚万葉集には到底及びつかないと言ふのであるが、これは一体何を物語るか。敢へて意地悪な言葉を弄してゐるのではない。

たとへばここに与謝野晶子氏があり、また吉井勇氏がありとする。これらの人々に対する場合、今日大概の歌人はその人を指して過去の人の如く言ひ、その歌を指して過去の歌の如く言ふのであるが、然しそれならそれは一体何を標準にした上に於いてさやうに言ふか。今日の歌壇の傾向と一致せず、そこから外れてゐるといふことを以て直ちにこのやうな言葉を発すると言ふなら、その無知蒙昧さは笑はれてよい。軽卒といふ以上に非礼でもあるが、さういふだけでは済まされない。けれども然しそれは果して過去の人であり過去の歌であるのであらうか。詩歌の本義の如何なるものかを知るものなら、これ以上の説明は不要であらう。

万葉集や新古今集に就いては言ふ必要はない、それ以降にあつて歌が一番歌らしい姿勢をとつたのは、恐らく明治の和歌革新以後、大正の中期まででであつたに相違ない。「桐の花」や「赤光」がそれの頂点であり、それから後は下り坂であり、昭和に入るに及んで歌壇の大勢は歌そのものの正道から外れて行つたと思はれる。今日の歌はそれ故に明瞭に云へば短歌の伝統、否、詩歌の本義に反したもの、いはば一つの変体状態の中にある。この変態的な歌を更に愈々追究しつつ、それが宛も短歌の真の本道であるかの如く誤解してゐるのが今日の歌壇の全部であらう。進歩すればする程短歌の正道から遠ざかる、それが今日の歌壇の現状なのである。

尤もこれらの歌を全部否定しようとするのでなく、又否定し得るものでない。だから今日の歌人はそれとして認めるとしても尚詩歌本然の相に相反するのである。それが如何に万葉集に傾倒しようと、その歌は万葉集の系統に属さない、況してや古今・新古今集の系統を引く筈もない。それらとはおよそ別個のもの、全然異つた一つの何物かであるのだから、さういふ立場から進歩を云々されたところでそれは意義をなさないばかりか、却つて見当外れとなる他はない。そこで万葉・古今・新古今といふ風に一本の線を伸びさせるがよい。すると明治大正の歌人は大体全部その線に連なる人々である。然しそれらの人々も大正中期を過ぐるに及んで漸くそこから喰み出してしまふことを知らねばならない。残つた人は与謝野晶子、吉井勇氏などであり、残された歌集は「桐の花」、「赤光」などが代表的だらう。然し北原白秋、斎藤茂吉氏らにしてもかやうな言説には不満であり、恐らくは現在の作品に対して一番の自信を持たれてゐるに相違ない。

だが、それは作者自身のことである。大切なのは詩歌そのものの本態であつて、そこから見る時、「赤光」や「桐の花」、吉井勇氏や与謝野晶子氏がたとひ過去の歌集であり過去の人であつたにしたところで、これこそ短歌の正道に立つもので他の何物でもない。いたづらに過去の人、過去の歌として時間的にのみ見てゐたのでは大いなる誤解を犯さぬとも限らない。さうしてそれは犯しつつある。進歩と言ふのも歌の正道に立つてはじめて意義があるので、傍道に外れてしまつては既に問題でなくなる。幼稚でも過去のものでもよい。短歌の最も正しい系統を見究め、その上に立つて歌はれなければならない。

だいたい今日の歌人は、文学に於ける虚実といふことを知らない。それは文学論として、芸術論としては十分知つてゐるのであらうと思ふが、実際の場合に当つてつまり作歌する場合に於いて、虚実そのものの実体も知らねばその方法も知らないのである。故に現実的なものでありさへすれば、どんなものでも一応はかへりみられはするものの、反対に現実離れのしたものとなると、誰も相手にはしないのである。だが、現実などといふものに苦労してゐる間は、到底一人前の歌は詠めないのである。と言つてこれは何も現実離れをせよと言ふのではなく、況して先程流行つた超現実主義などをかつぎ出すのではないのだけれど、歌といふものは現実に鼻面をすりつけてゐる間はそれはまだ歌ではないのである。

元来歌といふものは現実の中にはないものである。現実に歌を見ようとしたのはおそらく正岡子規を最初とするのであらう。と言つてもこれは子規を批難するのではない。子規は批評家としてさういふ規範を示したけれど、彼自身は勿論歌は現実の中にはないことを知つてゐた筈である。だが、それを真正直に継承したのが後の子規門、それもよほど下つての人々であつたと思はれる。然しこれも要するにその時代の影響によるので、自然主義思想といふのを考へずしては、かういふ説明は出来ないのである。考へてみると今日の歌壇を形成する歌人のすべては皆自然主義の子供にすぎぬ。それは純然たる自然主義から生れて来たので、子規のやうに浪曼的なものを尚どこかに持つてゐるものとは異ふのである。そこへ行くと与謝野鉄幹などは純然たる浪曼主義者として、それがそのままに成長したのである。子規からは浪曼主義の子は生れなかつたが、鉄幹からは浪曼主義の子も生れたけれど、時代のせゐで自然主義の子、又はその混血児も生れてゐるのである。けれどもこれはどうでもよい。ただ自然主義といふものは今日人々が思つてゐる以上にわれわれの先輩を総なめにしたし、さうしてわれわれも亦その影響を多分に蒙つてゐて、それがもう骨肉のものとなりきつてゐる故に、殆んど批判の外にあると言つてもいい程である。

然しここで自然主義と現実の問題を関係せしめてあれこれと言ふつもりはないが今日の歌壇は自然主義以外のものでなく、殆んど歌の伝統を無視した、それ故に全く正道から外れてしまつてゐることを言へばよいのである。写生などといふものが今日のやうに意味づけられ、それが唯一絶対の道であるかの如く信じられたのも、すべてそれは自然主義と関係があるのである。勿論写生といふことは文学芸術の最初の規定だ。これなくしては何をたよりにしていいか分らない。あるものから写生してゆく。これは幼児が言葉を覚えてゆくのと同じやうなもので、写生が大切であるといふより、写生から入らなくては入りやうがないとしてみれば、これはもう写生道などと際立つて主義とし主張する性質のものではないのである。さういふかたよつた考へ方からして、現実の問題がまた間違つて取扱はれ出した所に今日の歌の不幸がある。

それより今日の歌人が、さういふ現実の問題と関係して、先づ第一に大事にしてゐるのはその歌の内容といふことである。この歌は深い、いや浅いといふ風なことだけならまだしも、当今の短歌革新論とかいふものが第一にとりあげるのはいつでも内容なのである。自然主義全盛の時代なら兎も角、今日内容などと言張つてゐるものを見ると、われわれには、この男は文学や芸術を知らんな、と思ふばかりではない、それでよく歌などをやれたものだと思ふけれど、他の文学や芸術ならいざ知らず、歌はうたである、元来がうたふものである以上、内容などといふものよりは先づそれがうたになつてゐなければならない。内容とはものではない、それはあくまでそのものの精神であつて、断じて外部から観察したり測定したりしうる性質のものでない。内容も形式も一つの精神であつて、その精神がおのづから三十一字に渾然と融合したものが歌なのであつて、内容が現実的でないとか、現実味が足りんとかいふことは末の末である。だから極端に言へば、そのへんの歌人の多くよりはたとへば世の中のどん底にゐる娼婦あたりの方がずつと人間は内容的であり現実的だ。

考へてみよ、今日の歌人はその歌を観賞する場合に先づ問題にするのは、その歌の深さ、厚さとかいふ風なものと定つてゐる。深さ厚さがそれ程大事なものなら、何も歌でそれを目懸けなくともよいではないか。同じ文学でも、詩や小説などの方がずつとそれを覗ふには便利であり、又手つとり早い。と言つて何も又浅く歌へ、うすく歌へといふのと違ふ、今日の歌人がさういふものばかりに苦労してゐるから敢へてこのことを強調するに過ぎぬ。深さ厚さといふことも要はそのものの精神であつて、深いもの、厚みのあるものばかりがよいのではない。浅いものにもうすいものにもいいものはいいものとしてちやんと在るのである。さういふ窮屈な跼蹐《きよくせき》した世界に入り込んでゐるから本当の歌が見られないのである。万葉や古今・新古今の歌が、さういふ深さや厚さを覗つてゐたとしては大間違である。却つて歌はうたであるから寧ろその反対の立場から歌つてゐる場合が多いのである。このことを弁へておかなければ今日の歌は妙なところへ突入してしまひさうで不安なのだ。それは世間や大衆を甘く見くびりすぎるところに原因がある。世間や大衆は素人だから歌は分るまいとする考へ方である。ところが世間や大衆は専門家以上のするどい批評を常にしてゐるもので、盲人千人であるかも知れぬが、又目あき千人といふのが世の実体なのだ。今日の歌はさういふ消息とは無関係に一方的な偏狭な世界に逃晦せんとしてゐる。

歌に現実的な力を持たせたり、重みを加へようとして舎利を採む姿ぐらゐ本来の歌に遠いものはない。時局が峻烈化して来たから、歌そのものも峻烈化しなければならぬとか、現実生活が逼迫して来たから、歌そのものもさういふ風に歌はねばならぬとか、およそこれくらゐまことしやかな嘘はない。さうしてさういふ考へから歌はれた歌といふものは万葉をはじめ歴代の歌には一つもないのだ。第一さういふ思想はわが国風に合はないものである。むしろ反対とも言へる程おほらかな気持を持つてゐたのである。記紀の歌をよく検討してみよ、又万葉の歌をつぶさに研究してみよ、そんな現実に醜面をさらしてゐる暇にも天地の間に悠々たる人間のよろこびやかなしみを歌つてゐたのである。今日の歌人が現実的であれ、内容的であれといふぐらゐ本当らしい嘘はない。さういふ思想は、却つて危険でさへある。

歌ははかないもの、たよりないものでいいのである。たよりないもの、はかないものであればこそ歌なのである。歌がたよりあるもの、はかなくないものであつたら、すでに遠い昔に滅亡してゐる筈である。かういふ言ひ方は逆説めくが、若しさう思ふものがゐたら、それは現代の思想に憑かれてゐるのだ。それも一概に悪くもないが、肝心なのは常に不易と流行といふことにちがひない。さういふのが本当の歌ごころである。全面的生活を直接に歌ひあげるとか、ひたむきなる生命を歌ふとかいふのは言歌葉としてはいいかも知れぬが、実はそんなものより更にその上にある余裕の心だ。歌はいつでも余裕の心からしか生れない。今日現実的とか内容的とかさういふ講釈に懸命になつてゐるものの歌が多く歌から遠ざかり、何かぎこちないぎくしやくした断片語に終つてゐるのは、すべてさういふ事情を解せぬからである。はかないもの、たよりないものでも少しも構はぬ。はかないもの、たよりないものであればこそ、他の文学や芸術でやれぬことがやれたのである。人麿のやうに何か偉丈夫と思はれさうなものにしてさへ、その歌の多くはなげきの心であつた。反対に西行のやうな人も宿命のやうに一生なげきの歌を歌ふより法はなかつたのである。もつと腹の足しになるやうなものをやればよかりさうに思はれるにもかかはらず、あれで一生を終るのである。さういふ根本的な所へ今日の歌人はもう一度思ひを馳せる必要がある。歌が無用のものであることをもう一度考へるべきだ。無用の用と言ふことはそのあとである。

ともあれ今日の現実的な歌を駆逐しない限り、今日の歌は本来の歌の姿に立ちかへれない。だが「赤光」や「桐の花」を褒め、与謝野晶子や吉井勇を賞しても今日の歌人の八割迄はそれに賛成しない。牧水や赤彦やその他の歌人にしても若い頃の歌の方がより正道であると言つても、本当にするものが殆んどゐない。形式の尊重すべきことを言ひ、儀式や儀礼の大事であるべきを言つてもそれに賛成するものは尠い。出来るだけ歌を新しくしようとすると反対するし、旧派の心を学べと言ふと与太を言ふなと言ふ。だいたいわれわれは最も新しくならうとすると同時に、最も古きものを愛したし、また学んで来たのである。すべて精神の問題だが、それが今日の歌人には理解されないのである。かういふ歌人に対して短歌革新をいふのは、他の短歌革新論者と混同されるだけでも甚だいさぎよいことではない。思へば革新などと青臭い言葉をよくも長年用ひて来たものと感心する。もうわれわれはこのへんでこの言葉を止めにして、もつと違つた所へ出て行つてもよささうである。

短歌のイメージ

今日の短歌は面白くないと言はれる。それは歌壇外ばかりではない。歌人みづからが言ふのであるから、これは間違のない事実であらう。今月本誌のアンケート、『現代短歌是非』を見ても、この事はまことに明瞭である、回答者の殆んど総てが今日の短歌の誹謗者でなければ、今日の短歌に不満を述べてゐる。今日の短歌を是認してゐる人は一人もゐない有様である。尤も今日は進歩主義者といふものは歌人にゐない。それ故敢へて否定せんが為に否定する、さういふ心理からして今日の短歌を是認しないと言ふやうなものは一つもないから、これらの回答はまことに正直な告白と言へる。

ところで曾ての短歌はかういふ風でなかつた、などと言つても仕方がない。それは面白い時もあるにはあつたが、今は目前の事実に注視しなければならない。然してどういふ歌が面白くないか、を決定してしまふ必要がある。それでなくては事実が事実として証拠立たない。そこで次のやうな作品を俎上にのぼせて見るわけだが、かういふ作に随喜の涙を流す盲目的信者が、歌壇には実に多いといふことである。それも歌壇に相当の地位を有するものにそれがあるのだから困るのである。

1　隣家《となりや》の若き父親小学生の子どもとボール投げして遊ぶ
2　われかつて子らと屋外遊戯などせし事なくてこの年齢《とし》になりぬ
3　日曜日けふは午後より来べき孫くもり深まり雨《あま》もよひぞら
4　過ぎし世の行為にあれどこの寺は「守護使不入《しゆごしふにふ》」と石に彫《ほ》らせし
5　吾が歩むみぎりとひだり畑にて大麦よりも小麦が秀《ひい》づ
6　黒き森そびゆるがごと一方に見えつつ畑の中をわれ行く
7　上井草の道路を過ぎりゆきしかばはその木立《こだち》いまだ芽ぶかず
8　亡き友の歌集のことの言ひありし手紙をいつかしまひなくしつ
9　八万円の税金算出の基礎となる利得の高はききき忘れたり
10　焼林檎とは如何やうのものかゆくりなく思ひつつあるひまに眠りぬ
11　汽車下りて傘さしゆけば夜空には雲だになしと言ふこゑきこゆ

12　プリムラを玄関におき冬長くいたはり来しがおとろへしかな
13　われを見てひまなりとして我妻は裏庭に連れ土おこさしむ

ざつとこんな風のものだが、全部アララギ六月号の中から抜いた。それも選歌欄などでなく、巻頭、岡麓、斎藤茂吉、土屋文明、森山汀川氏ら同誌幹部級の作ばかりである。それも特にかういふ種類の歌を選りあげたといふのでなく、なるべく一連の作中から連続してゐる部分を引抜いたのであるが、ともかくこれに類似した歌がうち続いてゐると見て差支へまい。さてこれらは一体歌なのか何か。いや歌と言ふには余りに雑駁なキレハシに過ぎぬ。①から③までが岡氏の作だが、隣家の若い父親が子供とボール投げしてゐるからはじまつて今日は日曜ゆゑ孫が遊びに来べきだといふのに終る。こんなあり来たりの感想を歌にする必要が何処にある。然もその歌は歌らしい調べも何もない。「隣家の若き父親」といふやうな言葉からして先づ卑俗趣味であるが、「ボール投げして遊ぶ」といふにおいてはただの散文である。以下ことごとくこの類ひだが、④から⑦に至る斎藤氏の作にしてみても「守護使不入」といふ言葉に、一人よがりの興味を感じてゐるだけだし、大麦と小麦の伸び具合にこれも些細な興味を感じてゐるだけのもので、何んの歌らしい調べはない。しかし氏の作はまだしも他の人々に比べて見て質を異にしてゐると思はれるほどのものは若干感じられるとしても、往年の作者からすれば随分と成り下つたものである。⑧と⑨が土屋氏の作だがこれらを現代万歳式《マンザイ》短歌と名づけてみてもよからうと思ふが、八万円の税金の作になると、これは株屋づとめの小僧君にも劣る感想であつてこれも態々歌にまでする必要は何もない。そこで感情が硬直してゐるとか現実主義的でありすぎるとか、さういふ言葉を当て嵌めて批評する以上に、これは全く仕様のないものと決定しよう。⑩以下は森山氏の作だがかうなると勿論これは歌ではないから批評に上せる価値はない。

既に幹部級の歌が右のやうであるから、同人以下選歌欄の歌は推して知るべきだらう。そこにはどんな珍物が交つてゐるかも知れたものでない。そしてかういふのが一つの新風として流行してゐる如く見受けられる。ある人は現代の短歌を一瞥する事によつて、今日の人間の思考する範囲が判然と察知出来ると言つたさうだが、まことにさもあらんかと思はれる。然しそれは本当の意味に於ける人間思考ではなく、飽くまでそれは風俗史的な意味に於いてであつて、詩人とか歌人とかいふ文学者のものでない事だけは確かである。さう言へば今日の短歌のあり方は、一列に風俗史的のものであつて、これは何もアララギだけとは限らない。アララギは何んと言つても今日の短歌の主流をなすばかりでない、さういふ流行の根源にあると考へる故に、態々アララギを引合にする所以であるが、それは言ふまでもなくその写生主義の堕落、その悪現実主義の跋扈跳梁によるのである。

写生主義も自然に対ひ、風景を歌つてゐる間はまだしも無難な時なのであつた。即ち島木赤彦時代を頂点として、それからは加速度的に下り坂になつてゐる。赤彦は茂吉氏のでつち上げた写生主義に依存し、みづからは鍛錬道を唱導して、言はばそいつに死噛付いて来たのである。倒れても石ぐらゐは握つて立上ると言つたやうな気慨が、ともかく彼をしてあれだけの業蹟を成さしめたのである。それは要するに、自然や風景を歌つたもので、人間はその中に隠しておくか、又はその裏側に立たしめておくと言つた具合のもので、自然が何より主であつた。これは要するに俳句方面への接近であつて彼等の経典とも言ふべき万葉集のそれではない。そこでたとへば赤彦あたりが如何様に人麿を尊敬し、人麿を祖述してみた所で、遂に人麿自身の本体は解する事が出来なかつたのである。寧ろ与謝野晶子氏あたりの方が、本当は彼等以上にその本体を知つてゐたかも知れないと思ふ。吉井勇氏とても同様である。かういふ説は一見逆説めくが、それは今日の歌壇を向ふにして物を言ふからで、実は決してそんなわけあひのものではない。人麿を赤彦や茂吉氏風に解釈したのでは、人麿は泣くのである。いや十分嗤つてゐるに違ひないのだ。写生主義をでつち上げたのは構はぬとしても、万葉集を一方的に解釈し、それは実に偏狭なる見方からして、或は信州式に或は山形式に卑小化した嫌ひがないでもない。然も古今集新古今集の歌に対しては、口を極めてこれを罵倒し、寧ろそれらの作よりは、自分達の優位を僭称した如き、その罪悪は軽々には許しがたいものがあると思ふ。徒らに短歌をしてその本道より外れしめ、外道の作を大量的に発表する事によつてなほ勅撰集を足蹴にしかねまじい有様と見られた。かういふ独尊的外道の思考は、つひに万葉集を勝手に歪め、古今・新古今集の真価を不当に低め、その考へ方を一般に普及せしめつつ、然も今日の短歌そのものは、愈々俳句の世界、それも芭蕉以外の所に近づけて行つたのは、誤謬といふだけでは済まされない。明かに短歌を冒瀆する行為だ。短歌の堕落もこれ以上のものはないのである。然るに大概のものは俳句的なものを取入れる事を以て短歌そのものの一進歩だとしてゐたやうだが、これこそうまうまと彼等の係蹄に掛つたもので、それが短歌の堕落に一層輪に輪をかける結果となつた。然もこの誤謬をしも尚手柄顔に振舞つてゐるのが茂吉氏である。それは氏の「新万葉集選歌の感想」の中にはつきりと言はれてゐる言葉である。さうしてさういふ俳句趣味が今日の短歌の全体に付き纏つてゐるのを知る。これは何より卑俗なる趣味だ。この卑俗主義を称して僕は風俗史的だと断定するのである。思うてみるがよい、芭蕉が所謂俳諧や俳諧的な所から脱出し、彼自身の真実なる俳句を築きあげるまでには如何なる荊棘《けいきよく》の道を辿つて来たか。さういふ労苦は誰しも知らぬものはないのである。それは並大抵の苦労でないが、反対に今日の歌人は、島木赤彦歿後アララギを中軸とする大転廻は、芭蕉の労苦を忘却し、又赤彦主義を滅却して芭蕉以前の俳諧にまで後退したのだ。その張本人は誰であらう、勿論土屋文明氏にちがひはないが、それは左千夫門下の赤彦でも茂吉氏でも何か一つの風を樹立し得た存在であるに対して、その存在の仕方を模倣したのが土屋氏である。何んでもいい、一つやつてみなくちや沽券に関はる、と言ふ風な具合から早速飛び乗つたのが現代の文明といふ奴であつた。これが今日の支離滅裂を来たした何よりの大きな理由である。

自然や風景を歌つてゐれば、大なる蹉跌もなかつたであらう。それは一つの修練を経て来さへすれば、如何なるものも容易に歌へる。それは一つの型なのであつてその型の中に嵌り込んでゐさへすれば間違はないのだ。所がそこから飛び出すと世界が違ふ、人間を歌ひ社会を歌ふ時、もうそこから馬脚があらはれ出すのだ。だがそれ以上に問題となるのは、この現代の文明といふものである。それは人間のあらゆる美しき面を惜し気もなく蹂躙し去る所のもの、現代資本主義社会に於ける唯物的商業主義の精神であつた。この精神は何もかもの一切合切を営利的な立場から打算する。したがつてここでは人間は物質以上に出られない。精神が物の上にあるのでなく精神はその下敷にされて喘いでゐるのだ。さうした精神といふものは元来が詩人のものである筈がない。寧ろさういふ卑俗なるものと死闘する所に詩人の使命があるのであらう。いやそれは断然立つて生死を決定しなければならない。然るに土屋氏はその反対の態度をとり、現代文明といふ物質世界に頭を下げて行つたのである。否それは世間の拍手を浴びんが為にみづから好んで頭を下げた形とも見える。然も又極めて無反省にさういふ立場から歌ひ続けた。それはまるで我武者羅のやうに大量生産をしでかす事によつて、一種の人気を博しえたのである。勿論それは如何にも物的思想のそれの如く、出裟婆里の、厚かましい、ガタガタとした騒々しさで一杯であつた。さういふものを新しいと言ひ、力がこもつてゐると言つて歓迎した歌壇の愚劣さについては言ふ必要がない。然も茂吉氏がそれを援助し、又歌壇の有力者の中にもそれに和して躍り出る者があつたりして、時勢の力はさういふ歌を宛も火の如く拡まらせてしまつたのである。尤もこれが極めて流行性の強いものであつた事は、今日の歌人が悉くさうした物的思想の中に生活してをり、且つさうしたものは何んの詩人的特殊な資質を要せずして歌ひあげる事が可能だからである。それは俳句の世界と寸分変らぬ、床屋の小僧君にしても容易くやつてのけられる芸当だからだ。雑談や雑感がすぐさま歌になるのである。さういふのは詩人を必要としないであらう。志賀直哉氏は談話で言へる事は談話で言ひ、談話では言へないもう一つ向ふの事を書く、といふ意味の事を言はれてゐたが、それとこれとは全く正反対の現象だらう。雑談が歌になりうるものなら、丁度徳川時代町人の中で俳諧が流行したのと事情は同じだ。唯物的商業主義精神が今日の人間を決定的に支配してゐる限り、短歌を作るものが増加するのは当然だらう。然も反対に歌は愈々下落する。

さてこのやうな卑俗化した短歌に歌壇全体が飽きかけて来たのは事実のやうだ。詩人的資質に恵まれぬ者さへ既にさうなら、本当の詩人は最初から苦々しく思つてゐたのは当然だらう。最初に列挙した如き作ならまだしもの事、亜流や末流に至つては到底話にも何もなるものでない。それが短歌未曾有の殷賑時代の所業として、その作が新万葉集に登載されたりしてゐるのである。これは明かに現代の恥辱だ。さういふ意味からでもあらうか、最近頓に短歌革新説が又擡頭し掛つてゐるやうである。例へば岡野直七郎氏の浪曼主義などもそれであらう。尤もこれは最近でもないが、然しわれわれ「日本歌人」よりは近時の事に属する。又、岡山巌氏の最近の所説も革新的である。その他大小の革新派はゐるのであらう。然しそれらは互に意見の相違があり、所説もまちまちである。岡野氏の浪曼主義は僕の考へるそれとは相当の開きがあるし、岡山氏の説は又僕の考へる所とは大分喰ひ違ひがあるやうである。これらに就いては改めて物を言ふとして、ともかく今日は革新派が一体となつて勢揃ひすべき時だと信じる。然して過去の自然や風景の写生派を駆逐する事は勿論、今日の唯物的商業主義に拝跪する者に至つては、これは絶滅を期すべく協力しなければならぬと思ふ。その昔キリストがエルサレムの宮より一切の商人を追ひ出したと同様、われわれは今日の歌壇からそれら卑俗なるものを放逐すべき義務を有する。

ところで月日の経つのは早いものだ。歌壇の悪口ばかりを言つてゐるうちに僕らの「日本歌人」も今月で丁度五十号に達する。僕は短歌の形式を日本人の血にかけて守り通した。然も世間からはバタ臭いと言はれ、フランス式だと軽蔑されつつ、尚みづから意識的に外国のものを摂取して来た。然し僕自身は大和の血統を信頼するのだ。たとひ如何に異国的なものでも僕の眼鏡に叶ふものなら、それは取り入れて構はぬと思つた。今後もそのことに変りはない。短歌そのものへの信頼があるならその方が却つてよいのである。それ故に僕の歌が如何に西洋的に見えたとしても本体はまことの日本なのだ、恐らく人々が想像する以上にそれは根深く且つ大きいものに違ひない。さういふ僕は常に日本の文化と伝統を思ひ、古典芸術の精神を思ふ。そこに僕のイメーヂが育つのである。それが即ち今日及び今日以後の僕の短歌の理論である。

明治の短歌革新を、単に復古主義だけであつたと解釈するものがあつたら、大間違である。子規の万葉、直文・信綱らの古今・新古今集の唱道にしても、それを表面的に考へることにより、復古主義にしてしまふことは歴史を見る能力のないものである。だが現在の歌人はさういふ事情に就いては深く考へてみようとしない。たださういふあとを追従するだけである。何故さうしなければならなかつたか、何故さういふ風になつたのであるかに就いては何も知らない。万葉集がいいと言はれるから万葉集をいいと信じ、万葉風な歌がいいと言はれるから万葉風な歌を作るだけである。かういふ素樸主義が今日の歌人を支配してゐる。故に現実的な歌が流行すると現実的なものを作る、日本主義が勢力を得出すと日本主義風に傾いて行く。土屋文明氏の歌が歌壇的になり出すと土屋文明式のものを作る、岡山巌氏が擡頭し出すと岡山巌式に靡いて行く。何が本物で何が偽物かを見分け得るだけの力さへない。

だが、明治の和歌革新をどういふ風に解釈するか、といふのが今は問題なのである。歌壇の偽物を足蹴にしても何んにもならぬが、しかし短歌が衰微し堕落し果てたから、万葉集や古今・新古今集へ復帰する事によつてそれを救はうとしたといふのか。それなら中学生以下の答案にもならぬ、気の利いた中学生ならそこに何物かを創造する。さういふ創造にしたがへば、何よりそれは外国の影響を頻繁に受けるやうになつた結果であると考へられる。外国の影響を一番身にこたへて受けた者が又一番の復古主義者でもあつたと言ふことなのである。これは大層矛盾した如く考へられるが、然しそこに日本人の日本人らしい血統を見得られるわけである。外国のものを知らずに日本のよさがどうして分るか、いや外国といふものの存在することを知らずに日本を云々するのは無意味でさへもあらう。日本が在るといふことは外国が在るといふことによつて更に明瞭になるのである。これは日本を軽く考へてゐる為でなく、日本といふものを世界的に考へる最も良心的な立場からである。それが解らなくなると鎖国の昔にかへり独善的になる以外はない。さういふ意味から明治の和歌革新者達は立派な歌人だといふだけでなく、すぐれた思想家でさへもあつた。歌人が思想家であつては不可ないなどといふのは誰か。立派な思想家でなくては本当の歌人であり芸術家であるわけには行くまい。

それだから今日のわれわれはもつと外国のもの、殊に西洋のものに学ぶべきである。由来日本人は模倣に長けた国民だと言はれてゐるが、現代だけを考へてみるなら、さう言はれても敢へて抗弁の仕様がないといふのが事実であるなら、向ふのものに始終厄介になりながら、陰でそれの悪口を言ふといふやうな卑怯な態度は一擲しなければならぬ。そこへ行くと万葉の歌人達は偉かつたし、いいと思ふものは支那のもの朝鮮のものも実に明朗に且つ積極的に摂取することに非常に情熱的であつた。それは良いものを尊敬する良心があつたからである。

万葉集の歌が何故立派なのか、白鳳の仏像が何故及びがたいと考へられるか。総て発展時代に於ける民族の情熱と人間良心があるからである。そこで万葉集の歌に外国の影響が無いなどと言ふのは間違である。文字そのものが向ふのものを使用してゐる限り、それは十分にあるのだけれど、それが悉く日本化せられた、いや日本のものになり切つてしまつたが故に今ではもう何が向ふの影響によるものかをさへ定かに見極めることは困難となつてゐる。一切が同化され消化しつくされてゐるからである。奈良の仏像にしても同然だらう。最初は模倣から始つたものが、次第に日本独自のものを発揮するやうになり、白鳳時代になると既に遥かに模倣を乗り越えて立派である。即ち外来のものを完全に自身のものにしなければ承知しない、さういふ民族的情熱が自身をより豊富にし、更に自身の独立を完全ならしめたのである。万葉集時代は確に芸術の理想が国家の理想と一致し、そしてそこに美しいイメーヂが描かれてゐたのである。

明治の和歌革新が一方西洋の影響を受けつつ、一方には万葉集や古今・新古今集へ復帰しようとしたのは正しかつた。そしてそれは或る程度まで成功したことは言ふまでもないが、然し現在はその糟粕を慣習的になめてゐるといふだけではない、実に加速度的に堕落に傾いて行つたといふのは、現代がどんな時代であつたか、さういふ根本的な認識を欠いてゐた為である。故に万葉集を如何程経典扱ひにしてみた所で、遂にその本体を摑むことは出来なかつたのである。そこで万葉時代が支那のものを摂取し消化することにどんなに情熱的であつたかを考へ合はすなら、現代歌人が短歌は万葉集以来の伝統を有するなどと甘える代りに、もつと西洋のものを採入れることに努力すべきであつたのだ。他の文学芸術ならいざ知らず、短歌は長い伝統を有するが故に大胆に外国のものを取入れて行つても決して腰がふらつかないだけの確な土台があるのでないか。それにもかかはらず皆んな排他的であり独善的になりきつてゐる。もつと自分といふものを見きはめそこから進むべきだ。それは日本的なものを更に立派にすることなのだ。日本の国を愛惜し民族への信頼が十分あるなら、大胆にその道を歩いて行け。いいものは日本だけにしか無いといふやうな、さういふ誤つた鎖国主義にとらはれては不可ない。

革新論様々

このごろ短歌の革新を論じるものがあちこちにある。大変結構な現象であると思つてゐる。ところでふと思ひついたが革新といふ言葉は短歌や俳句などでは屢々言はれてゐるのに反し、詩や小説の方では余りさういふ言葉は用ひられない。何故かといふことは考へないし、又妙なことだと思ひはせぬが、然しやはり短歌や俳句の如きは長い伝統を有するものであるから、自然さういふ言葉を用ひる方が適切なのだらうと合点した。至極当り前な話であるが、それなら短歌や俳句は一体これまで何人ぐらゐの人間によつて何回ぐらゐ革新論が唱へられて来たのであらうか。短歌だけに就いて言ふなら落合直文や佐佐木信綱、与謝野鉄幹や正岡子規を始めとして明治・大正・昭和の今日に至るまで、どんな人間によつてどんな革新論が叫ばれて来たといふのであらうか。多分様々の人間によつて様々の革新論が様々の機会に言はれて来たであらうと思ふが、然し本当の革新論といふものはさう度々現はれるものではなく、又そんなに度々現はれては革新の意義がなくなるばかりでなく、現はれて呉れても困るであらう。

その為であらうか、明治の和歌革新以来ほんの最近まではそれほど正面を切つた革新論は現はれなかつたやうである。勿論中には現はれたくて仕方のない者もあつたであらうが、現はれたところで何んにもならぬ。現はれるべき時期でなかつたが故に、それなら自分一人が独自の道を歩むより仕方がないといふことになつて、立派な自己革新を遂行したものも幾人かあらう。明治・大正の歌人であつてさういふ俊才の誰彼を僕も知らないわけではない。だが、それらの俊才も既に成長し尽し、それが一定の形式化を来たすやうになり、一般がそれを模倣することによつてそれが保守勢力にまでなり出すと、もはやそこから衰退の兆が現はれはじめる。然してさういふ保守勢力が永く続けば続くほどその衰退も著しくなるのは当然である。現在がまさにさういふ時期だが、それ故昭和の初頭から俄に革新論が盛んになり、色々の種類の革新論なるものが次々にひつさげられたが、一向それが目的を達するところにまで行かない。大抵途中で挫折したか、又は保守勢力の中に捲き込まれてしまつたかのどちらかであつて、不甲斐ないことおびただしいが、それは僕らの側ではない。

だが、革新といふものは言へる時には誰でも多少は言ひたいもので、殊に今日のやうな社会状勢の中にあつては、どんな人間が飛び出して来るかも知れたものでない。言ふべからざる者や、言ひ得ざる者までさへが時勢の波に打ち乗らうとする。だから自他共に到底革新などのやれさうにないと見られる者でも、さあ革新なんだといふ具合に乗り出して来る。どうせ遂行しようなどとは最初から本心の内にはないので、先づやらないよりやつた方がましだぐらゐの思惑から、つい大向喝采を目懸けて来る。言はば一つの人気取り策で、さういふのはなるだけ派手に景気よくやらねばならぬ。かういふのは本当の革新にとつては害にこそなれ益にはならぬが、然し啓蒙の役目だけは果たすものであるかも知れない。昨今の革新論は大体皆んなさういふ啓蒙論に過ぎないものだが、したがつて自信の一片も持たぬ一般の俗物歌人には、それが立派な革新論であるかのやうに思はれるのかも知れない。それだから、短歌の革新は結局人間の革新といふ所まで行くのでなくては本当でない、といふやうな言葉を聞かされると皆んな有頂天になるのである。僕らもそれは確かに根本であると信じるが故に、これまでもそのことに関して口が酸つぱくなる程主張して来たが、然しそれが根本であると考へれば考へるほど、僕らはそのことをさういふ風な言葉で言ひ表はすことは欲しなかつた。口で言ふことは容易であつても、それを実行に移すことは至難であり、それは思想や観念だけで革新出来るものでなく何より生活から変へて行かなくては不可能だからだ。これは分り切つたことで、それ故僕らはさういふ言葉をすぐに口にすることに極めて慎重な態度をとつて来たのである。考へてみるとこれは時代の良心なので、今日は何人も自信で生きることが出来ない為に、さうした時代の良心に生きなければならぬといふのは悲しいことだが、然し自分をないがしろにして生きる術がないばかりか、勿論革新も何もあり得ないとすれば、僕らは単に颯爽たる言葉を口にすることは絶対に慎しまねばならない。

けれども啓蒙論としてなら大事なところだ。そしてそこに昨今の革新論の本体が見わけられるわけだが、それだけにそれらの革新論は本当の意味の革新論でも何んでもない。勿論革新論として革新論が唱へられる限り、革新しなければならぬもののあることは分るが、そしてそれは僕らが十年この方実践しつつある問題であるがだからそんな啓蒙論は不必要であるなどとは言はない。僕らはさういふ啓蒙論がもつと盛んになり、歌壇全体に火のつくことを望んでゐるが、そしてさういふ啓蒙論が唱へられ出したことは、僕ら十年来の運動が漸く酬ゐられて来たのかと考へぬでもないが、然し今日の歌壇の唯物的リアリズム、牢固として抜き難い糞リアリズムの短歌を革新するのに、その革新論がそれと根源を同じくするリアリズムで以てするならば、結局それは水掛論に終るだけでない、却つて歌壇を混乱せしめるに相違ない。のみならずその思想的立場は厳重に批判されなければならない。今日の革新は単なるリアリズムではそれは絶対に遂行出来るものではないからである。在来のリアリズムによる革新論がどのやうな結果をもたらすだらうか。果して今日の短歌の革新は可能か否か、論者自ら反省してみるがよい。

然しともかくその革新論なるものを啓蒙論として一応是認するとしても、その革新論は卑屈である、この言葉がいけなかつたなら論者そのものが弱腰だと言ひかへてもよい。なるだけ自身を傷つけないやうに、更に大向ふの人気を博する為にはさういふ態度がいいのか知らんが、大体革新論などといふものは第二流以下の作者を相手にして物を言ふべきでない。今日の歌壇が革新されねばならなくなつた本体を突き止めたら、絶対にそんな辺りでお茶を濁してゐられるわけのものではない。僕らの革新論は常に今日の歌壇の支配的地位にある第一流の作者に対してのみ投げられた。即ち頭領と目され元兇と見做される作者を先づ槍玉に挙げることによつて、その目的を可能ならしめようとした。その為には毀誉褒貶などはまるで念頭におかなかつたのである。斎藤茂吉氏をとらへ北原白秋氏を辣し来たつてその本体を明かさうとした。何よりアララギの写生説を批判し攻撃することによつて僕らの立場は形成されたのである。然るに昨今の革新論はそれらに対しては全然目をつむつてゐる。奇体な態度もあるものである。根源を見ないで徒らに枝葉を刈り下流を堰き止めようとするやうなもので、さういふ革新論は無意味に近い。革新には遠慮は不必要であらう。いや遠慮するやうな心の裡には革新論など宿らないのが本当だらう。それとも今日の第一流歌人の作は、これは問題にしなくともよいと言ふのか。立派な作として是認しようといふのであるか。若しそれがさうであるなら革新論は成立させる必要がない。更に成立させて論じる必要がないではないか。それをしも尚敢へて論じなければならぬといふのは、一体どういふ理由によるものだらう。僕らはその理由を発見するのに苦しむものである。そこで最近の革新論が、革新の仮面を被るものとも言はないけれど、却つて旧勢力を擁護し、それらの番犬の役をつとめる結果にならねばよいがと懸念せられる。最後に言ふがこれは最近の革新論の所論の態度に対する僕の一感想を述べたに過ぎないもので、革新論そのものの内容に就いて書いたのでない。

新古典主義の方向

大体僕は自分が歌を作る上に於いて、何々主義とか何々派とか言ふことを大事がらない。これは昔からさうなのであるが、今も少しも変つてゐない。言ふならば何々派、何々主義の如きはどうでもよい代物だと考へてゐる。だからこれ迄も屢々さういふ何々派、何々主義といふものを軽蔑さへした。大概の場合自身から派とか主義とかを称へ出すものに碌な人間はゐなかつたからである。然し僕の軽蔑も余り度を過すと、妙な形に於いて色々な意味の復讐を受けたりしたものだ。あいつがああいふ風な悪口を言ふのは結局自身に確固たる信念も理論もないからだ。といふやうなのがその最たるものであつたと思ふが、思へば苦笑に値ひする。写生主義の歌に疑問を感じ、それに反対し出してからでも十五年は裕に経つ。「植物祭」を出版し、今日の「日本歌人」の前身たる「短歌作品」を発行してからでも既に十年になるのである。少くともこの十年間は僕は僕の信念にしたがつて歩いて来た。そこに些かの動揺だつてあつた例がない。一貫して同じ道を辿りながら、然も常に歌壇の大勢力たる写生主義と闘ひつつ今日に至つてゐるのである。これは決して自讃でない。正しく事実を述べてゐるのに過ぎないのである。

然し「植物祭」でも僕はその後記に何々派や何々主義といふことは述べてゐない。「短歌作品」の発行に際してもこれは同様であつた。「日本歌人」となるに及んでさへつひに何事も言はなかつたのである。却つて無主義を主義とすると書いて或る一部の俗物共から嘲笑せられた位のものである。にも拘はらず歌壇は僕らをただではすまして呉れなかつたのである。「植物祭」の時は近代主義とか現代主義とか言はれ、「短歌作品」の時はそれらの他に芸術派と呼ばれ超現実主義などと言はれ、それらの言葉が「日本歌人」にまでひき続けられたのである。さうして今日では浪漫主義と呼ばれることが一番多くなつて来てゐるやうである。何んと言はれ何んと呼びなされようと一向僕は頓着しないが、他から勝手に押しつけられた言葉といふものは、やつぱりぴつたりと来ないものである。「植物祭」から「短歌作品」、「カメレオン」を経て「日本歌人」になる迄の道程は、近代主義といひ現代主義といふも或は相当言ひ得てゐるが、

「日本歌人」になると、もうさういふ言葉では間に合はないのである。確に「植物祭」はさういふものであつたと言へるし、更に石川信雄君の「シネマ」の歌になると一層それを押し進めたものであり、恐らくさういふものでは歌壇第一であり一つの頂点を示すものであると言へよう。然しそれとても単にさういふ言葉だけでは半分の真をうがつものにしか過ぎないのである。

「短歌作品」、「カメレオン」を経て、「日本歌人」の創刊といふことは、これまでの僕らの信念をもう一つ押し進めようといふ所にあつた。その為には一層現歌壇の主流となつてゐる写生派と対立しなければならなくなつた。然し写生派なるものが本当にいいものであるなら僕らもそれに靡いたか知れぬ。靡けないといふのは写生派を非とするからであり、それらの歌が歌の本道から外れてゐると同時に救ひがたく堕落してゐると見たからである。この写生派に対して僕らが好意を持つたのは明星派であつた。明星派こそ何より歌の大道でありそれは無門だと信じたのである。歌は言はれる如くそれは全く抒情詩でなければならぬが、すると明星は抒情の本義にかなつて歌ふ立場であり、これに対して写生派は歌ふことより観ることに重きをおく立場であつた。然もこの歌ふ明星派が観る写生派によつてもろくも敗退してしまつたのは残念ながら、何故敗退しなければならなかつたかといふのが僕らの最も研究を要する一点であつた。僕らは前車の轍を踏んで失敗しては不可ないのである。簡単に言へば明星派は夢を歌ひすぎた、空想に走りすぎて現実味がなく、陶酔に耽つてモラルの裏打ちが乏しかつたのである。それ故ものを観る側の写生派の現実によつて叩きつぶされねばならなかつたのである。だから僕らは明星のやうに海外のものを取り入れると同時に写生派のやうにわが国の古典を学ばうとしたのである。

「日本の短歌は日本の短歌なるが故にもつと西洋的になる必要がある。ポエジーに於いて、又方法に於いて。だが日本人は如何に西洋人になりえようとしてもつひに西洋人になりきることはない。と言つてはじめから西洋的にを否定することは、つひに後に至つてせまい短歌になり終るであらう。これと同じく、はじめから古典に入ること は又少しく危険だ。二十歳代の若さにあつて古典に入るは古典に入るにあらずして、それに溺れるといふものだ。だから古典は顧み研究しつつも却つて追ひやる方につとめることが、寧ろ後に至つて正しき古典に踏み入ることの実際となるであらう。」と「植物祭」の後記に僕は書いてゐる。十年以上前のことだが、この言葉は今から考へても決して間違つてゐるとは思はないのである。然し僕らはその頃からして総ゆる文学の業火に身をさらして来た。一言に片づけるならそれは現代精神と言ひうるだらうが、たとへばキユピズム、ダダ、超現実主義といふ風なところも通り抜けて来た。ここを通過して来なければ真の意味の現代歌人ではないのだと信じたのである。然も明星の失敗を演ぜざらんが為に、僕らはいつでも人間研究に探り入り、モラリストたるべく最善の努力を怠らなかつたのである。「植物祭」及びそれ以後「日本歌人」につづく僕の歌や、石川信雄君の「シネマ」の歌などは、さういふ間に作られたものであり、歌壇の他の現代派に属する諸歌人の作とは著しく相異してゐるのである。

だが、それが「日本歌人」の創刊した頃になると、そこに漸く古典的な色彩が加はり、古典主義的精神が見られるやうになつて来る。ここに著しい動揺が生じ一種の混乱状態を呈して来るが、それが暫くにして平静に帰して来るに及んで新しい秩序が成立しはじめたのである。さうしてそれが現在となるに及んで一層それが整頓せられ、更に態勢を新しくしつつあるのである。僕の現在の歌は正しくその方向に進みつつあるが、これを石川信雄君の命名にしたがつて新古典主義と呼び、中田忠夫君の絶対的な賛助によつて、これを大きく展開して行きたいのが希望なのである。つまり新古典主義といふのはあらゆる現代精神を通過した古典主義に他ならないので、現代精神を通過しない限り、それは新古典主義とは言ひ得ないのである。したがつて現歌壇にあつて新古典主義を称しうるものは僕ら以外には絶対にないといふことを知らなければならない。斎藤史君の作などはさういふ新古典主義の中での最優秀作と見ていいのである。

そこで思ひ出すのは十年前「短歌作品」に発表した僕の一小論文であるが、現代の歌はロマンチシズムとクラシズムとを格闘させるのである。それが僕の希望する歌である。

あるといふ風なことを書いた。これは最も正しい考へ方だが、僕はその信条をあやまたずに実践して来たつもりである。元来僕らは浪漫家である。持つて生れた浪漫家である。写生派に対比するならなすことすることの一切はすべて浪漫的なのである。だから写生派をリアリストと呼ぶなら僕らはロマンチストなのであり、写生派の歌がリアリズムと言はれるなら僕らはロマンチシズムなのである。だから一般に僕らの歌がロマンチシズムと呼ばれてゐるし、僕らも又ロマンチシズムに好意を持ちそれに賛成するのである。然しロマンチシズムとクラシズムとを挌闘させると言つても、結局はロマンチシズムはクラシズムによつて超克せられる運命にあるものである。だからと言つてこの挌闘が馴れ合ひに終るやうなことがあつてはおしまひである。この格闘の熱量如何がその作の価値に重大影響をもたらすからである。然も浪漫的のものが古典的なものによつて打ち勝たれるときに於いて最も偉大なる優秀作が生れるのである。思ふに古今東西、すべての一流作家は浪漫家であると同時に古典主義者であつたのである。幸ひ僕らはあらゆる現代精神を通過して来た。ここで更によく古典主義的精神を学びとることによつて、今日までの僕らを一層前におし進め僕らの道をより正しく歩み辿らねばならない。

新古典主義そのものについては又改めて書くことにするが、ただ僕らが新古典主義を何故今頃名乗り出したかといふことである。それは僕らと全く異なる古風な歌壇の浪漫主義の歌人と一緒にされたくないこと、又、全体主義とか新リアリズムとかいふ風な時局便乗主義の歌人と僕らは根本的に相容れないことを明瞭にしておきたいこと等々も重大な理由の一つであるが、何より僕ら「日本歌人」の歌を発展させ、同時にその運動を積極的に展開し徹底させる必要のために他ならない。然しことはつておくが、新古典主義と言つた所でこれは決して天降りのものでも取つて付けたものでもない。僕らの歌そのものから出て来たものであり、僕らの歌がさういふ方向を示してゐるからであつて、歌壇によくある他の何々派や何々主義と全然出所因縁の異るといふことを銘記しておかなければならないのである。

新風について

1

歌壇では僕ら「日本歌人」の歌を新風だと言ふ。誰が言ひはじめたか知らないけれど、この言葉は今日一応正しいとしてよい。即ち写生の悪足掻から一歩も抜け切れない一般歌壇の歌に比べて、確かに僕らの歌は新しいし、且つ一風を樹立し得たといふことに於いて若干の自負を持つてゐるから、さう言はれても一向差支へもなく不服でもないが、然しこれは飽く迄も今日的な意味からであつて、大きく日本和歌史から眺めた場合は、又意味は異つて来るのである。と言ふのは、僕らは今日の歌壇の歌は和歌の伝統から逸脱したものであり、邪道を行くものだと考へるところから、さういふ邪悪なものを駆逐し、真の正道に復帰するのを目的として、十年来血みどろの抗争をつづけて来たものである。だから僕らの歌を新風として今日歌壇が漸く認識し出したとするなら、それは新風でなくて、本当は正道なのであり正風なのである。

　だが、かういふことは幾ら僕らが説きに説いても今日の歌壇人には通じないのである。それだから一概に新風の名によつて僕らの正風とは全く正反対の邪道を行く歌人をさへもその中に包含してあやしむところがない。これは僕らにとつて極めて迷惑なばかりでなく、殊に今日のやうな時勢にあつては一層事態を紛糾させ混乱させることになりはせぬかを恐れるのである。何度も言ふことだが、現代の歌人だけに限つて言へば、晶子夫人の「みだれ髪」、茂吉氏の「赤光」、白秋氏の「桐の花」、勇氏の「酒ほがひ」などを僕らは和歌の正道とするものであり、それを継承して更に発展させたいといふのが念願であつて、然もそれは今日幾らかの成果を挙げ得たと考へてゐるのである。たとひこれらの著者自身がそれらの歌集を否定し、現在作る作品を至上としようとも、それは僕らには無関係である。僕らは「寒雲」や「黒檜」が如何に著者自身に自信があり、且つ歌壇が如何にそれに拍手を送らうとも、今日の茂吉氏や白秋氏の作品は認め難いのである。「寒雲」や「黒檜」にして既に然りとするなら、他の一般歌人の作、殊にその現実汚れのした下等なる作品は、単に悪文の断片と思ふだけで断じて歌だとは考へてゐないことを明言しておきたい。

今日の新風と言はれる歌人の中には、かやうな種類の作品を以て如何にも時勢に即したやうな顔つきをしてゐる者がある。かつてのプロレタリア短歌には宣伝文のやうな様式があつたが、それをそのまま今日の短歌に応用して時勢向きの作品をなしてゐたりするのを見ると、僕らは和歌のために、又日本のために慨嘆せずにはゐられないのだ。歌人も国民である。そんなことは当り前のことだが、だから今日の国家の道に即応しなければならぬのは言ふ迄もないことながら、歌がもつと歌らしくなければ、つまり和歌の正道を踏まへての作でないやうなものなら、むしろこの場合日本のために有害でさへある。僕らは歌人であるから国家を愛すると同時に歌を愛してゐるのである。歌にもあらぬ汚ならしい断片語を綴つて、何が日本の歌人と言へるか。歌人のつとめは何よりも歌そのものを美しくすることだ。それが歌人として国家に尽しうる唯一の道であるとさへ言へる。

僕ら「日本歌人」は新風であらうがなからうがどうでもよい。邪悪に堕ちた現歌壇に対して正風を新しく樹立してゐるだけである。新古典主義が即ちそれだ。和歌の正道は万葉以来一貫して渝るところはないのである。僕らの歌は千年の歴史を波うたせつつ、然も限りなき未来に向つて開かれてゐる。一日経てば紙屑になるやうな歌を記録してゐるのではない。

2

新風といふことが新しく歌壇の問題となつて来た。誰の口にも、またどの雑誌にも、このことに就いて語られ、論じられないものはないといふ有様である。新風はこれから愈々大きな問題となるであらうし、新風でなくてはならぬなどといふやうなことはないにしても、それが段々勢力を加へて来るであらうことは疑へない。長い間それを目ざして来た僕らにとつては感慨がないわけではない。況して旧風の歌壇を批難し、それと最も激しく対立して来たことを思へば、この今日のありさまは深いよろこびとしなければならぬ。それ故、その新風がたとひ如何様の新風であらうと、それが新風と言はれる限り一応肯定してみてもよからうと思ふ。尤も今日新風と言はれるのも雑多である。のみならず相当いかがはしいと思はれるものもあり、その名にあたひせぬ旧態依然たるものも交つてはゐるが、然しこの抽象的な言葉に包括せられる範囲だけが、先づ僕らの味方であると考へてもよい。だからその限り今日の新風には僕らは出来るだけの支持と援助を与へ、それの円満なる成長を期待すべく、総ゆる好意的な然も厳重なる批判は常に機会あるごとに怠つてはならないのである。

けれども僕らからすれば今日の新風はまだまだ中途半端である。昨日の旧風から幾らも脱け切つてゐない上に、時には旧風への郷愁に折角の意図を後退させ、或は新旧の両域に跨ることを以て、歌壇的保身術を上手に操作するものさへある。これは非常に危険である。思ひ切つたことをやるだけの勇気もなく、又それだけに何んの確固たる思想もなければ信念もないので、結局鵺《ぬえ》的存在によつて自他ともに胡麻化すことになりがちだが、今日の新風なるものを見てゐると、どうやらさういふ懸念がないわけではない。これでは折角の新風が又あへなく挫折しないとも限らない。革新には遠慮は禁物であり、ある程度の犠牲はやむを得ないことだとしても、然し歌壇も革新は是非遂げしめねばならぬし、新風に勢ひを加へしめねばならないことを思ふと、今日の歌壇に於けるあらゆる事情は決して僕らにとつて喜ぶべき方向にあるとは言へない。寧ろそれは封建制への後退みたいな事情ばかりを見せられる。さういふ個々の問題については今は何事も言ひたくないが、然し歌壇の新風作家は僕らから見ると極めて弱気であり、且つ大変に従順であるやうだ。或はその方が利口であるのかどうか知らぬが、詩壇が早く革新が成り立ち、（尤もこれは決して革新ではないが）俳壇が実にあざやかに革新を成就したことを思ふと、歌壇は一番手おくれの形に見えるのである。詩壇や俳壇の中心勢力は四十前後の人々にあるが歌壇のそれは六十前後であるところを考へると、これは明かな事実であつて、歌壇の名誉か不名誉かは別としても、四十前後のものにとつてはこの上もない不名誉であらう。

とにかく今日の新風の作家はもつと肚を決めてかからなければならぬのではないか。本当の新風は新しい人間により、新しい人生観を持つてゐるものによつてしかなされないのは勿論である。根本的な人間の改造、全く新しい人間の種族を育生するといふのが肝心なので、旧風に若干の薄化粧を施し新風を擬するといふ風のものは厳しく監視されなければならぬ。事実今日の新風は昨日の旧風の地盤に立つて然も新風を望んでゐるといふやうな態度のものが多いのである。さういふものは本当の新風には邪魔にこそなれ、決して益をもたらすものでないと考へられる。だから僕らは旧風の立場から喝采されるやうな作品は軽蔑するのである。同時にまた彼等から如何に軽蔑されようとも一向痛痒を感じないのである。これは実にはつきりしてゐて十年来一貫して渝らないのである。けれどもそれが単なる独善的な考へ方でないことは、僕らは真の新風の人々からは勿論、更に歌人ならざる一般文芸人から異常な支持と声援とを受けてゐることによつて分明である。然しともかく僕らはこの際更に一層颯爽たる態度を持し、もろもろのケチ臭い考へを蹴飛ばし、真の新風を樹立する為に努力しなければならないだらう。

短歌の革新とその文学化について

今日の歌壇の写生歌なるものは、僕は短歌の本当の道ではないと信じてゐる。邪道とまでは言ふのでなくとも、短歌本来の伝統から逸脱したものであり、更に広義に於ける詩歌の道に背馳するものである。と、さういふ見地からしてこゝ十数年来極力写生歌を排斥すると同時に、一方その文学化を唱へることによつて僕の短歌革新の根拠としたのである。

写生歌を排する以上は、当然その母体たる写生説を攻撃しなければならぬ。それはまた子規をはじめ子規を宗とするアララギ派は勿論、写生説を信奉する今日の大部分の歌人をも難じなければならぬ。この時僕の気質は反対に「明星」派に同情するのだ。けれども明星派の歌、それもその派の代表者たる晶子夫人の歌にしてからが子規の歌が好きでないと同じ位に好きではない。この好悪感が今日の僕の立場を決定するとも考へられる。然しどちらがより文学的でありより詩歌の本義に叶つてゐるかとなると、無論明星派の歌だと言へよう。さういふ明星派がなぜ早く勢力を失ひ、それに取つて代つてアララギが容易に全歌壇を翼下に収め得たかといふことに就いては、色々歴史的な説明も出来る。ロマン主義が影をひそめると共に明星は衰へ自然主義が蔓ると一緒にアララギが興つたなどがそれである。けれどもこれは明星派の歌は文学的才能のあるものでなければ歌へなかつたのに対し、アララギのそれは何の素養も必要でなく、全く万人向きの歌風であつたにもよるのである。文学が非文学に破れたことの典型的な見本と言ふべく、又そこに今日の短歌の不幸もあるが、肝腎な一点は明星は夢や空想を重んじたのに対し、アララギはしつかりと現実の上に腰を下したことである。

このアララギの立場はものを正確に写しさへすればよいのである。あるがままのものをあるがままに表現する。一切の文学的変貌を認めないといふ立場である。これは或は小説など散文の世界に通用はしても、詩歌の中では絶対に意味をなさない。当然それは散文的な短歌となり、しまひに現実の一断片をただ三十一字に区切つたといふだけの芸当に堕ちた。それでも有能の人は決して散文的雑報歌だけを表してゐるのでない。が元来写生説なるものは短歌と全く裏腹のものであるなら、如何に万葉に帰依して見ても、万葉の本体は分る筈がない。その精神が還つて来ないからである。

明星派の出であつても、たとへば啄木の歌は夢や空想ばかりでなくそこに一つの新しさがあつて何かを成しえてゐる。アララギ派の人であつても、茂吉の歌は現実的なものばかりでなく、夢も空想も十分現はれてゐるなら敵方の明星あたりからも色々のものを取り入れてをり、西洋的な匂ひや味はひが随分にする。啄木の歌が喜ばれる以上に茂吉の歌には大した人気があり且つ比較にならぬ程の文学的な高さが見られる。

然も茂吉は写生派の元兇であるばかりでなくその写生説完成の本家本元なのだから、このところ矛盾だと言へば確にそれに相違はないが、然しそれより啄木にせよ、茂吉にせよ、それらの短歌が一般に喜ばれるところを見れば、大体今後の短歌の行くべき方向は漠然とだが分るやうな気がする。

明星は夢の過剰さによつて後退し、アララギは、否、今日の歌壇の全体はその写生なる現実主義によつて短歌ならぬ散文の世界に逸脱をしてしまつた。そこで僕の短歌革新論、その文学化なるものは、この明星とアララギの二つを研究することによつて示唆される所は非常に大きい。だからと言つて明星プラスアララギが僕の唯一の拠りどころではない。然しかういふ簡単な図式であつても、一応ここに掲げておくことは僕の議論を展開させる上に大変役立つて、又便利なのだ。

今日の短歌の殷賑ぶりは未曾有であると言はれる。万葉時代をさへ遥に凌ぐものとして短歌の黄金時代であるなどの讃辞が述べられる。しかもこれが歌人そのものの口から発せられるのだから、心あるものは冷汗を覚えるのである。まことに作るもの、数が増加したといふ事からすればその事に少しの間違ひもない。けれども数が増加したから短歌そのものも進歩したなどと考へられては困る。寧ろその反対で言はば今日ぐらゐ堕落した時もないのである。それは短歌が庶民階級に浸潤して以来のことであると僕は思つてゐる。と言ふのは短歌は長い間一部特権階級の中に逃げ込み、それらの手中に防衛されて来たものだが、それが庶民の間に移されたのは徳川時代からであり、更に明治になり、大正・昭和の今日に及んで愈々国民全体のものとなつたのである。これは大変に喜ぶべく、又非常なる進歩のやうでありながら、それが徳川時代の性格をそのまゝ継承したといふ所に今日の短歌の不幸がある。それはつまり徳川時代の性格といふものは、短歌本来の伝統とは全く異る、それもひどく下つた低劣な賤民趣味だつたからである。尤もこれは何も貧富を問題にするのでなく、言ふ迄もなく文学の貴族性に関係しての論だが、さういふ低劣な文学思想に一致したのが写生説であつた。言ひかへればさういふ思想が写生説を生んだのであり、したがつて写生説は最も根強く、その時代の歌人にはたらきかけたのである。

写生説が歌壇を風靡するにつれて、愈々歌人の数は増加してゆき、国民は全部歌人であるかの如き所にまで近寄つたらしいが、これは国民の情操上から考へて実に喜ぶべき現象である。とは言へ、元来短歌は上は王侯より下万民に至るといふ考へ方や、又その在り方については今日は一応考へ直す必要があるやうである。それは庶民の中で大いに作られ大いに流行して少しも差支へはないものゝ、然しそれだからこそ反対に短歌はもつと選ばれた少数の詩人だけによつて、それが純粋な文学として防衛されると同時に、更に愈々文学化する事が今日は何より大切なのではあるまいか。かつて中世の頃、一部貴族の手によつて短歌が守られて来たと同じやうに然もそれとは全く反対の事情に於て今日短歌は詩人の手によつて厳に守られなければならぬのである。かういふことを言ふと歌壇の大部分から激しい反対に会ひさうであるが、然し歌壇の今日の事情を真に憂ふるものなら、これは理解して貰へるに相違ない。

そこで今日の短歌はもう一度その正道にひき戻さなければならぬ。万葉を宗とすと言ふのはよいとしても、古今・新古今は不可とする言説を排すべきである。正道といふのはとりもなほさず、万葉・古今の道である。それから伸ばされる一本の大道のことである。古今・新古今を軽蔑するやうな写生派の歌人なら万葉だつて真に分る筈がない。万葉を写生一点張りに解釈してゐたのでは、よく万葉の本態は摑めはしない。況して古今・新古今は言はずもがなだが、正直にそれらを軽蔑する所にその無知さが暴露されてゐる。

古今・新古今の道は明治・大正に至つて与謝野晶子夫人に行き当る。又、吉井勇氏に行き当る。さうして北原白秋氏の「桐の花」や、斎藤茂吉氏の「赤光」がその大道の中に輝くのであり、すべて今日から言へば、過去の人々であり、過去の歌集である。さうした人々や歌集などが最も短歌として正しい道を歩んでをり、更に十分文学的であつたと考へられるのは何故であらうか。今日の時代がそれらの人々や歌集などを生んだ時代より悪くなつてゐる為か、それとも、他に何かの理由のある為なのか。僕はさういふ事については何も言ひたくないが、やはり人間に於ける一番大事な精神面を軽視した或る種の思想の罪だつたと思ふ。だが、それはそれとしても、これからの短歌はさてどういふ風な進路をとらねばならないか。

既に中田忠夫君も云ふやうにアララギも明星も僕からすれば一つの両極端である。これは短歌の正道論からしてかく言ひ切るのである。ところがこの中間こそが本当の短歌の道だつたのである。然もそこに出発点を置くことによつて、今後の短歌は始まると考へられる。これは折衷論の如く見えて実は然らず、反対に歴史や伝統を尊重する最も積極的な立場である。けれどもそれが単なる中間に立つことは却つて両極端にゐるよりも更に悪く、一層無意味な存在だと思はれる。今日の歌人の殆どすべてはこの無用なる中間派に属するのである。さういふ中間派でなしに、両者を一つに繋いだそれの頂点に立つことこそ最も大切だとしなければならぬ。前に「桐の花」や「赤光」が短歌の正道に立つ歌集だと言つたのは、過去に於いてさういふ意味も持ち得たからである。然しこれからの短歌は、やはり「赤光」でも「桐の花」でもなく、そこからもう一つ前へ出たものでなくては駄目である。

かういふ見地から、僕は十余年の以前から既に短歌の文学化を唱へ、短歌の革新に憑かれた人間の如く振舞つて来たのである。今もそのことに変りはない。勿論立場は日浪漫主義であり、その立場から写生派の歌壇と闘つて来たのである。これは短歌は日本文学の中でも最も中枢的な文学だといふことを考へた。だからさういふ文学なら出来るだけ西洋のものを取り入れてもびくともしないし、又取り入れることによつて広くもなり新しくもなると信じたのである。「赤光」にしても「桐の花」にしても、その時代の他のあらゆる歌集に比べて著しく西洋的な匂ひがする。それはエキゾチックといふ風なものとは全然異なる。完全に日本化された美しさを見せてゐるのは、短歌は古典芸術だからだ。三十一字の業火をくぐつてそれが一首の短歌となる為には、それがその人によつて血肉化されなければ生きて来るものでもなければ、況して人をうつわけはないのである。

短歌は西洋化しては不可だとする人が多い。それは分る。われわれは日本人だから何も西洋のものを真似なくともよいとする理由は十分に分る。東洋のものや日本のものにもいゝもの、あることはもとより考へられる。況して短歌を作つてゐるのである。短歌がつまらなくてやつてゐるのでない以上、そんなことは言はれなくとも肚は決つてゐるのだ。それだからこそ却つて西洋のものを取り入れるべきだ。西洋のものを究めると同時に、日本の古典を勉強しなければならぬ。日本の古典を、日本の短歌を現在に生かすべく努力してゐるのなら、何も鎖国主義になる必要はない。それどころか西洋の真を学ばねばならぬ。多くの有能な青年歌人が単なる上つ面の西洋趣味にとらはれ、挙つて非定型歌に走つたのを見て、最も苦々しく思つて攻撃したのも僕であつた。短歌は定型でなくてはならない、卅一文字でなくては不可ないのである。そこから少しでも喰み出さうとするやうな気持は、それこそ心を洗へば本当に短歌を愛してゐないといふことになる。

昨今の短歌の動きを見てゐると、歌壇も少しづゝだが変化して来たやうだ。日常性の問題とか、青年性の問題とか、相聞歌の問題とか、その他短歌の涸渇とか写生説の再検討とか色々の問題が一時に喧しくなり、それと同時に場あたりの革新論が簇生したり、時局便乗者流や御都合主義が飛び出したりなど、このところ今日の歌壇は賑やかである。然もそれらの問題はことごとく青年歌人の中から持ち出され、昨日の安易さに打つて変つた真剣さである。それだけに作品そのものも昨日に比べて著しく変貌してゐる。短歌の文学化といふことがその眼目であり、新しい今日の短歌を樹立しようとするのが目的である。

これからの短歌は愈々文学化され芸術化されなければ不可ないのである。それは幾らしすぎてもしすぎるといふことはない。写生派によつてどん底に迄引き下げられた短歌を、もう一度もとの位置に引き上げるのである。だから昨今古い歌人達が短歌の大衆化とか通俗的とか言つてゐるのを僕は軽蔑するのである。通俗的とか大衆的とかいふことは写生派の短歌で沢山なのである。さういふ地上的な争ひをしてゐたのでは短歌はどうにも生きかへりやうがない。反対にもつと天上的になつてもよい。非通俗的な非大衆的なもので一向構はぬのである。寧ろさういふもの、方を結局大衆は愛するものである。たとへば百人一首の短歌と今日の写生派の短歌とでは、どちらがより通俗的であるかなどの問題は、もう言ふ必要もないことである。だが今日の歌人は百人一首の短歌より、写生の短歌の方が立派だと考へてゐるのだから、挨拶の仕方がない。

然し次のやうな短歌を見るがよい。

国々の鬩ぐ歴史に身は生きて孤高の念ひ烈しかるかな
夢さめてさめたる夢は恋はねども春荒寥とわがいのちあり　筏井嘉一
物質にかゝはる嘆き切にして魂蔑すめば生けりともなし
強烈なるいのちを選び嬬どれり敗れてあはれ行方知られず
憂ふれば春の夜ぐもの流らふるたどたどとしてわれきらめかず　坪野哲久
いまのいま坂をくだれる一隊と菜の花はただに夜ふかきを示《さ》す
街人に頰もとがりて交りつつかへりゆくべき野は云はずけり　斎藤　史
かぎろひの春野に堕ちて泥のごとねむるおのれを視るばかりなれ
春夜俄に風さわぎしが十方に吹き乱れてははや音もなき

これらは目にとまつた作を挙げたに過ぎない。けれども今日の新しい歌人の中でも最も有能な人々の作である。これらの短歌は既に今日の写生の短歌を踏み越えてゐる。これ迄の短歌の世界になかつたものであり、皆それぞれ自身のオリヂナリテイを築き上げてゐるのである。思へば現代人として短歌の如き文学形式に身魂を打ち込むといふことは、そんなに生易しいことではない。簡単な如く見えるのは短歌そのもの、形式が簡単だといふに過ぎない。それ故にそれに生きる人間は反対に複雑であり、然も強烈なる世界観の持主でなければならぬ。然も新しい短歌は要するに新しい人間から生れるものであり、新しい人間は又新しい生活の中からしか生れないとすれば、これからの短歌は必然的に写生の短歌とは著しく異つた相貌を呈するだらう。然もさういふ傾向は写生派の殿堂たるアララギ派の中にさへ起りつゝあるのである。その他歌壇の各方向に亘つて続々と新風の気配が起りつゝあり、追々と歌壇更改期の差し迫つてゐることを指摘するものさへある。かういふ時、短歌の文学化、短歌の芸術化は一層激しく唱へられると共に、それが一つの大運動となつて展開せられねばならぬ。僕自身は新古典主義を標榜することによつて昨今迄の現代主義その浪漫主義を剋服しつゝ、真に新しい今日の短歌を作りたいと考へてゐる。然しともかく古い写生の短歌は没落しつゝあり、それに代つて新しき人々による新しき歌の起りつゝある事実を喜ぶのである。

青年歌人に与ふ

近頃はどの歌の雑誌を拡げて見ても、必ず一つ二つの歌論といふものが書かれてあり、或は歌壇時評などと余所の雑誌の批評を掲げたりしてゐる。勿論各々の雑誌の内部の歌評も盛んなものだが、大体それらはその雑誌に於ける青年達に依つて書かれるらしい。ところでそれらを見ると、皆んな却々巧い事を言ふものだと感心する。一通り読めるやうには書かれてあるし、批評そのものの仕方だつて大方心得たものである。然し読み終つてそのあと味といふものが宜しくない。少しも釈然とはしないのである。それも尾山篤二郎氏あたりならもうどうあらうと勝手であるが、青年の癖して早や頗ると念が入つてゐるのだから始末が悪い。褒め上げておいてあとで貶すとか貶しておいてあとで褒めるとか、褒めてゐるのか貶してゐるのか一向分らんといふのならまだしもである。さういふのも一つの批評の仕方であらうし、大して問題とすべきでないが、さういふ批評でなくとも、所謂歌論と言はれるものにして見た所で、どれもこれも全く穴も隙もない書きやうである。欠点なんか殆んどないのだ、突かうにも突きやうがないといふ実に見上げた文章が多い。それでゐて何が書かれてゐたかとなると何も書かれてゐなかつたといふやうなものである。何かあつてもそれは何処かで一度見た事のある、又は何処かで感じた事のあるもので、別にそれでどうかうといふ訳あひのものでもない。さういふものでありながらあとに残る気持が依然として不愉快である。それは今もいふ通りそれを書いた人の態度である。嘘間違ひのないやうに、誰からも文句の付けられないやうに、不合理な事のないやうに、突飛な事を言はないやうに、なるべく当り前に言つて人に受け入れられるやうになどといふ要心深かさや卑屈さが感じられて来るからである。さういふ態度が、もうその人の歌論を悉く骨抜にしてしまふのである。だから一向人の心を打つ文章とはならないので、千人の文章を読むのも一つの文章を読むのも結果は同じだといふ事になる。然しそれより肝心なのは、さういふ態度であればこそそこには何んの新しい文学観もないのであり、新しい文学観の持ちやうも出て来やうもないのである。ただに旧態依然たる文学観の中に舞々しながら自分と自分を甘やかしてゐる他はないのである。

この間も読売新聞に谷川徹三氏が書かれてゐたが、それは氏がある若い人々の論文の選をした時、その何れもが実に巧みに書かれてあり、殆んど非の打ち所がない出来栄えであるに拘らず、大方人の心を打つ程のものがないので、さてどれを採つていいかに迷つたと述懐し、現代青年の無風状態を嘆じられてゐたが、谷川氏のやうな人にしてさへ今日はさういふ感じを抱くのである。かういふのでも分る通り、今日の青年の無風状態は何も歌人だけとは限らないやうである。既に一般がさういふ同じ傾向にあるのだとすればこれは由々しき問題に相違はないが、然し考へて見ると青年はやはり青年だけの事はある。一度び仕事につけば彼等の態度はがらりと変る。それがどんなに目覚しい働きをなすかに就いてはここで云ふだけ野暮である。仕事がないから無能なのだ、その者に適応した仕事さへ与へてやれば必ずやると言ふのであるが、考へさせられる所がある。実に示唆する所は多いと思ふし、何人も十分反省し直す必要もあらうが、それ故また年がら年中青年を軽蔑する事を以て己が権利のやうに考へてゐた尾山氏の如きは、ここらでさつさと引込まなければ或は引込みのつきやうがなくなるかも分らぬ。が青年自身は青年本来の元気を取り戻すと共に、今日のよき日に於ける断然たる決意を固めなければならぬのでないか。立たうとしないから不可ないのである。立たうと決心さへすれば立てるのである。それが立てないといふのは今日の歌壇といふ特殊な世界に立籠り、そこにある不明瞭な朦朧たる空気の中に沈湎しすぎてゐるからである。馴れすぎてしまつたせゐもあらうし換気法が十分でなかつたといふ理由もあらうが、さういふ事は何事でもない。徒らに拱手傍観なり行きに任せてゐるといふのでは仕方がないのだ。改革は青年自身の手によつて成されねばならない。いつも本心を打開けず、ひた隠しに隠してゐるやうな態度は改める必要がある。さういふ態度は世巧に長けた人間のやる事で溌溂たる青年の採るべき道ではない。本心は死んでも言はぬといふ程の大した覚悟があるならそれでもよいが、言ひたくとも言ひ得ないとか、或は言つては損だとかいふやうな功利観からして何んでも本心は裏側に廻しておかうといふのは、これは卑怯といふものである。知識人が応々にして卑怯なものの代名詞の如く言はれるのは、何事も巧者に立ち廻る事ばかりを考へて微塵も犠牲的精神がないからである。ただ利口にその日のその日を送ればよいので、言はば体裁のよいその日暮しにすぎないものだ。かういふ利口さはやり切れないが、それでなくては会社勤めも出来ぬかも知れぬし、妻君奉公も容易ぢやないのだ。況んや今日の歌など作れはしないし勿論歌人付合ひも難かしからう。然も裏では本心一向平和でないので何かと蔭口ばかりの聞き合ひをする。あんな奴つたらなつてやしないさ、いや彼奴の面だつてなつてやしないさ、といふ風なのだ。悪口ばかりの行列なのだが、それでいつぱしの批判をした積りでゐるから大したものだが、そこで知識人は批判をするのが唯一の与へられた特権であるかの如く誤解したのだ。もともと不平不満から出発したので決してものを正目には見ない。幾ら立派なものであつても何等かのケチを付けたがる、歪めるのでなければ否定するので、肯定したといふ例がない。批判とは否定と結局同じでそれは全く裏腹のものだが、然し最初から否定をしてしまつたのでは批判といふ事にならない、何よりは知識人の顔に関はると同時に勿論世渡りの上にも都合が悪い。だから一応肯定して一応否定し、再度肯定して再度否定するといふややこしい繰り返へしにならざるをえぬ。だがかういふのは必ず亡びるものである。現に亡びつつあるのであるが、今日の歌人はまださういふ所には気が付かない。否定するものと肯定するものが明瞭に二分されなければならないのである。何事も本心によつて語られなければならないのである。さうでないものは没落するのだ。

それにしても昔はかういふ風ではなかつた筈だ。くだらぬ批判をするより前に何より直観の精神による決行であつた。それが仮りに間違ひであつたにしてもその事に遠慮もなければ躊躇もなかつた。それだけに人を打つ力も強く大きかつたのである。自分の信じる所を堂々と発表し表現してのける。これ位美しい精神もないが、そこで子規の鉄幹是ならば子規非なり云々の例の文句が、仮令《たとへ》芝居めいた科白であるとして見た所で、その強烈な精神の美しさに打たれない者は誰もないのである。子規がこよなく美しく見えるのはかかる精神によるのであり、同時に相手の鉄幹も子規に劣らず美しく見える。勿論今日はかうした真似事をしては大概狂人扱ひにされるかも知れぬが、それでも今日の大部分の歌人達のやうに写生を宗としながら然も尚全幅的にはそれに信頼出来ないと言ふやうな人間は十分恥を思つてよい。われわれは写生といふ事には反対なのだが、けれどもさういふなまくらな者よりは、写生なら絶対に写生だとしてゐる人々に却つて好意を持つのである。だから今日の利口面をのけさらしつつ歌とはそんな写生とか浪漫とかいふ簡単なものでないなどと聞いたか風の事を言ふ人間を見ると憫笑したくさへなるのである。徒らに深刻ぶるのも無意味な話だ、そんなうちにも世界はどんどん変つてゆく。だが然し今日は再び写生と浪漫との対立期であり、浪漫が写生に取つて代るべく運命づけられてゐる。すべからく青年歌人は判断し、決意しなければならないだらう。

作家の信念など

作歌には方法や態度の上に人それぞれの秘密といふか秘訣といふものがあるものだ。これは伝家の宝刀のやうに濫りに他に見すべきものでないが、その人なりその人の作品を仔細に見究めれば、それがどのやうなものであるかはうすうすながら感知せられる場合がある。しかしこれは臆測に過ぎないから実際の全く反対のこともあるわけだし、又すぐれた歌人は幾つかの手を用ひてゐるから速急に勝手な判断は下せないけれど、万葉でも家持時代になると歌会の歌をひそかに用意しておいたといふ事実がある。当日それをあたかも即座に歌つたかの如く披露するといふ手であるが、この用意したといふところにその方法や態度を穿鑿することが出来、そこから発展せしめて色々論を立てることも可能なわけである。古今・新古今時代の歌人になるとなかなか興味のある逸話や伝説も沢山見られて、今日自分など甚だ多くの示唆を得てゐるのである。

たとへばここに新古今巾幗《きんくわく》歌人の大立物たる俊成女と宮内卿の二人を考へて見る。すると二人の歌風そのものの差異以上にそれが極めて著しい対照をなしてゐるのが観取せられる。

これは無名抄の伝へるところだが、俊成女の場合は晴れの歌を詠まうとする時には、先づ様々の集などを取り出して心ゆくまで読み耽る。さて愈々作歌する段になると書物はこれを全部片付け、人を遠ざけて燈を幽に点じ、いとも閑寂なるさまに苦吟するのである。宮内卿の場合は初から草子、巻物の類を取り込んで切燈台に火近くとぼして、書きつけ書きつけしては歌を案じ、几帳の奥深く夜も昼も分ちがないといふ有様である。或る時は余りに歌に凝りすぎて既に一命にかかはるといふ具合であり、父禅門の諫めも聞かばこそ結局彼女は歌と命を取りかへることとなつた。けれども、この時代の歌人は多少は誰でもかうした作歌ぶりをしてゐたのではないかと思はれる。縦横無尽に当座即席の名吟をものすることが何か第一義的なやうに考へられがちなこの時代の歌人も、かげでは骨身を削る肉体の消耗を惜しまなかつたのである。このことは遠く家持にしても、それから人麿あたりにしても多分同様な労苦を嘗めてゐたものに違ひないと考へられる。

現代歌人もやはり似たやうな経路を歩んでゐるが、これを自分の身近に例をとれば『シネマ』の著者石川信雄あたりは、あの劃期的な歌を生む為には贅沢極まる何日間かの準備を要し、さて作る時には三日三夜さり唯の一睡もしなかつたし、又『魚歌』の著者斎藤史にしても育児の間に、家事の暇々に兎も角並々ならぬ苦心をしたことは事実である。作歌の方法や態度の上に相違するもののあるのは当然ながら、一口に言つて二人とも努力したことだけは確である。しかし歌は単に努力をしても決して良い作が出来るとは限らぬけれど、それを言ふのは憚りがある。このことは後で言ふことにしたい。

ただ自分は人に説く場合にはなるたけ歌数を多く作れと言ふのである。これを以て濫作を専らにする如く取られるのも困るが、今日自分の立場からすればそれでも一向差支へないのである。月に五首十首の歌を作つて雑誌に送る、そしてそれで一息ついてもう安心をして後は何もしない。月が変ると例の如くに前の月のことを繰り返す。これではいつまで経つても堂々めぐりで、論文で言へば緒論の蒸し返へしに終つて本論にはなかなか入らないのと等しい。反対に一度に三十首五十首の歌を作る。無理にでもそれくらゐは作つてみることが大切である。すると本人さへが存知せぬ力といふか歌心といふものが湧いて来て、おのづからなる歌が生れるのである。これを能ふ限り不断に続行すると良いのであるが、この自分の考へには今日の歌人は色々不服を言ふと思はれる。

それは今日の歌人は大体写生を学び写生を旨とするから、何ごとも先づ正確に観ることから初めてゐる。これは強ちに悪いといふのでなくとも、余りに観る方に重きを置きすぎる結果はおのづから歌ふといふ一番大切なことが幾らか等閑に附される状態に立ち到つたのである。それ故さういふ写生派からすれば自分のやうに一にも二にも歌へと、多作を言ふ立場のものを拒否しようとするのは当然である。しかし厳密に言つてものを正確に歌はうとする限り、それは如何に人為を尽してもつひに絶対に不可能であるを知らねばならぬ。そこで言へば歌はしかく人為を以て強ちに作るべきものではないのである。どちらかと言へば天来のもので、おのづからに生れて来べきが本当である。写生派のやうに一つことを正確に観、それを飽くまでも捕捉すべく苦心惨憺する性質のものではないのであつて、作者が歌心を持つてさへゐれば、歌は向ふ側から近寄つて来ておのづからその人の調べの中に乗り移るのである。これが歌といふものの真の相で、前の俊成女や宮内卿の苦しい努力もただ天来の歌を待ち設けるための姿勢でありそれはまことに楽しい憧憬の一心に他ならなかつた。それ故にこそ敢へて命をも顧みなかつたのであるが、歌に苦心惨憺するといふのもこのやうな立場からでないと意味がないが、このことも今日の歌人には色々と誤解をされさうである。ところでかうした天来の歌といふものは、現代の歌人のやうに新しさを狙つたり進歩のみを言ふ思想とは無縁である。ただ今日の自分は新しさを憎からず思ふと同時に古さをも嫌はずといふ立場であるが、以前にも屢々書いたやうに歌は昔の歌を模倣

（真似でもよい）するだけでよいのであつて、模倣してゐるうちに本当の歌を体得することになり、それが創作のまことに通じて行くものである。これが歌の道といふものだが、今日の歌人は歌の調べもわきまへぬ前から個性などとさかしらを言ふものが多く、それで却つて本当の歌から外れる結果を将来するのである。本当の歌は勿論大いなる個性から生れるが、しかし新しい歌境を求めては前人未踏の山河の僻地をさまよひはしても、昔の歌枕をもう一度辿つてみようとする心がない。極めて斬新な作をなさうとして新奇な材料や熟語を配するものがあつても、歌位の高さについては深く考へてみようとしないのである。すべてまことの歌心がないからのことで、したがつて歌人が政治家のやうな行動をして平気であつたりする。実に奇妙なことだと思ふけれども、しかし本当の歌人なら如何なる態度を持してゆくべきか、又如何にして歌の道を護持するにつとむべきかが第一に考へられなければならぬ所である。自分は今それを思ひ、それを言ふべくして歌といふものの相について一つの考へを述べたに過ぎないが、昨今の歌を見るとかかる蕪文も全く不必要と思はない。それどころか家とか国とかそんなものは一切忘れる。否そんなものにかかはりなく、唯自分自身をしらべあげる。つぶさに検べ上げて個に徹しようとする。さういふ極端な激しさを内に湛へてゐるやうなところからしか本当の作品は生れないものである。

俗化について

今日の短歌の悪口を言ふのも、思へば随分と久しいものだ。そして今後も尚それを続けるだらうことは、僕自身よく分るのである。然し僕は本当をいふと、尊敬すべき作家はこれを人一倍大切にしてゐる積りである。そしてさういふ作者にうち込む気持も、又決して人後に落ちぬと自負してゐる。だからどれ程悪口を叩きはしても心中実に明朗である。これが仮りに一人も信用するに足らぬ、或ひは尊敬するに足らぬ作家ばかりであつたとしたら、恐らく僕は最初から沈黙を守り通したに違ひなからうと思はれる。かういふ心の持ち方は分る人には分るであらうが、分らぬ者には分らぬものだ。けれども先月も書いた通り、今日の歌壇は作者の数が多すぎるのである。

それは多くとも一向構ふことではないし、多い方が結構な事ぐらゐは勿論反語でない限り分り切つた話であるがそこは根が正直者の愚鈍さと来てゐる。ついさうした大多数に対つて悪口の一つも言ひたくなるのが困つた病である。然も又さうした大多数の悪口を言ふぐらゐ損な役割も滅多にないが、さう言はないではゐられない所が政治や政策と異るからである。少くとも文学や芸術の間にあつては、さうした政策的な掛引は絶対にあつてはならないものと考へる。所が実際はその反対であつて、今日はさういふ策略の方が却つて純粋な芸術的良心を押へて盛んであるのは、これは要するに文学芸術の敗退である。いやそれは現実の奴隷となり下敷にされた姿である。

けれども考へてみるとこれは一つの言ひ過ぎである。何故ならそれは真の文学者や芸術家であるなら、本来さういふ政治的策略はそのものの中に無いからである。さういふものは文学芸術の気質とは宛で反対のものであるからである。だから掛引や策略に現在浮き身をやつしてゐるものに碌な奴の一人もないのは、これは当然だと言へば当然ながら、今日の歌壇の殆んどすべてがさういふ人間によつてみたされてゐるのは、これはやつぱり悲惨なことに相違ない。

かういふ歌壇に生きてゐればこそ僕らは例へば写生説にしても、殆んどこれを目の敵のやうに扱つて来たものだ。それ程写生説は不可かといふと、実は決してそんな筈はないのである。島木赤彦や斎藤茂吉の歌論にしてもそれは全体的に賛成出来ないにしても、そして又その説の立て方に異議異論はあるとしても、それが決して不可ないものとは思つてゐない。寧ろ今日の歌壇では、これが一番根柢のある説だと考へてゐる。（尤も斎藤茂吉氏の説にしても言ひ過ぎた所もあり、又随分牽強附会な所も沢山あるが、この事については改めて書く。）けれどもさういふ赤彦や茂吉の説が一般化された、或ひは一般化された結果そのものが問題なのだ。つまりそれを俗物化せしめた大多数に罪があるのである。同じことを明星の浪漫主義にだつて言へるであらう。

尤も与謝野晶子らの浪漫主義と僕らの考へるそれとは相当の隔りはある事はあるが、そして明星派の中にそれを理論的に組立て、更に今日にまで命脈を保たしめる程の人がゐなかつたといふ事もあるけれど、然しあの時代の浪漫主義をあんな風な末路に追ひやつたのは、やはり大多数の俗物のお蔭であつたと言へるのである。時代のせゐもあるだらうし、又、写生派に力があり、それに圧倒せられたといふ事もあるから、これは強ちには言へないけれど、大多数の側に罪は十分あるものと見てよいのである。そこで写生派は今日の歌壇の大多数を占めてをり浪漫派は殆んど影をひそめてゐるから、僕らは浪漫派に余計同情もするし、又、明星派ならぬ今日の浪漫主義に傾くのは、これは僕らの文学的気質に原因するものだと思つてゐる。が然し何れにしてもこのやうに多数派の力といふものは大したものだが、或る歌風が一般的になるといふことは、それは大きな罪を作ることになるものである。然もその罪はそれを一般化せしめた大多数の側にあると同時に、その罪は大多数の人々自らそれを負はねばならぬことは当然である。だから写生派の末流が現実主義とか、或ひは無味乾燥なただごと歌になり切つた時、僕らはそれをひつぱたいたのである。今日の歌壇はさういふ一色によつて塗りつぶされてゐるからである。だが、思へばそのやうな末流を攻撃するのは、何んとしても好人物でないとやれぬと思ふが、そいつを敢へてやつて来たのは大方愚物の類ひといふか。そして今も尚それをやりつつあるが、これだつて随分損な役割だといふことぐらゐ知らないわけではないのである。

だが、僕らは損得によつて行動はしないのである。たとへそれが損と分つてゐても、自分の信ずる道をしか歩かないのだ。多数派必ずしも不可ないのではない。又写生派必ずしもすぐれてゐるのでもなく、浪漫派必ずしもおとつてゐるのではない。さういふのは末流の言ふことである。勿論それは誰にも自らの立場があるから立場々々から言挙げする事は別条差支はないのだけれど、そして僕らも又それは今後も大いに言ひもし論じもするが、然し本当のものはそんな何々説、何々論の如き悠長なものでないと信じられる。さういふものをもう一つ跳び越えた所に人間の魂にふれるものがあるのである。写生説の中に斎藤茂吉があるのでなしに、斎藤茂吉の中に写生説があるのである。浪漫主義の中に吉井勇があるのでなしに、吉井勇の中に浪漫主義があるのである。然もそれは単に一つの形式であるにしか過ぎないものだ。何んと言つても作者の人間の中に脈うつてゐるリズムが一切なのだ。それは単なる調子とか響きとかいふものでなしに、もつと内面的な或る精神的なものだ。それはどんなものかと訊かれても困るが、そんなら僕は茂吉や勇の歌をしつかり読めと答へるより仕様がないのだ。写生主義とか現実主義とか、アララギとか多磨とか、何んのかんのと八釜しく言つてゐる歌壇幾千の人々は、少しは改めて考へてみるとよいのである。僕は今後も続く限り今日の歌人の悪口は言ふが、然し、斎藤茂吉や吉井勇が現に愈々健在であるといふ事が嬉しいと同時に、僕自身にすればこれが又大変に腹の立つことである。他の所謂中堅級の人々は一束にして問題にもならぬが、さういふ大多数が存在してゐることを歎ずるといふのでは決してない。寧ろさういふ大多数の存在する所が面白いのであつて、若し茂吉とか勇とかいふ人だけしかゐないものとしたら、或は静かすぎて困るといふ奴もあるかも知れぬが、何れにしても一流以下の人物や作品に向つて物を言ふことは憂鬱には相違ないのである。然し考へてみると、これが即ち現代といふもので、いつでも現代といふものは一番悲しいものなのである。だから僕らはさういふ悲哀の中から常に第一流の作家だけを目安に置くことが肝心で、さういふ作家を心の中から失はぬやうに心掛くべきである。

新しき短歌の評価について

作品に対する一定の評価の基準といふものがなくなれば、そこに混乱が生じ歌界が平衡を失ふに至るのは当然だらう。この混乱をこそ、この平衡を失つた歌壇をこそ、僕らはどんなに長い間庶幾《しょき》してゐたかわからない。けれどもこれはまだほんの序の口にしか過ぎないもので、本論に入つてゆくのはこれからだらう。恐らく日に月に愈々混乱を倍加し、平衡は益々失はれてゆくに相違ない。これは単に僕らだけの意見でなしに、僕らとは反対側の古い歌人でさへがさう言ふのであるから間違はなからう。まことに今日はさういふ意味に於いて極めて重大な転機に立つが、そこで僕らは一層それを混乱せしめ、更に平衡を失はせるためのあらゆる努力と工作を施すことを怠るまい。

と言ふのは、正直のところこれ迄の歌壇は余りに混乱が無さすぎ、平衡さが保たれすぎてゐたからである。混乱が無く、平衡が保たれてゐると言へば、言葉の上では聞こえはよいが、然し文学芸術に関する限りそれは無風状態と言ふと同じで堕落を意味するのである。あらゆる流派が入り乱れ、作家の力量に大小があり高低があればある程、その時の文学や芸術は立派なのである。たとひ一人の作家でもよい、それが群を抜いて高位にあるなら、それはそれだけでよいのである。ある程度の高さに達したものが百人ゐるより、傑出した一人の大作家のゐる方がどれくらゐ有意義であるかわからない。ここが他の現実の世界と異ふところで。それ故にこそ文学や芸術の価値は絶対的のものなのである。歌壇に歌人が何千人ゐるか何万人ゐるか、それは知らない。然しその何千人か何万人がおよそ無価値の歌人であるなら、歌人は必要でないといふ以上に歌は無くともよいのである。

この意味から今日の歌壇は僕らは余り有難いとは思つてゐない。歌人は実に有り余る程に大勢ゐるが、それがことごとく無価値な歌人かどうかは知らない。然し傑出した歌人のゐないのは、これは僕らが同時代の人間として眺めてゐるが為なのだらうか。それればかりとは限らぬやうだが、何れにしても今日は傑出した歌人の見当らないだけは確実らしい。さういふ傑出した歌人が出ないと言ふのは、一つは時代のせゐもあるかも知れぬが、何より今日の歌壇の歌壇的事情に基因する所が多いやうである。然し明治、大正時代にはやはり何人かの傑出した歌人は出てゐるのである。それらの人々はみな各々が各々の流儀を押し通し、自分の信ずる道を自分勝手に歩いたのである。今日のやうに何百人とか何千人とかの弟子を擁して一城の主にをさまり歌は写生主義でなければ絶対に不可だなどといふやうな説き方はしなかつたのである。それより今日のやうに歌壇全体が一人あまさず写生主義を奉じるといふやうな奇体な事情は見られなかつたのである。写生派もあれば浪漫派もあり、古典主義者がゐるなら近代主義者もゐるといふ風で、今日のやうに一律に統制はとれてゐなかつたのである。

元来歌人なんてものはさうあるべきが本当なのだが、今日の歌壇はたつた一つの文学論に皆んな統一せられてゐる。統一した者が偉いか、せられたものが偉くないかはよく判断してみぬと分らない。ひよつとしたらせられたものの方が偉かつたかも知れないけれど、これは単なる皮肉とは違ふ。然し今日は時節が変つて来てゐる。さういふ同型同類の歌壇の風調に疑問がおこり、何か変つたことを仕でかさうといふものがあらはれるに及んで、歌壇は少しづつ混乱しはじめ、平衡が失はれ出したのである。もちろん疑問といふのとは全然違ふし、又何か変つたことなどといふなまぬるい考へ方からでは勿論ないが、それに対して不安を感じ心配し出したのはどの方面なのか。

然し今日の短歌を革新するには、歌壇を一度大混乱におちいらしめなければならない。平衡を全然失はしめなければならないのである。さうでない限り今日の古い歌は依然として古い歌のままに存続しようし、さういふ古い歌を作る歌人もまたいつ迄もこのまま存続するに相違ないからである。然しさうした存続は単にただ存続するといふに過ぎないもので、文学としての短歌は勿論既に早く滅亡してしまつてゐるものなのである。だが、混乱は現在起りつつあり、平衡は漸く失はれつつあるのは、それだけ古いものの価値が消滅しつつあることを如実に物語ると同時に、反対に新しきものの価値が改めて認識され出して来たことを証明するもので、ここに価値の顚倒のはじまりを見る。少くとも古いものの価値に代つて新しきものの価値があらはれ出したことだけは蔽ひがたい事実である。若しそれが仮りにさうでなかつたならば、何も歌壇が混乱したり平衡が失はれて来たりする因縁もないなら、それを問題にとりあげて騒ぎ立てる必要もないではないか。

十年前は決してこんな風ではなかつたであらう。が、今日はそれを等閑視し、黙殺することは出来なくなつてゐる。却つて古い歌人がみづからそれを問題としてとりあげ、時に攻勢に出ることによつて革新派を圧迫し迫害しようとする。だがここに蔽ひきれない苦悶の姿態を見られると共に、その余命のもはや幾何もないことを自証してゐるのである。たとへば僕らの作品に対する古い歌人の批評や言ふことを考へ合はすとよい。大概は、「あれは歌でない」「あれは邪道だ」である。若しくは「何んのことか分らない」といふ風な定りきつた一声しか言へないのである。ところが僕らからすれば、さういふ彼らの歌と称するものは歌とも何んとも思つてゐなければ、第一少しも文学だとは考へてゐないのだから、結局何もかもが喰ひ違ひを生じるなら、そこに混乱も起れば平衡も失はれるやうになるのである。

古い歌人にしてみれば、勿論自分自身の作品を正しいものと考へてゐよう。それと同じく僕らもまた自分自身の作品を一番正しいものと考へてゐるのである。けれども今日の古い歌人の文学的立場が大方写生主義であるのに対して、僕らの立場はそれとはおよそ反対なのだから生憎なものである。然もその写生主義がもはや命脈の尽き果てたものと見、それのみでは今日以後の文学論としては全然無意味であることを知るが故に、僕らはそれを古いとして排斥もし否定もするのである。かういふ時さういふ写生主義に依存する人々から「近頃の歌壇は鑑賞力が低下した」などといふ問題が持ち出されると僕らのことを指してゐるのでなくとも片腹痛い思ひをするのである。勿論この言葉が同じ写生主義の人々に向つて言はれたとするなら、それはさういふこと

は十分ありうるから通用もするが、然し写生主義と異る、全然新しい作品に対しては
この言葉は意味をなさない。何んとなれば新しい作品を鑑賞するには、鑑賞者自身が先づ新しいものを見得る眼を持つてゐなければならないが、新しい作品は昨日の写生主義の眼では鑑賞し切れない数々のものを持つてゐるからである。勿論理窟から言へばどんなものでも自由に鑑賞出来なければならないのが道理であるが、実際問題としてさういふ風に容易く割切れるものではない。殊に写生主義を尊捧し、然もそれがその人の人生観をさへ決定してゐると見られる程のものが、それとは全く正反対の新しい作品を正当に鑑賞し得るとは思はれないのである。若し仮りにさういふものを正当に鑑賞し得るものがありとするなら、それは不世出の大批評家であるか、乃至は神様より他にない筈である。

そこで今日の全く新しい作品を鑑賞するには写生主義の眼からでは不可能である。はつきり言ふが写生主義から一歩も外へ出られない、或は出たことのないやうなものが、写生主義の作家に就いて彼是言ふのは兎も角として、それ以外の新しい作家に対して鑑賞力の低下を言ふのは的外れであらう。さういふ批難をしたければ、その前に先づ腐りはてた写生主義から一歩飛び出して来ることである。然して今一度広い文学の世界から見直さなくてはならない。でなくては浪漫派の作品の一つだつて正当には鑑賞出来ないだらう。

それはともかく、かういふ問題が持ち出されて以来、俄に大家の作品を鑑賞し、それを無闇と褒めそやすことが大流行の様子である。それもよろしからう。が然し写生の歌に一定の評価の基準といふものがあると同様、僕らの新しい歌にも又別に一定の評価の基準はあるのである。あると言ふことが憚られるなら出来つつあると言つてもよいが、然し実際はやはりあり得るのである。したがつて僕らの歌に対する世評にしても、新しい側では大体一致した批評が見られるのである。だから古い写生主義の立場から僕らの歌に妙な批評をして僕らの仲間から憫笑されぬやうの注意が大切だらう。好むと好まざるとの如何にかかはらず歌は現在変りつつあり、価値の顛倒が行はれつつあるからである。

短歌の道

歌集『春の日』を中心に

僕は今日までに六七冊の歌集を出したに過ぎないが、最初のものは『植物祭』と題して昭和五年の出版である。然るに今年二月に臼井書房から出した『春の日』はそれより更に古い頃のものを集めてゐるので、実際は第一歌集となるわけである。

即ち、『春の日』、『植物祭』、『白鳳』、『大和』、『天平雲』、『日本し美し』の順である。この他に『くれなゐ』があるが、これは『植物祭』、『白鳳』、『大和』の三歌集よりの自選歌集であつた。

『植物祭』は、大正十五年九月以降の作であるから、『春の日』はそれ以前のものを以てすべきだけれど、事実は昭和二年三月までの作が入つてゐる。それはこの時期が僕の歌風の転換期であつたため『植物祭』風のものと、然らざるものとが混淆してゐた。却つて『植物祭』に採つた作は僅少であり、残したものの方が遥かに多いのである。それで『春の日』は大正十年頃から昭和二年三月までの作を納めてゐる。年齢にすれば十九歳頃から二十五歳に跨るもので、歌数は総じて七百七十五首、排列の順序は大体制作順にしておいた。なほ二十歳前の作も相当にあつたが、やはり随分と幼稚であるから、殆んど採れるものがなかつたのである。

『植物祭』の後記を見ると次のやうなことが書いてある。

「本歌集には大正十五年九月以前の作品は全部これを割愛した。何故かと言へばそれらの作品は本歌集のそれとは大分異つてゐるからだ。(中略)大体から言つてそれらはどうも古典派のにほひがする。寧ろ古典派の悪趣味にひつかかつてゐるものだ。(中略)年少にして短歌に入つた僕は、それらの作品が発表しただけでも千首以上はある。年老いて或はなつかしみ見る日がないとも限らぬ。だが今は筐底ふかく蔵してあはれなる日の目を避けておかう。云々」

又、

「二十歳代の若さにあつて、古典に入るは古典に入るにあらずして、それに溺れるといふものだ。だから古典は顧み研究しつゝも、却つて追ひやる方につとめることが、寧ろ後に至つて正しき古典に踏み入ることの実際となるだらう。云々」

年少客気を帯びた言葉として今は随分とはづかしい。けれども当時歌壇の傾向を快しとせず、それと闘ふためには、かく言ふことも已むを得なかつたのである。それがつい自作の否定にまでおし及んでゐたのは、顧みて興味のあるところである。

考へてみると、僕は今も昔も歌壇の否定者のやうだ。その主流とは如何しても一致点を見出すわけには行かないのである。『植物祭』から今日に到る僕の歩みは、仮令たどたどしいものであつたにせよ、事それに関する限り一貫して渝る所がないのである。然も細々ながら一つの新しい道を拓いて来たといふ考へがある。

さういふ僕が『春の日』を公にしたのは矛盾と言へば矛盾である。けれども、『植物祭』を出した当時と今日とでは、僕の考へ方も大分に変つて来てゐる。決して自作は否定も出来ねば、またするものでもないと思はれて来た。その価値は別として、ともかく今日の自作の拠り来たつた素地を見るべきものとして、十分大切にしなければならぬことが分つたのである。

年老いてなつかしむ日が来たのだと言へば簡単だが、今日はまださういふ風に思ひたくない。それより古典派の悪趣味にひつかかつてゐる、と言つたことの方がより気に掛る。それはどう考へてみても古典派の悪趣味にひつかかつてゐないのである。古典を生かす場合があつても、それに溺れたり下敷になつたりはしてゐないのである。当時は事の成行からして勢ひあゝした言葉も出たのであらうが、明かに言ひ過ぎであつたと思ふ。

これは弁解をするのでない。若しさういふ風に取れるなら、『春の日』をじかに見て頂くより仕方がない。ただ言ひ得ることは当時年少の作者として割合に充実した、或は老成ぶつた作の交ることである。これは当時の歌壇に影響せられた所もあり、なほ自分が年少であるため、却つて反対の境地を憧憬するといふ気持、更には僕の育成せられた家郷の慣習も大いに作用してゐると思はれるが、何れも取り立てて言ふほどのことはない。

然し僕の歌は、僕自身にしてさへその変転の著しさに驚くことがある。それくらゐだから『春の日』から『植物祭』を経て『白鳳』に辿り着くまでの間は、実に種々雑多の悪評を蒙つたものである。けれども大概の場合僕は少しもたじろがなかつた。それに関はりなく僕自身は常に潑剌と元気よく振舞つて来た筈である。言ふまでもなく、これは僕が新しい道を開拓するための苦業に当然付随するものであり、何の疑問もなく先輩の後を追つかけてゐるものの到底理解しえぬ気持であつたと思ふのである。

そこで考へられることは、歌は十年二十年と年功を積むだけで上手になるとは限らない。若しかすると段々下手になつて行くかも知れないのである。然し大抵の歌人は決してこのやうな考へに賛成しない。それのみでなくそれは全然嘘だと信じ込んでゐる。それに歌は分らないものは一生やつても分らないものだが、分るものは四、五年もやれば大体筋道は分るから妙なものである。けれどもこのやうな考へはまた全然間違だといふ考へ方も一方に必ず存するものであるから愈々妙である。

ともかく僕は今日自分の最初の歌集たる『春の日』に異常な興味と愛着とを感じてゐる。それが何故であるかはよく分らない。単に若い日の作であるからといふだけではなささうである。それ以外にも何かがありさうだけれど、それを穿索するのはちよつと恐ろしいやうな気がする。これは十分警戒しなければならぬと思ふが、半面一切の構へをなくして、おのづからなるなしのまにまに歌つてゆくのもよいのではないかと思つたりしてゐる。勿論写生派のやうな考へでなく、本来の詩人としての、昔の多くの歌人の歌つて来たやうな、あの歌ひぶりである。

僕は歌は早くから作つたが『心の花』に入会するやうになつて真剣に歌ひ出した。

それは大正十年の頃であつたが、当時『心の花』には佐佐木信綱、石榑千亦先生らの他に、川田順、木下利玄、新井洸氏らも健在であり、斎藤瀏、山下陸奥、五島茂氏らが漸く頭角をあらはさんとする時であり、僕もまたこれらの諸君に交つて一緒に勉強した。

僕を『心の花』で最初に見出されたのは角鷗東氏であつた。十九の少年はこの人を師匠とも仰いでゐた。上京してからは次第に新井洸氏に近づき、その薫陶を蒙ることになつたけれど、早く世を終られたのは僕にとつて一番の打撃であつた。木下利玄氏のなくなられた時は僕はまだ東京にゐたが、新井洸氏のなくなられた時は大和に帰つてゐる時とてそのお葬式にも列することが出来なかつた。

大正十五年に再度上京してから暫く僕は『心の花』の編輯にも携はつた。これは佐佐木先生の好意によるものであつたが、その前年あたりから前記斎藤、山下、五島と僕の四人ではじめた合評は『心の花』を一時大変元気のよいものにしたし、その頃は互に皆気息を合はせてよく勉強したやうに思ふ。その頃が一番たのしかつたとは、今日も互に言ひ合ふことである。それが昭和二年三年頃から僕は一時定型を踏みはづした歌を作り、僕の生涯でも一番不愉快な、且つ大きな過誤を犯すことになるのだが、『春の日』はそれに差しかゝる以前のもので、僕の一番純粋な気持から歌つた時代のものである。

さう言へばこの頃は何もかも一切を放擲して歌ばかりに熱中してゐた。今思ふと実に大きな犠牲だが、それは又言ふ折があるかと思ふ。それ故か僕の歌は概ね『心の花』の内部でも評判がよく、外部の人々からも時をり褒められたりした。その最初は『覇王樹』で橋田東声氏らが僕の歌を合評せられたが、それは僕の二十二歳の時であった。斎藤瀏氏などに言はせると、『春の日』時代の歌が僕のもの丶中では一番よいのださうであり、尾山篤二郎氏に言はせると筋のよい歌なのださうである。アララギで土屋文明氏が採りあげて批評されたのもこの時代のものである。

褒められたからそれに勢ひを得たといふのではない。それも確にあるかも知れぬが、僕はお人好だからかういふことも書いておくのだけれど、僕自身にしても『春の日』の歌は決してつまらぬものでないと言ふ自惚れがある。ただ不可ないのは先輩の影響が極めて顕著なことである。松村英一氏などに言はせると当時の僕は模倣歌人ださうだけれど、僕はそれを大して恐れてゐなかった。たださう言はれると勿論よい気はせず、一時大変憤慨したりしたことはあるが、然し若し僕が模倣歌人であったら今日の歌人の全部が全部と言ってもよい程に皆模倣歌人である。

そこで模倣といふことだが、昔の歌人は皆模倣をしてゐたやうに思ふ。一生をつひに模倣で通した立派な歌人も沢山にある。ところが今日の歌人は個性とか何とか言って少し歌を分り出すと自分一人の道といふものを歩きたがる。ところがさうなると本当の歌が見えなくなり、そこから急激に歌の本道から外れ出すのである。歌は昔のよい歌を模倣してゐればよいので、歌の道といふのは本来さういふものでないかとさへ思はれるほどに、歌といふものは、新しい一つの道はきり拓けず、きり拓いたと思はれたものは大方邪道なのである。僕が今日の歌壇の歌を正しからずと定めてかゝるのはかやうな考へ方にもよるのである。

何もこれを強弁するのでないが、僕は人の影響を蒙りながら、やはり僕でないと歌へないといふ風な歌も若干は持ち得てゐるのではないかと思ふけれど、然し読みかへしてみるとどれだけが自分のもので、どれだけが人のものかも分らない程に、色々の人の影響が目立つ。勿論進んで模倣をしようとしたのでない、つい不知不識のうちに影響を受けるわけだが、これを或る人は感受性が鋭敏だからとも言ひ、また自主的な考へが不足してゐるせゐだとも言つた。そのやうな批評に拘はらず僕は愈々熱心に勉強をした。念の為に記しておくがその頃僕に一番大きい影響を与へたのは、第一に島木赤彦、木下利玄、中村憲吉氏らであり、それから古泉千樫、新井洸、川田順氏らであつて、斎藤茂吉、北原白秋、吉井勇氏らの作からは割合に影響せられず、与謝野晶子氏らの作は寧ろ忌避してゐたくらゐである。このことを今日大変興味あること、僕自身は考へるのである。

それはまた別に言ふとして、ともかく僕は若くして割合見られる歌を作つてゐたことは確である。決して自讃をするのでないが、それは『春の日』を読んで貰へば明瞭になることと信じてゐる。然し僕は後年歌といふものを宛も仇敵か怨敵かの如き思ひをして眺めたことがある。これを言ふのは僕にとつて最も苦々しく、またはづかしい思ひをするのであるが、結局は僕の無能さを告白することにしかならないのである。それは僕は歌をやつたが為に他にしたいことが何も出来なくなつたといふこと。更に歌壇といふ世界に住み馴れて、いつか人間までが妙に偏狭になつて行つたといふことなどが、時々強く反省せられて自己嫌厭におち入る場合のあることである。尤もこれは僕の考へ違ひであることはよく分つてゐるが、それでも今日の歌壇は少くともさういふ風な妙な空気が一杯に漂つてゐることは確かである。大熊信行氏は頻りにこれを書いてゐたことがあるが、僕はそれを風馬牛に聞き逃せなかつたのである。

奈良へ帰住してから僕の気持はらくになり、本来の自分自身に立ちかへれたと思つてゐるが、それでも時にとつてさういふ反省が強く身にひゞき出すと、憎みたくなるのはやはり歌壇といふ空気であつた。すべて若くして愁ひに歌らしいものを作り、歌壇の中に出入りするやうになつたがための報いだと思ひ、然して一層歌を敵視する場合も屢々あつた。

これは間違のない事実かも知れぬし、また全くさうでないかも知れないけれど、今日の僕は既にその考への中にゐないのである。それにさういふ考へ方は夢にもしたくないのである。医者と歌人とを兼ねてゐる人はさういふ人なのであり、実業家と歌人とを兼ねてゐる人はまたさういふ人なのである。考へてみると歌といふものは歌を専門にやるべきものでなく、それは如何なる人といへども歌ひたくあれば歌つてよいので、それで少しも差支へはない。然しまた歌を以て業余のすさびと特に言ふのも妙なものであり、さういふ言ひ方は何か割り切れぬものを蔵してゐて、清らかな感じのしないものである。

文学は男子一生の業とするに足りぬとは有名な言葉であるが、文学にも種々様々である。小説だけが文学でないことは分つてゐるが、殊に歌のやうに形の小さいものでは、一層一生の業とするに足りぬことも分り切つてゐる。或る女の人が男のくせに歌など作つてと、ひそかになじる風があつたと言ふが、これは男子たるものの十分に痛み入つてよい所である。

けれども今日となつてはどうにも方法はつきさうもない。やはりこのまゝ歌へる限りは歌つて行くより仕方がないので、そのうちによい歌が作れて行くなら、それはそれでよいことである。ただ僕は歌が好きではじめたし、さうして歌もまた僕を捉へて離さなかつたといふ所があるらしいのである。今までのところは確にさういふ状態にあつたが、『春の日』はそれの出発点であるから、僕にとつては思ひ出が深いわけである。

或る雑誌を見てゐたら、無理してかやうな歌集を出す必要はない、といふ風な妙に意地くれの悪い言葉が目についたが、僕は何も無理して出版したのと違ふ。本屋が出したいと言ふので出して貰つただけのことだが、それ以上に僕としては出しておく方がよいといふ考へがあつたのである。

僕は『春の日』を出発点として、『植物祭』から歩をはじめて、やつと『日本し美し』まで来たわけだが、その二十年余を一々の歌集を読み返し振り返つて見て、僕の歩いて来た道がやつとはつきりした思ひである。半分の正しさと半分の間違とはこれは確に見ることが出来た。それは半分でなく大部分が間違かも知れないけれど、なほ今日の歌壇の人々に比べると僕の間違の方が幾らか僅少であることが分つた。今日の歌人は全部非常に大いなる間違の中にゐる。然もそれをさうと意識してゐず、寧ろその正しさを主張してゐるのだから、これは大変なことである。今後僕は出来る限りこの間違を指摘し、明かにしたいと思ふと同時に僕自身の間違はこれはまた速かに訂正してゆきたいと考へてゐる。

『春の日』を出したことは僕にとつて無意味でなかつたのである。それは他の歌集の場合に比べて一段と意義があつたと思つてゐる。ともかく出発点といふものは大事なことである。これを間違ふと一生その作は間違ふのだから大変である。僕の如きは早く気がつき、且つ『春の日』によつて一層それがはつきりしたからよいやうなものの、今日の歌壇には歌の本道は全く杜絶してしまつてゐる。誰一人として本当の歌心を持つたものはゐないのである。風雅といふものがすつかりなくなり、そこにあるものはすべて詩心をなくした人間の無骨さのみである。

それだから幾ら万葉を言つてもつひに無駄だし、況して王朝などは全然理解のしやうがないのである。これは一体どうしたわけかはよく考へてみる必要があるのだと思ふ。ただ仮初の縁によつてかうした歌壇に首を突き込んだといふことはまことに不幸である。この不幸さを身に沁みて感じない限り、今日の歌はどうにもならないのである。恐らく今後本当の歌は歌壇とは全くゆかりのない、または歌壇を無視した所から生れて来るだらうと僕は信じてゐる。

つまらぬことを話して来たが、初学者にとつて、またわが同行者にとつて何らかの参考にならうかと思つて、言ひたくないことも敢へて申し述べた次第である。

清水比庵

野水帖（歌集の部）

夕暮

朝起きのいともねむきに戸をくれば天の春雨ふりきらひけり
わが庭の梅のはつ花春雨のしづくの列にふふみたる見ゆ
石積みてゆける車に春の雨ほそほそ降りて石をぬらしぬ
朝起きのこの頃よろし戸をあけて椿の花をすぐに見るゆゑ
食堂車ひとつひとつの窓ごとに桃の花挿し大阪へゆく
山の上の中学校は白雲の桜の花のなかにありけり

さわやかに打水したる町低く流るるごとく飛ぶ燕かも
鉄瓶の鳴りをはりつつ湯気ばかり淡く立てるに梟の鳴く
一つ鳴く蛙はあはれゆるやかにおなじことをば鳴きてをるかも
浅山と茂山重ね朝の日のうすらにさせば飛ぶつばめかも
落ちたぎちたぎつまほらに虹立てばここだも飛べる岩つばめかも
青山の岩根の底のますみ湯に浸りしづめる女のはだか
明日の日は日のてりぬべしわが庭のゆすらの玉は熟れて赤かり
立葵一日に一つ追ひ咲きて三つひらけば雨もよひする
両国の橋の上なるうすれ雲ほのぼのあをみ涼風わたる
亀清の庭の打水したたれる芒に走る両国のふね
川風の涼しき室に対ひ居るこのうたひ女よことば少なかれ
風鈴の鳴るをききつつ寝しわれは今朝目さましぬその鳴る音に
むらさきの桔梗の花は朝露にひらきそめたり後ろに向きて
白玉をいくつ掛けたる蜘蛛の糸雨きれぎれに降り止まむとす

へうたんの棚の目ごとにへうたんは生りて下れり棚の目ごとに
階段を下り来る人の帯の碧涼しく見えて秋となりけり
皆人の麦稈帽子色古りて秋風立ちぬ銀座日本橋
秋高く晴れて照る日に対き合ひて八人の工夫つるはし使ふ
えんやらと工夫が上げしつるはしの八つ揃ひて秋日きらめく
打なびき実れる田居のひろき野の畦にむら咲く曼珠沙華かも
竹垣に寄りてコスモス丈高く大青空にさゆれ咲きけり
青空の富士が嶺かけて一むらの鳥わたる見ゆ忽ち小さく
梅の木は末葉落ちつくし朝な朝な雀のとまる木となりにけり
真砂なす横浜の灯を下に見て月見の月を上に見るかも
月見人おのもおのもにさざめきて月見すらしも月にてらされ
街路樹の根もとに生えし一本の雑草の実の熟れてあるかも
朝顔の蔓のほそりて鶏頭にからみしままに共枯れむとす
からからに枯れて残れるもみぢ葉のくれなゐ悲し松の木に寄り

秋の日の照りのなごみの遠空の大山嶺ろはむらさきにみゆ
牛小屋ゆ牛は首出し秣《まぐさ》屋の軒に八重垂るつるし柿かも

朝明

わが父の命終りし齢ともわれはなりけりあはれなるかも
おもふこと成るにもあらず思はざるわざはひもなく年を経にけり
狐は穴あり空の鳥は巣あり人には少し銭のあれかし（大黒像画讃）
ひさかたの雨ふりやまず袖垂れてとなりの桃の花を見るかも
茂木山のさくら咲きけりわが室に坐りてみればまむかひに見ゆ
松杉のあひだてらしてこまやかに茂木山さくら花さきにけり
真青なる八百の太竹直ぐ立ちのはやしの中にひよどりの鳴く
次の駅は何といふぞもわが前に掛けし娘の下りんとするは
宇都宮夕立くもり夕顔の花くきやかに畑に咲くも

東照宮

みたらしの水を注げば秋の日の杉の大樹にひびき反《かへ》れり
さんらんと金色ひかるみやしろに霧ふりやまず杉の上より

華厳滝

天雲ゆ直ちに裂けて千尺なす滝のとどろき足もとに落つ

日光湯元

湯上りの湯気の匂ひの立上るはだかに見るや白根山のみね
藪の中に水の音してほととぎすはつはつ鳴けば夕かたまけぬ
青山のよりあひの影ふかくさす湖のほとりのやつもも花

久次良のや蕎麦の花さき黍みのり畔も野みちも野菊のみだれ
みち問へど紫苑の家も鶏頭の家にも人の居らずありけり
むらさきのあざみの花は野におきて名を知らぬ花折りてかへりぬ
裏に鳴く虫とおもてに鳴く虫としらべ異り絶ゆることなし

霧降の滝の紅葉嶺たなぎらひ赤薙山ゆ時雨ふりくる
もみぢばの下照る石に腰かけてむかひの山の滝を見るかも
律院の玄関に置ける二鉢の菊は互に相うつろへり
わざをぎの君にはあれどうつくしくつくればさすがおのづからなり（森律子扮影帖）

冬の日のあたたかなれば銭出して犬の咬み合ひわれは見にけり
赤薙のはだれ岩山たなぎらひ雪かふるらし夕日もさすに
山の上の一本枯木鳥のゐてほがらほがらにさへづり止まず
桃すもも桜をちこち乙女子が赤裳あらはに畑打つ見ゆ
今日来むと思ひし妻の手紙来ぬこともなけれど返りごと書く

坂本富子さんを悼む

二荒嶺に朝立つ雲の天かけり過ぎぬと君を思ひかねつも
大谷川瀬に這ふ霧のおぼほしくこやりし君がふたたび起たず

丹勢山ま青き軒に蜘蛛の糸のすずしく濡れて朝あけにけり
夕暮の池にひまなく飛び跳ぬる鱒のきほひのあまた涼しも
月いまし上らむとして山の端の松の木の間のあかるみにけり
朝日かげ山よりさせば数しれず飛べる蜻蛉のみながらきらめく
赤とんぼそよと入り来て朝ぎよめしたる畳にとまりたるかも
水清き川辺のみちを乙女子が丹帯ひきしめ馬曳ききたる
月かげをめでつつあればおのづから今宵はじめて虫をききけり
山の花あまた風呂場にさしたれば虫の入り来て鳴きにけるかも
朝明より今日はすることみなよろし思へば母の日にてありけり
きよらかに昨日掃きたる庭の面に今朝霜白くおきにけるかも
この年は何をなすべきおのづからすることあれや年明けにけり

帰郷

父母の墓にまゐれば冬ながらあたたかならし海も見ゆるに
正月の雨の洗へる父母の御墓きよらにわが拝みけり

海を見てひとり住ひしわが母はとはに眠らす海を見て父と

正月の日のよくあたる松山のふもとに咲ける梅の花かも

水の音こもれる暗の深けれや蛍ゆらゆら横切りにけり

咲けばすぐ門の子供が折り捨つるダリヤ真赤くまた咲きにけり

朝じめりしみらに乾き庭石に照りのよろしも初秋の日は

繁り咲く釣船草の下をゆく水はかくれて音ばかりなり

奥ふかく千重咲きををる萩の花この夕雨に濡れまくを見む

さうさうと松吹く風の音つのりいやさや高に吹き荒れむとす

鬼怒川の山谷なびけ吹き荒るる嵐は月にあかるく見ゆる

この年もことなくすぎぬあらたまの年のめでたく明くるばかりに

杉木立ふかくもつくる暗の中水の流れの年逝かむとす

さうさうと一つにひびき裏の水表に流れ過ぐる年かも

藤沢や小高くうねる砂山の松間に匂ふ桃の花かも
砂山の小松がなかの桃ばたけ霞むばかりにくれなゐ匂ふ
一山の雨のなかにもわが宿を打つ音こそはあはれなりけれ
山の下に山重なれりさみどりのその下山ゆうぐひすの鳴く
蟬の声いらだたしとて早く起き働く妻にはやも鳴く蟬は
つんぼ婆のくれし西瓜のいかにやと二つに割れば涼し真赤に
小鳥鳴く唯心院に夏すぎて秋きたるらし虫の鳴きけり
寝むとして歯をみがきつつ厨辺の葱の白根に見惚れけるかも
ひとり居のわがまさびしき厨辺に葱の白根はあまりうつくし
室の灯に浮き立ち見ゆる縁先の菊のうしろは水の音する
室の灯をことごと受けて縁先の菊の鉢花たけをそろへぬ
さむざむと窓より庭の見ゆらくに座敷の菊の盛り久しき
この家のとぼしき日影窓を通し座敷の菊にさしてあるかも

ほのぼのと目覚めにければうぐひすのしばらくにして鳴きいでにけり
一さんに朝日のさせる窓外に雀さわぎてうぐひす遠し
ゆたゆたと濁りはろけき水郷のまこも青洲のよしきりの声
潮来のや出島の上の梅雨空の濁りを低く水鳥のとぶ
父よりも長生きすれば父に似し顔のこの頃母に似るかも
朝な朝な鏡に向ふこの顔の母に似れども母もいまさず
南無二荒山東照宮輪王寺後世も現世も守りたまはむ
コスモスの高きしげりや大空に溶け入るべうも花咲きにけり
塚の上に上りてみれば歳月のやがては悲し弓削道鏡も
薬師寺の礎石や二つ秋ふかく腰をかけたき石にてありけり
一やうに冬日をうけて新らしき棟割長屋おのおの人住む
枯れはてし冬野の路の縦横に日のあたたかく晴れわたりたり
かしのみのわがひとり子の酉の歳さきく明けなむひとり子の歳

不景気

寒き雨しきりにふるに　子を負へる女がもてる　傘のうち右ゆ左ゆ　二人男が頭さし入れ　三人して声を高らに　世の中の不景気のこと　嘆きつつしばしも止まず　歩きゆきけり

踏切

ふみきりにせかれし人ら　おのもおのも嘆きののしり　かへりみて　同じ人らと　たはやすく親しくなりて　踏切の不便不平を　つぎつぎに語るあひだに　下り汽車はや過ぎぬれど　上り汽車なほも待てとや　菅の根の永き春日を　立ちつくさしむ

富士

毛の野の鹿沼へ走る　バス運転手と車掌娘と　あれ見ゆと指す窓に　さみどりの夕空遠く　くれなゐを色濃く染めし　天地の寄合ひにして　くきやかにまぎれもあらずするがなる富士の高嶺は　たなそこに取上げぬべく　小さく見ゆる

萩

自動車の窓より見れば　桜の馬場萩の真盛り　宝石を盛上げしごと　こまごまと一山

二山　三やま四山

草刈女

所野の川原に坐り　今採りし初茸の飯　うまらにも食ひつつあれば　馬の上に刈草を積み　その上に高々と乗り　前うしろ語りあひつつ　秋草の広き川原を　うら安く通る乙女ら　ここに来て初茸飯を　食はぬかといへばさすがに　ひた黙し行きすぎつつ　高らかに笑ふ

笹鳴

正月の日のあたたかき　縁側にわれは坐りて　笹鳴の今日も来ぬかと　庭の面を眺めてあれば　声出していまは鳴かねど　ちらちらと生垣の間に　餌をあさる小鳥の影は一つならず二つ

盗難

昨日の夜これの役場に　盗人のはいりしといふ　小窓より忍び入りけむ　窓下に残る足あと　小さなる靴跡みれば　小男のこそこそ盗人　金庫には手さへ触れなく　吏員らの机の中を　ことごとくい掻きま探り　たまたまにわが歌雑誌　二荒の会費をあつ

め　封筒に入れてありしを　盗み取りこれの小男　再びも小窓を越えて　いづこへか逃げや失せけむ　役場には被害のなくて　よかりしと下思へども　歌詠みの金を盗まれ　月花の心も失せて　術もなくたどきも知らに　腹立つわれは

春　秋

金光碧水さん

ひとのくれしものありがたく　ひとにくれてめぐみをわかつ　ひとつこそわれもいただけ　ひとにひろくわかつたのしみ　ひとのめぐみは神のめぐみ　ひとりしめむやは

鐘が鳴る

鐘が鳴るあかときの鐘　今日の日の祈りはふかく　ゆるやかに響きをつたへ　悔いもなく恨みもなくと　嫉みなく悪みもなくと　憂へなく悩みもなくと　悲しみも嘆きもなくと　あかねさし雲井たなびき　明けゆく空に

明智平

明智平展望台に　わが立ちて四方を見れども　雲霧のふかく閉して　果てもなく底ひも知らに　天地は咫尺に消えて　はつかにも台の草木に　赤とんぼ流れ飛びつつ　音のみに華厳の滝は　どうどうときこゆ

外山参り

一月三日の朝は　夜をこめて外山の上へ　参る人路に懸けたる　半鐘を鳴らして上る

山高き清浄界ゆ　寒天にただに響きて　一つ二つ三つ四つ五つ　つづけてきこゆ

小鳥の声

ちちと鳴く小鳥の声の　近くして影は見えねど　窓前の梅の小枝の　雨しづくはららに結び　つぼみさへふくれてあるが　さはさはとはつかにゆらぎ　その枝にとまりてあらん　ちちと鳴く声

床屋のあろじ

鶯は捕るにも易き　鳥なれば山より捕り来　春早く鳴かせし後に　放ちやりまたつぎの年　啼くころに捕りて来といふ　床屋のあろじ

雀

子雀に餌を口移す　親雀障子にうつる　朝日さす障子まばゆく　下隅のよろしきところ　親すずめ子すずめ

茂りよりさしのぞきたる卯の花を飛立つ蝶のいくつも白し
清らかに一間の庵かたづきてそのまん中に客を迎ふる
青庭の蝶が入り来てためらはずほかの窓より出でてゆきけり
秋の日の池のおもてのうすぐもりおもむろにして鯉のゆきけり
みんなみのバナナと北の林檎とを一つに盛りて貧しくあらず
湯上りの肌へを吹くや山々にいまだ日のある海の風なり
北窓の涼しき室の机には八つ手の葉をば一つ挿したり
野の溝のよどみ澄めるに泳ぎつつ日高は水をみだすことなし
朝は少し日のさすといひ吊し柿つるせる窓の下にこたつを
むかひ家の屋根の上にて日の出づる笠目の山の頂きは見ゆ

汽車の音海を渡りてきこゆるをはろかにしてや島に寝ねたり
窓近き八つ手の葉には雫して春の淡雪ふりつつ消ゆる
一すぢの柳の糸のうすみどり白粉瓶にさして湯殿に
木の芽庭ピンポン遊ぶ男二人かはるがはるに女に負けぬ
釣り人の連れたる子供大きなる夏蜜柑を手にもちておとなし
水の青昼ほととぎす松風の山の外湯にひとりひたるも

よき石はよき歌のごと少きにがらくた歌は石よりも多し
となり家の南瓜もとりぬいでやわが南瓜もとらばさぶしかるべし
赤とんぼいと赤きが目の前にしばらくとまりいつか行きけり
川はらにはてなく続く赤松の林の中を少し歩きぬ
門を出で川原を歩き路を変へかへるところに綿の花咲く
久しくも見ざりし海をふるさとの鏡の如き海を見はらす
朝の月まろくして淡く金浦の日のさす山へ落ちゆかんとす

くもりつつ広がる海と大空と寄合ひ太く光りを曳けり
春立ちてさすがと思ふあたたかき今日の日和をしとやかに言ふ

孫

四つになる孫がしつこく　その姉にものをきくにぞ　うるさがり声とがらして　教ゆるを尚くりかへし　ききつつも幼きはいふ　大きなる声してまたも　教へてよ

汐干狩

幼稚園の汐干狩に　おのもおのも若き母だち　つきそへる中にひとり　年老いて腰のまがれる　お婆さんうちまじれるに　いたはりて獲ものを問へば　皆さまの掘りたるあとを　拾ひもてゆけばなかなか　拾へるものよ

つゆくさ

つゆくさの一むらしげり　るりの花盛上げ咲くが　昼はみな凋みて消えぬ　朝はまたこぼるるばかり　数しれず咲きては凋み　漸くにその茎も葉も　色かはり衰へつつもなほしさくつゆくさの花　るりの花かも

冬に咲く八つ手の花芽ふくらみぬ冬あたたかくあれとぞおもふ
姉妹顔も似たれど心まで同じよといふ悪《にく》みていふも

鳥　渡　る

電車の窓よりみれば　つらつらと鳥翔るみゆ　村里のけぶりの低く　曳きわたす枯野の空の　夕づく日こもれる雲の　一すぢの茜の上に　鳥渡るみゆ

画　家

一痕の湖心の月よ　あはれ世にかくも清しき　ものあるをいまだも見ずと　いひければわが女画家　くるくると女の尻を　ゑがきてくれぬ

夕立のすぎて夕陽のかすれ射す青田さやかに門前に見ゆ
空ひろく青田ひらけてつばくらめ遮るものもなくひるがへる
ぬばたまの暗はてしなし鳴きこもる蛙の声に飛ぶほたるかも
石を見ることをこの頃飽かざるに雀の子二つその石の上に
風白く波を刻みて一望のみづうみ早く秋立ちにけり

雪の夕

声高くからすが鳴けば　いそがしくいくつか続き　雪暮るる天路は遠し　働きてかへる人らも　つれ立ちて語らひ低く　一ときに過ぎゆきければ　杉の雪しづるるとしてけぶりなし立ち上りては　落ち終るなり

別荘

門前に大きなる石　石に凭り緋桃の花さく　その色の濃くふるさびて　且つ艶なるをわれは愛しき　門内は山吹の花　垣に添ひつつじの花　奥ふかく若葉のみどり　家をつつめり

虫

畳這ふ虫が一つ　這ふままに目もて追へれば　小窓より出でてゆきけり　われはまた独りとなりて　虫を思はず

年の暮あたたかくして春を待つにもあらずこの余日をたのしむ
夕曇る天のそきへは色ふかく朱を流して富士を蒼くす

白雲のおほに動ける空高くほとほと小さく鳥翔る見ゆ
稲荷川早瀬の音にうちまぎれ聞けば消えつつ鳴くかじかかも
青葉山若葉八重山つつじ咲き川原の上ゆ霧立ち上る
竹林にちらちら射せる六月の陽を吹く風の爽かにして
目のまへを遮る屋根に点を打ち雀のならぶこの朝たかも
はやくより一本楓紅葉して石にひたすら散るばかりなり

庭

細き松数本を寄せ　しつらへる清庭にして　軒近くもくせいのあり　高き香りあたりに立ち　秋の日は洗へる如く　返り咲く池のかきつばた　紫一つ

初日

天つ空おほに曇りて　いかにやと思ふときしも　うちさわぎ茜さしつつ　旗雲の長くは延べて　山の端の切れ間を赤く　大きくもりんりんとして　初日の上る
空に透くガラスを虫のあるきつついましも空のまん中に来る

つややかに山をうつせるみづうみに鳥の下り来て浮びたるかも
春秋の幾百年はさぶしくも多宝の塔に夕影はやし

多胡碑

いにしへのいしぶみの年ふるければ秋日ただ字を読みにけり
いしぶみのほとりに坐り久しけれ日はしんしんと千年をてらす

鈴

幼な児の玩具につけし　小さき鈴ちぎれ落ちしを　拾ひとり袂に入れて　なにならぬ
起居につけて　ちりちりと音のひびくを　たのしみつつも

三年越し電車に腰をかけぬぞといばれる人の前に腰掛く
雨あがる若葉あかりに群立てる羽虫のをどりほのかにまろし

洗濯もの

清らかにすすぎあげたる　洗ひもの小庭のはしに　竿高く乾しかけたれば　真夏日の
い照る下びに　白玉の雫したたり　あぢさゐの空より碧き　花にふりかかる

月

天の原四方にさわげる　群雲のはつかに切れて　小夜ふけし片割月は　なかなかにかくれもせず　清らかに堪へてぞ照らす　真間川の橋うちわたり　川岸をかへる家路の家に到るまでも

蠅

夏の日のあつしあつしと　喘ぎつつ打かこつをば　蠅の来て手足にとまり　顔を舐め肩を歩くに　たまりかね蠅たたき取り　室ぢゅうを追ひ廻しつつ　あなかしこ気も爽かに　苦熱さへ忘れしごとし　南無蠅のかたじけなや　夏負けのいくぢなしにも　殺されたまふ

なかなかにいまだ暑しと思へれば夕べは水の如き秋なり
むかひ家の灯火あかしこれの家の灯火もあかく見えてをるべし
夕ぐれは悪人さへもおぼろなり女もせめてうつくしく見ゆ
酔ふごとき味よといひてデリシャスほめて食《た》うべてうつくしきかも

秋もはや後の月見をはらはらとぬらして過ぐる時雨雲かも
秋冬の花はなべてもあはれにて八つ手山茶花石蕗《つはぶき》の花くちなしの実
あたたかき冬の一日の暮れゆきて寒くさぶしくなりにけるかも
雪ふりて消えもやらなくつもりつつ一日二日も明け暮れにけり
蜘蛛にして黄にうつくしきもののありしかれば大観之を画くも
窓あけて見ゆらく庭は狭けれど天広くして蝶下り来る
道ばたのたんぽぽの花母子ぐさ野げし地しばりたびらこの黄
この年は遅しと思ひし桜ばな散りては迅きものにぞありける
平らけき広き海をば見わたすや船は出でゆく千鳥は飛ぶも
君が行きあとそこそこに片付けてこたつにあたり君を思ふも
大いなる船発動機の音立てて春の海路に小さくなりぬ
海の辺にわれと同じく腰かけし女の方を見たくなりけり
赭き島松を被ぶり蒼き波松よりも蒼く島を廻るも

トマトと胡瓜

赤くなりすぎぬトマトと　大きくなりすぎぬ胡瓜と　食べごろの好みのままに　いさ
さかのわが畑のもの　ちぎり来てひやしおきて　あたらしくすがすがしきを　色くは
しみづみづしきを　すずしきをあはれ

枯木

枯木には春しも秋もなけれども雀の来ては頂きにとまる
雀一つあるひは二つ来てとまる枯木を日々に見ればたのしも
朝日影上るすなはち頂きを染めては立てる一本枯木
あかねさす色うつくしき夕空に立ちて暮れゆく一本枯木
春秋もあらぬ枯木を朝の日に夕べの雲に見れどあかぬかも

海路

ひんがしの国の人らが　父母をうしろに残し　妻子らとわかれを惜しみ　ますらをの
心ふるひて　さきもりの西の国辺へ　舟こぎて八十島がくり　わたりゆくむかしの海
路　平らけく見ゆ

朝霧

朝霧の立籠めし路　はじめには二人の乙女　ちぢれ髪うちはらかし　息せきて話しつつゆく　そのつぎはしばらくありて　負ひし子に物言ひながら　早起きの家妻ならん　行違ひ若き男の　何か提げ走りすぎたり　変りたるけしきならねど　うち日さす都の町も　山村にあるが如くに　霧立ちこめて

眉月

朝明けて薄絹のごと　ほのめける東の空に　黄金なす眉月かかる　その月を二日三日して　青貝の色に光れる　西空にわれは見出でつ　月の暦既に移りて　夕べに今日は

姉妹

アメリカの人の家にて　その家の小さき姉妹　むつまじくいと愛らしく　父母の前にいでしが　何国の子供も同じ　忽ちにけんかを始め　姉のいふことを妹の　きかざれば睨みてありし　姉はその頭をもちて　妹の頭をこつり　姉と妹

空

うち晴れて匂へる空の　西に寄り白雲凝りぬ　そのほかに風の吹くのみ　いふほどの

こともあらねば　さしおきてしばらくありて　また見ればその白雲も　いつしか消えぬ

あるとき

さしくもり風吹く空の　西はややうすらぎ晴れて　水色を帯のごとくに　日は雲を透して淡く　風立ちてゆるる障子の　ガラス越してらす畳に　湯上りの足うちのべてしかすがに春も漸く　花を待つあひだ

大波のくづるる如き天雲をうつして海は平らけくあり
みんなみの日だまりどころ海沿ひの片山椿咲きて久しく
歩きも歩き疲れも疲れ寝るも寝て凡そわれには及びも及ばず（峡村君）
いづこにか人の声してしんしんと雪は降りつつ積りつつ舞ひつつ
わが庭は花木もあらず日が照れば日を雨降れば雨をけしきに
朝きよめ開けたる窓もさはやかに五月の乙女外通る見ゆ
あま戸をばささんとするに月いまし屋根の上より出でんとするに

わが庭にうぐひす啼かせ千金の春のあろじにわれはありける
大君のみやこの日影若葉立つ楢の林の庭にあそぶも（牛込玉堂邸）
たたなづく青垣山のうぐひすは遠くきこえてめづらしからず
三河のや鳳来寺山に鳴く鳥の声をかそかに蚊の飛びてゆく（ラジオ）
反古紙に一生の歌を書き溜めしおん母上に及ぶらめやも（大山君）
くもりつつ月あるさまの更けゆきて聞ゆるものか蛙のこゑは
朝あけて雀の声のさわがしき中にときどき人語のまじる
水の音に枕してとや山の家の一夜ねざめに鳴くほととぎす
ほほじろは高きところにとまりつついくばくの時かひとり囀る
地に這ふ虫もつぎつぎ用のある虫ばかりなりしばらくも居らず
医者に来て長く待つ間にうかうかと凡人になり医者を悪めり
みちばたのすみれの花に気のつきて顧みければあとにもあまた
夕空を細一文字に曳きわたす夕焼雲は海にうつるも
夕焼の色をうつして空よりも海はほのけきものにぞありける

くれなゐの空の匂へるくれなゐの海にあまたもあまの釣舟
青麦の穂立ちの上の松山の木の間どよもしからすの子が鳴く

雀

み冬つき春さりくれど　わが雀囀ることを　知らなくに朝な夕べに　ひなびたる同じ調べを　鳴きかはすよと思ひしが　五月のある日の暁　い寝足りし枕に響き　短くはきざみながらも　はつかにも高く低く　低くはた高く低く　喜びて迫ることなく　極まりて絶ゆることなく　和らぎて休むことなく　高くはた低く高く　雀の声きこゆ
良寛をゑがける紙にとまる蠅すなはちそこに蠅をゑがくも

雑木の鉢

窓の外の屋根の上の　描き雑木の鉢よ　青きもの乏しき町家　いささかも目をなぐさめ　吹く風を涼しくやせむ　春すぎて夏に到れば　白妙の小さき花の　その木々の梢に咲くに　それゆゑにいよよいとしみ　水をやるかも

大池の青きにうつすしが影を摺りては飛べるつばくらめかも
妹の松茸狩の留守のまに裏の家より松茸を貰ふ
妹の松茸とりて来ぬうちにわれは貰ひし松茸を食べる
松茸をとりて来る妹松茸を食べては待つに松茸売りに来る
またしても雨またしても雨またも雨のふりつつまたも降るかも

高《たか》　梁《はし》（生地）

たかはしの幼なともどち　わが如く年の寄りて　幼な時遊びし如く　遊ばまくはや帰り来ね　春の日は山し霞みぬ　秋の夜は川もさやけし　その山を画にはかかなむ　その川を歌には詠まむ　かへり来と家を探せど　家無しにして

柔肌のあやにくはしくめづらしく恋はうきもの餅はうまもの
とのくもりきはまりければ天なるや目もあやにして雪ふりきたる
山畑のなぞへの梅は咲きしあり咲きそめしありいまだ咲かぬあり
みわたせば四方のさくらの咲きいでてあはれ今年も春の人なり

筍

竹藪を去年拓きたる麦畑に竹もあらなくにふとぶとと生えし筍　竹藪のかたみの筍　竹藪に今年はあらぬ麦畑に生えし筍いかに嘆きけむ

茲にして水島灘をとりかこむ吉備の陸山海より淡し
屋根の間に城山の松少し見え涼しき月を高く上げたり
わだの原はてしもあらずうちけぶる朝日に浮ぶ舟二つ三つ
裏畑の黍の葉風は朝夕に見つつもいつか秋風となる
心にはかねていつとは待ちつつもいつとは知らず秋立ちにけり
大君の笠目の山の秋風にはやい寝床の足冷えにけり
秋をまづ知らして吹きし風ははやこの頃寒くなりにけるかも
たまたまに話しはづませ通る人空には月のかがやきたらん
見わたせば花も紅葉も夕焼の雲の色にはなほ如かずけり
久しぶりに応神山へのぼりけり休み休みてたのしくもあるか

正月の淡き日影に残り咲く白き山茶花遠き波の音
暮れ沈む天をながめてものかなし人の多くはながめずあらむ
松山につきし細みち上へゆき横へもゆきて春の日あまねし
若きときよきこと少く老いぬればわろきこと多しとは人のいふ
四方の山かすみたなびくうぐひすの声もきこえてかすみたなびく
うらうらと光りのどかに人々のあそべる声は聞けど絶えぬかも
春の日に千々にかぎろふ小波のはたては遠くかすみたなびく
天地のかすみの果てはおのづから海と空との色を分てり
大空は雲もあらなくにわだつみは波もあらなくにかすみたなびく

城山のさくらの下にひらけたる海はまさをき空の色なり
山畑の桃の花見に青麦の山を上りて見れどあかぬかも
あくびのみしてをりけれど寒からずはた暑からぬよきあくびなり
かへらむと思へるときに傍の人立ち上りかへりゆくなり

横ざまに仆れて生えし赤松の下べの池に鯉浮きあがる
麦畑はひろくみどりの窓下のながめの中に雨蛙鳴く
ほのぼのとうかびし緋鯉うごくにもあらずふたたび沈みゆくもの
窓のへの蔦の一鉢若葉して雨くもりせる天をてらせり
雨ふると思ひし如くふりいでぬしづかにふりぬ出で行くをやめぬ
人来やと待ちつつあるに来ずやあらむしづかに雨のふりいでにけり

燕

雨をもつ雲井にたかくひるがへる燕のむれは　ゆきかへりまたゆきかへり　あざやかにまたさはやかに　離れてはまたは寄りては　雨をもつ雲井にたかく　燕のむれは

祝

はしきやし君が寄るべきよき人と寄りてよき世をよろづ代までも

翁

むかひより来る翁は　額出で唇とがり　頬ふくれ目鼻小さく　若きときよほど醜く見えけむと思ふものから　醜きしがその顔を　とり捨てむすべもしらねば　春秋の幾

十年をば　雨風に洗ひさらして　よの中のうきにつらきに　百千々に皺かき垂りて
たふとくもなりぬ

大空をおほひつくせる雨雲がそぞろに動く大空うごく
泊り舟の声ぼそぼそときこえくる暗き海辺の風にたたずむ
庭に立つ一つ老松枝垂れて海を見はらす一つ老松
高島や沖の白石雨はれて北来の島に霧立ちのぼる
秋立つと空もさやかに見ゆるよりいよいよ暑き昼のほどかも
著ろく鉢の蔦の葉秋めきて見ゆらく上に残暑かがやく
燃ゆるごと残暑かがやく軒空をとんぼが一つゆくけしきなり
ゆるやかにひろがりつくす黒雲に小さく鳶の舞へるが一つ
いつもゆく道にてあれどいつよりか松虫の鳴く道となりけり
きりきりと昼もひねもす夜はまた夜もすがらなるきりきりぎりす
老松の枝を落ちゆく夕日かげこの家の中をつらぬきてらす

大空のなかばを占めし雲のかげうすれうすれて月をはなるる
夫の機嫌わるしといふ歌一つあり十三年の遺詠の中に
このごろの寒さにつけてあたたかき寝床の中ぞたのしかりける
焼跡にほしいままにて上る日を入る日を見つつわが家は立つ

一　泊

安らかにねむり覚むれば　床の間の百穂の幅　こよなくも筆の冴えつつ　浅渓の流れもさやに　ほのぼのと梅の花さき　さし初めし窓のあかりに　かそかに匂ふ

ひとりごたつ

雨ふりてひとりごたつに酒のみてたのしむ手紙よめばたのしも
雨ふりてひとりごたつに何もせず退屈なるが如くたのしも
雨ふりてひとりごたつに思ふ友遠くはあれどあればたのしも
雨ふりてひとりごたつに書くこともなけれど手紙書けばたのしも
雨ふりてひとりごたつに夕飯の匂ひ来ればあはれたのしも

やちまたの町家の屋根の間より一本立てる春風の松
大寺の春の夜寒く山の如くふとんをかけて泊めていただく
本堂の焼跡の上の清砂に草も生えなくに春日照りたり
あたたかく一日照りたる春の日の移りつつさす竹林かも
ほのぼのと芽立てる楢の庭林つつじに淡く春を残せり
窓近く連る山の深きより一つきこゆるうぐひすの声
灯を置ける室に開けたる山庭の芽立ちこまかに冷え来るなり
はらはらと石をぬらしてふる雨にぬれ終るまで石を眺むる
ほそぼそと遠くあれども那珂川は夏の光りにうごきつつあり
朝霧の平郡の山はやうやくに若葉五月の日に匂ふなり
吹き荒るる風に照る日のあつくしてたしかに栗の花の匂へり
蚤に似し虫を殺さでおきければふたたび出でて蚤かと驚かす
かきくらし御嶽の上ゆ脚長く雨ふりきたる御嶽の上ゆ
かみなりはいまだ止まねど夕立のはるるすなはちひぐらしの鳴く

風吹きて雨や来るととのぐもる山には遠くうぐひすの鳴く
友よりの手紙をよむと友にやる手紙をかくと楽しみふたつ
夕空の澄みわたりたる水色に流れてかろくとんぼ一つ二つ
底ふかく澄む青池のまんなかに円く落せる雲の影かも
こほろぎは夜もあれども秋もはや終りの晴れし昼の声かも
むらさきの花こまごまとむらさきの枝ごと匂ふ紫蘇の花かも
耕してならしし土の美しさ芽生ゆるものを楽しましめむ
大平の山にむかひて下つ毛野栃木大路は行けど直きかも
朝ふりし雪の少しく消えのこる片隅のある夕景色かも
あたたかき冬を送りてあらたまの今年の春は寒くありける
良寛も酒を好みき酒のめばをどりもしたりをどりたくして
何するも時の過ぐるが惜しくして何もせずして時過ぎにけり
鉢植を移せし梅とひとり生えし桃と互に高く花咲く
月のある夜は楽しとうべなうべなわれもしか思ふ月のある夜は

月のなき夜はさびしとあはれあはれわれもしか思ふ今日は月なし
さねさし相模の海に立籠むるかすみに浮ぶ富士の山かも
訪ね来し友の家居の垣越えてあふれて咲ける山吹の花
家に入り室に通れば庭にまた繁りて匂ふ山吹の花
後山に鳴くやうぐひす前庭に鳴くやうぐひす時をへだてて

残　花

ただ一つ枝に残りて　まさしくも咲き匂ひたる　葉がくれの低きところに　ただ一つ見えて残れる　紅ゐの盛りに遅れ　ただ一つなほ紅ゐの　桃の花かも

夏の夕

夏は夕べ夕焼雲の　うつくしく西空に凝り　或は長く東に曳きて　細き月淡くかかれり　夕雲の色うするれば　月の光やや に加はり　月いまだかがやき足らず　雲いまだ色失はず　風そよぐなり

ねながらに月は見えねど月の前に鳴きも満ちたる虫の聞ゆる

絶えず鳴く虫の中にもよき虫は少なく鳴きて更にあはれに

山吹の一つ二つが春過ぎて夏すぎてなほ秋も咲きけり

家のまはり柿植ゑおきて柿のもとの柿まろの歌よままく思ほゆ

玉堂先生喜寿

先生の喜びの字の　御寿何をもちてか　祝ひごと申しまつらむ　なにとても申さむことの　喜びにあらざるはなし　幼くて志を立て　斯の道に励みいそしみ　ますらをの力つくして　天地も共に助けて　春秋は空しく行かず　日月もあだに廻らず　年を積み齢を重ね　いや高くいやめづらしく　今の世の画のひじりとは　敬はれ仰がれつつも　慕ひ寄る人の絶えねば　朝たより夕べに至り　あなよろしあな楽しとて　客と共に喜びいます　喜びの齢は更に　やすやすと米の齢も　百歳もその上までも　鶴に乗り鹿を倶ひ　老いらくの心にまかせ　あそびたまはむ

湯上りのはだかに吹くや山々はいまだ日のある海の風なり

近く立つ庫の白壁蠅取蜘蛛かゆきかくゆき夕日に移る

去年粟を植ゑし畑に今年また粟を植ゑたる島にわたり来つ
門岸に潮満ち来《きた》る赤とんぼかゆきかくゆき潮満ち来る
朝山を歩きつつ聞く草むらのはたおりの声ちかくてひくし
まどけさの赤さの終に極まりて沈みゆく日に海山淡し
今日の日の暑さやうやく白壁にはつかに残る夕日かげかも
こほろぎの鳴きてきほへるところにて松虫の音を遠く聞くかも
あかあかと灯しつらねし町の灯を海越えて見て松虫の鳴く
こほろぎの一とき鳴りをしづめたる深夜の島の松虫の声
夕まけてつくつくぼうしなほしばし鳴き残れるにこほろぎの鳴く
室の灯をあかるくうけし萩桔梗芒をみなへし月雲をいでず
山下の池の小波吹きよせて松風の音行きすぐるなり
池の上の山のたをりに湧く雲のそよろ秋風ふきわたるなり
うちわたす穂田の広野の遠方に光りて沈むあまくさの池
山裾をうねれる路の秋晴れて霊山寺門の曼珠沙華の花

本堂の縁に乾したる胡麻束の日影ほのかに消えてあるかも
さにづらふ信子乙女を油揚《あげ》買ひにやれば海辺をひとり行く見ゆ
こまごまとむらがりなびき小波のしらじら咲けるいたどりの花
神の島寺間の磯の昼たけて一つ鳴く虫ひとりきくかも
天地に神いまさずばうつくしき夕旗雲をいかにたたへむ
金光の梨のみことが作りたる梨うまからめいまだ食はねども
ふるさとの景色を見れば山河も家居も路も柿も曼珠沙華も
小堀遠州造るところの鶴亀の庭をながめてふるさとに坐る
松風のそよろとわたる山かげの水細谷に鈴虫の鳴く
大君の笠目の山のいただきの松に寄り咲く萩の花かも

歌声

しとやかにとなりに掛けて　ふと何かかそかにありて　白菊の匂やかにして　美しき
人の歌声　とどろきて走る電車に　消えもせず聞えもせずて　消えもせずして

わが庭の柿の稚木の数枚の葉はいふべくも紅葉しにけり
この見ゆるあたりをぬらすほどばかり雨ふりいでし夕間暮かも
屋根の上に雀とまりて首ふれり晴れし一日の暮るるかがやき
朝たより晴れて暮れたるひんがしにほとほとまろく月上りたり
しんしんと四方の物音しづまりてわれはこの家に泊りてありぬ
白々と洗ひあげては積みおける白菜のある夕景色なり
雲もなく晴れたる空の東よりさせる冬日に西風のあり

よろづ事あらたまりたる正月の夕べをてらす新月のあり
雪止みて積れる上に細き雨影の如くにふりつづくなり
寒き日にあたたかきこそ楽しけれこたつの中に埋もりてをる
書が画より或は易しと思ふとき忽ちにして書が難しく
画が書よりむしろ易しと思ふとき思ひの外に画が難しく

祝ひ餅

世の中よまどかにありて しみじみと肌こまやかに 紅と白と重ねし 祝ひ餅あなうつくしや この餅はわれを祝ひて ふるさとのその親しきが おのが田に作るもちごめ 清水にさやに洗ひて 釜にかけ湯気にふかして 臼に取り手力こめて 百年もさきくあらんと 寒梅の匂ふあけぼの 歌ひ上げ搗き足らはして その友の母のみことが 八十あまり三つときこえし 歳の数かけて祝ひて ねもごろにまるめたまひし 祝ひ餅かも

雪どけのあまたれの影止みまなく畳の上へ落ちつづくなり
このはつか見ゆる空にも色雲の出でて夕べをうつくしくせり
ともし火も既に春なりしみじみとてらされてありひとりなれども
灯に遠きほのくらがりに色のよき林檎が二つころがりてあり
雄の居ぬ三つのにはとり交る交る卵を生みて春うららかに
朝たよりみぞれ降り降り春早き今日をぬらして夕べに至る

ゆあみするはだかの上に夕日さし仏の如くわれはかがやく
雪晴れの金の夕日の雀らはとなりの屋根の片端に集る
今日の日はとなりの屋根に雀らが巣をいとなみて夕かたまけぬ
ひさかたの四方の雨音烈しきにこたつを出づる用もあらぬに
若葉庭早くはれたる雨しづくガラス窓には消えもせぬなり
ごみを焼くとなりのけぶり垣を越えわが春の日をくもらして過ぐ
垣下に透きては見ゆる外通る足に老若美醜男女あり
青空の高きところを鳥二つ風に傾きとびわたるなり

恋知らぬ猫

わが猫は恋を知らずと　峡村がほこりし猫が　夕食のさかなを取りて　追出されたり
とは聞きぬ　恋しらぬ猫も娘も　油断はならぬ

孫

どこやらに戸のあく音の　したれどもわが家にあらず　わが孫はいまだ帰らず　心配
をしてをるほどに　大きなる音たててわが　戸をあけてこんどは孫が　かへり来りぬ

いまだの翁

花すぎてはや行く春の　けしきとはなれるものから　われは花の咲くをも見ず　また
は散る花をも見ずて　雨つづき風強くして　さむざむと時の移れば　なかなかに取り
残されて　冬ごろもいまだ脱ぎかね　倒春いまだいまだの翁　いまだの翁

蠅とり蜘蛛小さくあれどわが室をおのれのものの如く押し歩く
見ゆるもの天ばかりなりしばらくは眺めてあれば鳥の翔るも
くもりつつなほあたたかき光りあり風は若葉をすべりては吹く
夕空に黒き一団の雲ありて海の如くにけしきをつくる
雲のはしを月は移りてはつはつにそのまどけさを保ちつつあり
月ありぬあなうれしやと思ひつつあま戸をさしぬ月にねむらむ
朝日いま上らむとしてくれなゐに東なかばを染めぼかしたり
五月立つ葉山の海の白波をすくひあげたるしらす乾しかも
さみどりの色を流して多摩川の水きよらかに山をめぐるも

多摩川の玉石川原ひろければ水はほそくも橋をくぐるも
うづまきて繁る若葉をしぬぎ立つ松のみどりにひよどりの鳴く
庭木立しげるみどりに開け放つ窓さはやかに水の音する
西日かげあかるく窓にさしたれば模様こまかき蝶飛びきたる
禅林は塵もとどめず夏はじめにぶき日影を掃き清めたり
平林寺庭古くして数点のつつじの春をはつかに残す
平林寺ふかきみどりを映したる幾室々はあけ放ちたり
笊《ざる》一杯もらひし苺多くして嬉しくしてあな美しきかも
春のうち悪みつづけし東京の風爽かに夏に入るかも
朝いまだ残る浜辺のともし火に海原ひろくなぎわたりたり
階下にいけし山百合上までも匂ひきたりて梅雨ぐもるなり
文机の上に挿したる濃むらさき晩き菖蒲に客二人あり
青山の影を砕きて浅き瀬のひろき流れに鳴くかじかかも
梅雨の雲四方にひろがり川ひろく町せまくあるふるさとに来る

こぼれ種ところきらはず生えたりし日照草をば皆咲かしむる
開きおく門よりただにはろばろと小波あをき夏の海見ゆ
山みづの音を曳きつつ注ぎ入る海には磯をうつ波もなし
ひろびろと海の上をば飛び交へる燕あるひは目の前にきたる
神の島寺間の磯ゆみはるかす天ひろびろと夕焼けて海に
平らけき海を廻れる陸山の低きになびく夏がすみかも
天地のはろかにしてや波音もきこえぬ島の朝ぼらけかも
もろもろの蟹這ひいでて歩けるが得るところある如くなるかも
松山の稜線に沿ひ鳶ひとつゆるやかに高く低く行きけり
松山の路のまにまに夏の萩べにささやかに咲きて散りけり
あかときのほのぼの染めをつややかに映して潮のふくれきたるも
本町の屋根の上をば滝津瀬にうちてけぶりて夕立きたる
朝雲の間より射せる日に照りて金に小さき帆のひとつあり
夕日かげ軒をかすめて一張りの蜘蛛の糸をば赤く曳きたり

野点

朝日さす松の林の　下草に月見草咲き　夏萱の高き赤穂は　奥ふかき木蔭になびき　をちこちにはたおり鳴くや　そのあたり席を設けて　野点の茶いただきながら　たまたまにそこを通りて　桃山ゆ桃とり帰る　桃翁呼びて桃買ひ　桃食べてをる

反歌

朝日さす松の林の下草に秀でてひらく萱の赤穂は
夏萱の高穂の房は朝の日にあから開きてあたらしきかも
はたおりのここにて鳴けばかしこにもそこにも鳴きて朝日みなぎる

一心に何かしてゐるところをばよそより見れば皆善人なり
七月の晦くもり日桃もちて君が来たればよき日となりぬ
八月に入りて俄かに絶頂の暑さとなりて夕べうつくし
海越えし祭りの舟路てらすべく月は上りぬまどかなるかも
色雲にかくれてありし夕月のふたたび出でて光りを増しぬ

木のうれに僅かに残る夏の日に秋の境の風そよぐなり
滝津瀬を四方にかけたる夕立の室の真中に筆勢とどろく（揮毫）
色紙の七夕竹に飾られて日本の国うつくしきかも
山の上を秋のからすが二つ行く日のあるうちに月出でてあり
山にのみ残る夕日にそよそよと秋風通ふけしきなるかも
夏過ぎて秋来たるらしやうやくにもののうまくて人の恋しき
本町を縦に貫く朝の日の秋爽かに人の通るも
十一月三日天晴れ菊の香の天長節と今も申したく
日は西に秋ひろびろと羽搏ちてさやかに飛べる五位鷺のあり
飛行機の撒きたるビラは雪のごと空より降りて今や五色に
城山のふもとの庭の松の上に雲をはなれし月を見るかも
萩の花芒に添へてそなへたる月は上れり庭の松の上に
わが窓の明けの一つ星さんさんとよく光りつつ汽車に倶ふ（車中）

豊年の色づく野辺をふるさとゆ走りつづけて汽車東京へ
わが窓のむかひ山畑秋晴れていも掘りわざも終へにけむかも
もみぢせる秋の山路の木の間より町の端見ゆ川の橋もみゆ
柿のあるわが室にして秋晴れし朝の日影のさしきたるなり
この夜を遠くはてなく吹きすさぶ枯木の風の東京の音
地の上に直ちに立ちてしげりたる茗荷の大葉悉く黄なり
この道をひとり歩むか目の前に落ちし紅葉を拾ひあげたり
霜にぬれ色づき枯れてひらひらと落ちし一葉を山河にかざす
支那そばのチャルメラの音来ることも来ぬこともあり眠るときとなる
あした晴れ昼あたたかく夕ざればくもりはてたる冬の一日かも
久方の天の西空あかあかといよいよ赤くくらく暮れたり
側らのアメリカ兵は電車の中孤りにてあれば歌をうたへり
朝の戸をわがあけければゆがまんとして尚まろき月残る見ゆ
一色にくもりし空ゆふりきたる雨の糸とてほそくほそくあり

とけ残る雪のとなりの屋根の上に来たる雀の三つ四つかも
大方は一日にとけてかたかげに残れる雪の幾日あるかも
川柳の枝ことごとく白銀の花芽をもちて春を指す
この年の花は咲けども春風の福田武男にまたあはめやも（弔歌）
留守がちのとなりの家にともし火のつきてあれどもなほひそやかに
たれこめて花をも見ねばいまだなほ冬のつづきの春にしありけり
にはとりの世話が出来ぬと売りにゆき砂糖を買ひてかへる娘は
夕暮をなべてあはれと思ひしが昼もよろしき春となりけり
朝くもり昼晴れてまた夕ざれば寒くくもりて春の行くなる
かきくもる空のはたてに夕陽のみ晴れて光りをくぐらせきたる
蠅ひとつ明るき窓を這ひまはりしばらくあれどなほ這ひまはる
わが起きしあとの寝床をかへりみぬ少し枕がゆがみてありぬ
恋すてふ浮名はまだき立ちにけり玉葱の子と馬齢薯とあはれ
家のものわれにもて来る牛乳の色のやさしくあたたかきかも

天地の夏のはじめのけしきなり小さき虫が灯火をめぐる
寒からずはた暑からぬ初夏の灯火てらす畳のうへを

この家に泊りてをればかそかなる蛙きこえてねられけるかも
走る灯のほかにには見えぬ汽車の窓に玉とむすべる雨しづくなり
植ゑ終へし平田をひろみ人居らぬ浅きみどりは見れどひろきかも
ひろびろと浅きみどりを植ゑ終へし平田の中に白鷺いくつも
雨止みて雲ににじめる日の色のにぶき景色に杏熟れてあり
大いなる泰山木の白き花のうつすが如くこぼす匂ひなり
梅雨晴れのむしあつき雲光りたり泰山木の花正にひらく
君が描くわれの似顔を見てあれば似たるところもありてかなしも
川沿ひの藪のかげより七月の残り蛍の飛ぶ二つなり
七月の残り蛍のかげ二つ水のうへにもうつりゆくなり

老松の幹をへだてて夏萱の赤穂波うち海少し見ゆ
老松の大木が横にさへぎれる波平らけき海のながめなり
蟻二つ或はわれの噂さして近づき離れ並びゆくなり

南瓜画讃

世の中に凡そ素朴に　見えながら南瓜といふは　うまきもの極めて少なし　実にうまくなしと雖も　その素朴誰か疑はむ　画にかくによろしと思ひ　画にかきて後食べたるに　あなうましこれは

いでやこの夕べの雲のくれなゐの空うつくしき夏到りけり
焼くごとく夏の日の照る景色なり風の涼しき窓より見ゆる
竜王山西に聳えてひんがしの家より日々に見れどあかぬかも
西空のうつくしければひんがしを見れば東もくれなゐ染めつ
ほつほつと町にともし火見えそめて山の中にも灯りけるかも
窓前のあふち大樹に風吹けば室に涼しく青葉を散らす

射し入りし夏の日を避けねころびぬ海よりの風吹ききたるなり
さみどりの毛馬の胡瓜とむらさきの茄子の漬もの朝の挨拶
山にゐる小さき黄蝶がひらひらと海を見はらすところにきたる
裏畑のすももをとりて五つ六つころばしければうつくしきかも
秋立ちしあした夕べをやうやくに言ふこの頃となりにけるかも
ふるびたるつづれ錦にくれなゐの玉のたぐひをつつめる如し（柘榴）
夜ふりし雨の洗へる城山の松の下道朝たに上る
城山の古松が根に腰かけて九月一日朝の海見る
新涼の九月の朝を一茎の露草の花手折りていはむ
朝日さすあけのかみ山雨ふれば霧たちのぼるあけのかみ山（金光）
朝に行く宮地の土手に夜行けばここだもすだく虫の声かも
円通寺一枚石庭ひろくあり水たまりより亀這ひいづる
円通寺一枚石庭雨ふりぬ蛙が一つまた一つうしろに
この世をば引裂く如き雷雨なり恐しければおちつきてをる

魚青大人のもとに泊りて

二階より見ゆるは庭の　大木ととなりの家の　竹林とその竹に透く　朝明のうすらあかねと　われは目覚めて

反歌

たかだかと二階に居りて眺むべくさるすべりの花秋に残れり

ぬばたまの今宵を待ちし月影のくもりはてては鈴虫の鳴く
この年の今宵の月の出でがてにくもりはてたる空くらからず
千町田の穂田の広野は山裾ゆもろにかたむく汽車の曲れば
ふるさとの四方の山なみ立上る霧のふるさとふるさとの霧
亡き妻の里にしあれば高梁《たかはし》ゆ有漢《うかん》四里みち曼珠沙華のはな
秋晴れし野みち川べり山裾に家のうしろに曼珠沙華のはな
細竹の生ゆるにまかせ疎密あり秋草のはなところどころに
秋日てる御寺の庭のしづけさの古びしものにとんぼ飛びかふ

岡山の夕暮空をうごかして汽車の進めば沈む日赤し
路に沿ふ芒の穂波くれなゐに行けど尽きなくに見れどあかなくに
山の端をくれなゐ染めてやうやくに悲しくなりし秋の夕暮
いにしへの神の島べを舟こげば海の真中に蝶ひとつ飛ぶ
高島や白石北木一目にて百ひよどりの声鳴きさわぐ
蓼の花茎葉もともに紅葉して一所にてくれなゐ茂る
神の島海平らけく秋暮るるむかうに灯る笠岡のまち
朝あけし吉備の海路を秋風にこぎゆく舟の行き合へるみゆ
玉堂の画を室にして群立てる楓ばかりの庭を見せたり（大原邸）
大君の笠岡のまちの千金の春の一夜の酒をのむところ（角屋）
山庭を塞ぎて置ける大岩に光る秋日の室におよばず
松山のあそびをすればいにしへの竹の林にまさりたるべし（松茸）
あけわたる霜野の上に空晴れてけぶるが如く日のさしきたる

大方の年は梅咲くあとさきにしばらく好き日つづくものかも

千仞の谷のむかひに家ありて畑のありて日のあたりたり

朝まだき外を通れる人声に親しむごとくわれは目覚むる

この見ゆる少しばかりのわが空に傾く冬の日のくもるなり

となり家の山茶花のはな散りにけりわが庭の柿もみぢしにけり

寝床敷き湯たんぽを入れてくれければ寝るを楽しみ未だ寝ぬかも

東京の町家の上に広告の如く大いなる月いでてあり

ガラス戸の夕暗ふかくつややかにありてしづかに月いまだ上らず

腰かけし川原の石のぬくもりの秋のあはれといふばかりなり

ほのぼのと人に寄りくる池の鯉小春の日かげ水にさしたり

秋ふかくかそけきものに返り咲くつつじの花のいまだ散らなくに

山吹は春は花さき秋さればもみぢうつくし庭の狭きに

鈴蘭の実

鈴蘭を数本もらひ　かぐはしき花をいたはり　もちかへり植ゑておきしに　春過ぎて

秋の景色と　葉の色も変りしかげに　鈴蘭の実よあな赤く　あな一つだけ

晴れつつも寒く走れる風のあり今年終りの日の沈むなり
母よりも長生きすれどいつまでも母の子にしてわれはあるかも
夜のふけて雨やふり来しかそかなる音のきこえて雨やふり来し

ひんがしの戸をあけければ正月のむらさき匂ふ朝ぼらけなり
わが窓の晴れも曇りも雨風もまた一年のはじめなるかも
世の中をなげきつくしてあらたまの年老いぬれば楽しむほかなし
雪景の上に晴れたる大空を鳥ほど小さき飛行機の行く
雪白く置けるとなりの屋根の上夕くれなゐに今や匂へり
今日の日の暮るる空こそあはれなれ日々にながめてなほあはれなり
東京の空にはありてくれなゐもさびしき程の冬の夕焼

春立つといふばかりにて何よりも人の心の春めきにける
春立つと晴れわたりたる今日の日もとなりの屋根に沈みたるかも
また寒くなるとはいひぬ寒くなり暖かくなり春となるかも
窓近くこたつにあたりガラス戸に降りしきる雪をかぶる如くに
となり家とわが家の間にふる雪は少し舞ひつつ盛んに降るも
わが室の灯もあはれにてほのしろき雪の景色を窓にてらすも
春の日の色に匂へるくもり空残れる雪の上にひろがる
東の戸はやくさしつつみんなみの窓の下にて夕暮を見る
夕ざればいつぎいつぎにかへりくる家のものみなかへり終りぬ
高崎のハムを食《た》うべぬ高崎の人は家にはかへりけむかも
孫の友となりの室に笑ふ声にぎやかながら夕かたつきぬ
明日に待つ事もあらねば今日の如く明日もあらむと思ほゆるかも
わが文字をほめて書きたる葉書をばこたつの上におきてゐねぶる

岸良雄君より贈りもの

老いらくの夜床の夢を　安らけく結ばしめんと　あたたかくいたはらんとて　おのが身に用ゐるものと　同じもの真綿を入れて　ふくよかにゆたかに作り　歌よみのふるき友より　送り来し肩ぶとんをば　この夜より痩せ肩に巻き　首ふかく埋めて眠る友のいふ如く

反歌

いらぬといひ送るといひて争ひてなほ送り来し肩ぶとんかも

ダイヤルを右に左にまはせどもラジオ気にいらず消してしづけし
夕べさすあま戸をゆする風の音少ししづかになりにけるかも
となり家の左のはしに沈みたる日は春立ちて右のはしに沈む
孫むすめ雛の節句に草餅をたべしのみにて機嫌よく勉強す
梅の花咲ける小庭の片隅にはやく芽立てる木苺もあり
梅の花咲ける小庭にふる雨はふる時を得て一日ふるかも
さしなみのとなりの家の黒猫はわが白猫と仲の悪しも

灯をとぼしあま戸かためし一時になにか独りのもののあるかも
春の芽のふくれし木々の下蔭に冬を越したる青草のみゆ
衰へし春の西日が彩れるわが老いらくの像《すがた》なるかも
こたつよりわが見る春にしろがねの点を打ちたる猫柳かも
人に会ひまづあたたかくなりけりとものの言ひたき日にもあるかも
梅すぎて桜はいまだ春の日のこのしばらくがいともよろしく
吹く風も寒くは吹かず行く雲もはやくは行かず木々の枝けぶる
花見ずの翁となりて去年もあり今年もありて見ずにたのしむ
み冬つき春らんまんとおしなべて今や咲くらん花のみやこは
花見にと人らは出でて歩くらんあまたの人ら出でて歩かん
一にちの寒さ暑さにいくたびも衣服をかへて翁はひとり
花びらの散りたる後にそのうてな赤きなごりがいつまでかあり
春の水ゆたかに汲みてわかしたる風呂に浸りて唄をうたふも
春の日の残る日かげを頭より浴みて之をば惜しむ心なり

うららけき春の日影は傾きて廊下のはしに少し残れり
千金の春の一日をゆるゆると楽しむべくは家にをるかも
くだもののかをりほのかにわが室の春にただよひ恋のごとくに
となり家とものいふこともなけれども垣とてもなき木苺の花
冬越えし庭の青草あづさゆみ春さりくれば花の咲きけり
松一本梅二三本広庭にほかのものをば植ゑておかなくに
となり家の窓のたまたまあきしとき人形のある室のみえけり
雨の音ばかり聞えて山の中と同じ静けき東京もあり
玆に住みひさしくなりぬとなり家の娘嫁入り息子嫁取る

めのまへのみどりの蔭を走りゆく電車に人の少なく涼しく
路ばたに生えたる如き雑草の屋根の上にも生えて花さく
旅に見る町の夜の雨人絶えて灯火あかき夜の町の雨
山庭のうしろに少しはたけあり詩を作るべくよきはたけなり

益子のや平野山庭朝明けて霧立ちわたる平野山庭

うつくしき人とは聞けど折悪しくあはねば夢に見るよしもなし

みづみづし丹勢の山の若葉せるふかき林に路ほそくあり

日光の四方の高山繁やまの若葉五月の霧のうするる

窓前に一つ残れる牡丹の花いまや崩れむいまだ崩れず

百鳥はかゆきかく鳴ききりふりの滝爽かに岩はしるなり

青山は消えて見えなくにしらじらときりふりの滝霧より落つる

霧ふりの滝の百鳥鳴くなべに慈悲心鳥も筒鳥も杜鵑も

ふりしきる雨のまほらは山も見えず滝も見えなくに鳴くほととぎす

外通る人の足音なつかしくわが家へ来ぬもわるからなくに

杖とりて歩きてゆけるところにて友の住みなばうれしからまし

明治神宮御苑花菖蒲

花菖蒲見てはすなはち着物をば思ふと話す婦人のうしろより

ほどきたる帯の如くにうねる田の菖蒲の花を見るところかも
みやしきの眺めはよろしかりけむとみやしき跡の石の上に立つ

こみあへる汽車にやうやく席を得て腰かけて先づ何も思はず
城山のひとつ老松たれをまつ年々に来てわれは見にけり
長雨のふりて濁れる窓前の小川へ捨つる筆洗の水
山みづの一筋流れ路の上の砂をあらひてあくまで清く

ふるさとの暗の中より鳴き立つる雨蛙をば聞きてをりける
めのさめてしばらくすればやうやくにふるさと雀よく鳴きにけり
しばらくは動くことなき蠅一つ朝起きいでしわれと対坐す

西林邸

庭中のうねり老松庭のかぎり枝をひろげてうねり老いたり
大河の流れ寄りつつ山もとに白瀬を為してかくれゆくなり

室の前をふさぎて立てる山下を流るる川のかじかがきこゆ

城山の孤つ老猿さびしさに泣くことさへも知らぬやうなり

昨日過ぎ今日は明けけり城山の孤つ老猿尻を掻くかも

夏日照る細竹庭に開け放つ室に慈雲の幅くらくあり

物干台の上に置きたる一鉢の松葉ぼたんの白きが先づさく

街灯に白ほのぼのとふりそそぐ雨をながむる二階なるかも

城山の老松が根に腰かけてしばらく休み立上るなり

老松の根もとの砂のきよければかゆきかくゆき蟻の歩くも

向ひ家の窓あけはなち二人居る若き女の恋に語る

燕飛び雀よこぎり本町の町家の朝のけぶり立上る

城山の東の側のなだり畑けしきよろしくささげ花さく

涼風の夏の夕べのよくみゆるところに出でし十日月かも

暑し暑しとはいひながら秋立ちて残る暑さとなりにけるかも

小さき虫足の上をば這ひまはる這ひまはらしておけば去りけり
あちこちに飛びしとんぼはいづこへか行きて何にもあらぬ空かも
二階より見下す屋根に這はせたる糸瓜の花の咲ける家かも
むかひ家の窓の中なるはだか見ゆわれのはだかも見られ居るべし
雲白く川の如くに流れたり残暑のとんぼゆるやかにわたる
ひさかたの天の広原月のあるところにばかり雲のあるかも
まどかなる月はあかるくまたくらく群立つ雲をさまざまにくぐる
城山ゆ見下す海を群れつつもひかりて低くわたる鳥あり
朝焼の雲くれなゐに散らばりて細くとがれる月をかくさず
暑さをば悪みつづけて八月のこの夜さぶしきほどに涼しく
年々の九月一日城山に今年ものぼり海を見るかも
電燈を低くおろしてもの書けば桔梗の瓶もてらされてあり
本町の町家の月に活けおける山よりもちて来し栗の枝
この年のこよひの月はくれなゐの夕焼空に上りたるかも

鳴く声の先づきこえつつふるさとの霧にうすれてからす飛ぶなり
朝起きて室の障子をあけければ庭より立てる山に対ふも
山寺の秋蕭々とふる雨に障子をしめて山羊の乳のむ
ふるさとの高梁川《たかはし》の長き瀬を窓下にして三階に泊る

亡妻墓前

墓の前少し掃除し花立ててかくはたまには逢ひに来にけり
口笛を吹く児かへりて口笛の音のきこゆる夕まぐれかも
庭中に一むらそよぐ穂芒はあろじが秋のあはれなるべし
ひさかたの天の白雲波打ちて四方の紅葉のうつくしきかも
うつくしき紅葉の下の茶の花を人に云はれてあはれなるかも
朝日さす縁に坐りぬ人声も雀の声も垣の外にて
しばらくは何も用なき時間ありくれなゐ淡き夕空のあり

池の水涸れて落葉のうづたかし秋晴れし日のはつかにてらす
朝日さす縁に坐りてもの書きぬ硯の墨の乾きてやめぬ

元日の戸をあけければげに一夜あけたる空に日の上りたり
夕雀となりの屋根に来りしかひとりにてあれば飛びゆきにけり
今日一日あたたかなりき明日はまた寒くならんと風の吹きけり
寒くなるとラジオが云ひし如くにも寒くなりたる夜の室なり
雪ふれる庭木の枝のほのかなるくれなゐなどに見ゆるものあり
わが窓を白線もちて消すごとく雪の盛んにふりきたるなり
昼の風いまだ残りて戸をゆする夕べの音となりにけるかも
雨のふる音のしづかにありければラジオを低くかけておくかも
朝毎にはやくかへれと同じことといひつつわれは孫を見送る
生れ日は何もせずして既にして金色匂ふ夕暮となる
二月十一日むかしの日なり晴れわたる青天駆けり風荒く吹く

み冬つき春まだはやき朝空の拭へる玉の如くなるかも
雪の日は人ら親しく大きなる声してものを云ひあひて通る
雨戸さすときにとなりの窓の灯のあかるくあるを見てはさすかも
東京の夕方明りいやはての空に見えたる二日月かも
わが庭の梅は今日しも開かねど明日は開かむ三月一日
寒空を今日は悪みてありけるが春さざめ雪ふりきたるなり
家々の窓はおのおの灯のとぼり屋根の上より春の月上る
庭の梅咲きて幾日かこのあたりうぐひすも来ぬところに匂ふ
わが庭に梅の花さき日のさして春の一とき何処にも劣らず
羽虫らは春に生れて食べものもたべずて恋にをどり死ぬといふ
汽車の笛ふとく一声それだけにてわが室の夜の風景となる
いまだ灯をとぼさぬ家がわが家のとなりにありて雨のふりけり
猫柳のしろがねの芽はほほけつつ醜き花とならねばならぬ
椿咲く下にひらけし手賀沼の白浪あらく風を送るも

さくら花散りの盛りの山下に蛙の声のきこゆる田がある
雨戸をばいまださゝずて千金の春の夜肌にふれてをるかも
花咲きぬ散りぬとばかり云ひし日をすでにあまたも過ぎにけるかも

麦あをく草あをく木立あをき野を風の如くに走る車なり
いちはつの大きく白くこの家にとなりの家にそのとなりにも
木蓮の花の下にていちはつの花を見るべくありにけるかも
かへるでの赤芽あかるく立ち塞ぎ坐るところをほのぐらくする
ほつほつと花も赤芽も交へつつ大平野庭若葉しにけり
山の鳥さへづり止まむときまでと腰を下せば止むべくもなし
谷川のむかひのかげに山吹さきこなたの岸につつじ残れり
杉檜くらき林の路直し友の領地を散歩するかも
あしびきの四方の真木山うちけぶり雨ふる朝に鳥遠く鳴く
みやしろの杉の上より立つ雲はつつじ盛りの庭の上にうごく

花散りて或は寒き日もありぬ春の行方のしづかなりける
山河のけしきも見えぬ夜着きてかじかをきくか温泉の中に
立ち茂る若葉のかげへ片寄りてくらき流れに鳴くかじかかも
秋惜しむとはいはなくにただ春を惜しむとばかりいふべくあるらし
ゆく春を惜しむといはむわれならぬとなりの人もしづかなるかも

朝の海平けくあり磯に立ち之をながむる二三人あり
家々の窓のともしびあかるくて今日もよろしき夕まぐれかも
松山の頂きかけて路長し山のうしろの村に通ふも
島々の霧立ちこむるところよりあまの釣舟あまた漕ぎ来る
草かげゆ飛びたつ小さき山の蝶うつくしきものひそやかに行く
屋根の上の夕日はつかに残りたるところに一つ雀を添へる
人の世の何のつぶやきあるものぞ裸かで桃を食べてをるかも
老耳にどうも聞けねど虫のはや鳴くといふなる秋立ちにけり

大池にうつる向ふの灯火の秋を知りたる虫の鳴くかも
竹林をくぐりて池にうつりたる有明の月に鳴く虫のあり
何ぞ夜の深きや星は空に満ちさんらんとして水にうつれり
池越えて互に話す人声を竹の林の窓に聞くかも
大池の水をわたりてふるへつつ聞ゆるものを鳰《にほ》の声といふ
窓の外の竹の枯葉が散りきたる室にひるねをしてをるわれは
月明らかに星稀にして地の上に秋のともし火遠く三つ四つ

岡山の三野法界院の白萩の雨瀟々と訪ひきたる
大寺の音のひそかに降りきたる雨にぬらせる庭の萩の花
やうやくに残暑おとろへ移りゆく月日に鳴くやつくつくぼうし
雨ほしきときに雨あり風厭ふときに風無く豊の年今年
山高く水長きその一ところ銀にさざめき月映りたり
けんかする如く書をかく人のありわれは愛人とダンスする如く

木犀の花咲く妻の墓に来て何もいはねど日向ぼつこす
ほのぼのと夜のあけければ駿河のや朝日まづさす富士の高嶺に（車中）

下つ毛野広き秋野の刈入れのかすむばかりに晴れわたりたり
わが朝は天高くしてうつくしくあれと思ふが如くあるかも
苔庭の上の落葉が少しづつころがりゆけるほどの風なり
まどかなる夢をむすぶといふことのいかにまどけきものにあるかも
二荒やまふりさけ見れば白雲をはだらに呼びて秋に聳ゆる
あをあをと湛へし水に秋風の日のこまやかに縮みてひかる
梧桐《あをぎり》のもみぢの広葉吹き飛ばす風に雲間の日のさしてあり
秋山はいまをさかりの菊沢の学校長の家の菊の花
菊沢の学校長の家のいもうまかりければあまた親しも

作品展

街路樹のもみぢは今やうつくしく秋を極めて野水会に連る

東京の秋うつくしく晴れつづきわが一年の野水会日和

夜すでに十時をすぎぬまた明日のことと思へばたのしみ残る

秋の夜のもののあはれのしみじみと独り坐れる老いの身となる

明日もまたあたたかなりとラジオにてわれにむかひていふ如くいふ

庭隅に赤くひさしき鶏頭の抜かれてさては冬となりぬる

風寒く雲を払ひて吹きすぐる夕空低く細き月かも

夜なかより雨にならむとラジオいふ夕べににじむ細き月なり

雨ふればとなりの屋根のぬれてありとなりの屋根もわがながめなり

ふるさとゆ送りきたりし餅のあり東京で搗きし餅もあるかも

正月の午後の日のさすわが室に友あり歌の正月の友あり

身のまはりひとりみづからすることは死にたる妻をおもふことなり

日の暮れて戸をさすときにむかひ家の新妻の灯のいつも明るし

酒の粕の歌

ある男水をもち来て　他の男米をもち来て　二人して酒をつくりて　その酒をしぼりたる後　水をもち来りし男　水をもち来りしゆゑに　この水を取らむといひて　米をもち来し男には　酒の粕ばかり与へぬ　善い哉とわれはおもひぬ　酒の粕好きなるわれは　酒のまぬわれは

雪とけて雫垂りつつまた更に天のあは雪ふりきたるなり
ほのぼのとくれなゐ淡き夕空にみやこの雪の日の暮るるなり
赤き実の万年青《おもと》も石の上もまた雪消えたれど隅になほ少し
あたたかき室よといひて老いづきし女の客がむかふに坐る
赤き実の万年青のほとり大きなる円きこの世の石を置きたり
今日はわが生れし日なりこの朝明起きいでてみれば雲もあらなくに
雪白き屋根をかぶれるとなり家のいつもの如くいと静かなり
わが庭の梅のとぼしき花咲きぬとぼしきながらみな咲きてあり

窓にさす木の芽の枝にしとしとと雨の光りのふりそそぐなり
あたたかき風やや強く戸をゆする春の夜なれや手紙の宛名
うぐひすの鳴く声きけばしかすがに春はととのふごとくなるかも
ほのぼのと朝起きいでてあたたかくなりたる春の彼岸に坐る
日は西に月は東に一にちの晴れわたりたるこの夕べかも

歌といふものは何でも文章にかけぬつまらぬことを詠むべく
なつめの実黒色なしてひからびてあまたさがるといふ手紙なり
水の面にうつりて動く白雲を一日ながめて遊びけるかも（画讃）
屋根の上にあまたきたれる雀どもおのもおのもにあそびて小さし
わが室に掛けしは鳴らぬ古時計となりの時計たまたまきこゆ
大いなる梨とみかんと床の上に烈しき雨の夜の色なり
おなじことばかりを詠めるわが歌に飽くこともなしわが歌なれば
ひとり聞くものにはあれど春の日の庭の木の芽にふる雨の音

この雨に出でてゆきしが帰りには蒸《ふか》しだて酒饅頭を娘は買ひくる
若き日の嫁入衣装かけつらね虹の中にて坐りたまふや
夕日いま東京の果に落ちむとすこの風景をたまたま見るも
パン二切れ牛乳と玉子林檎一つひるめし終るわれ一人なり
竹やぶの中にて啼けるうぐひすの梅の花へはいまだきたらず
むかしより云ひけることか清らけき水の上なる梅の花かも
花の咲く四月の天気さだまらず雨あり風あり暖くあり寒くあり
花びらは崩れてみだれしどけなくなほも匂へる牡丹に恋す
向ひ岸崖の高きに卯の花とつつじと咲きて川の曲るも

たんぽぽのほほけし球を幾つも幾つもかきて楽しむ日にてありける
椋鳥と雀とおなじ木にとまり甚だ知らぬ顔をしてをる
うち日さす宇都の宮べをかすませて上る朝日に群れて鳥とぶ
路の上の若葉大木の木ぬれにはむらがり垂るる藤のむらさき

若葉山絶えまもあらず立ち動く天の狭霧に飛ぶつばめかも
箒川鹿股川と落合ひの白瀬ほのかに霧立ちのぼる
紺飛白《こんがすり》よく似合ふよといはれしと書きし手紙をよみかへすかも
夕雲と同じ色なる月いでて夏めく空をわたる恋あり
室の灯が庭に大きくうつしたるわが影に降る雨しきりなり
天地に流るる霧のうすらぎに一列なして鳥飛びわたる
海へ来ていとはるばると見わたしぬ海の果には祈りのあるか
山河を遠く来りて海のあるふるさとなれば海を見にゆく
くれなゐの夢の如くに城山の合歓の花さく夢のごとくに
みんなみの山のまろきに立つ雲のあした夕べに楽有余
くれなゐの夕雲風に流れつつ涼しく遠き海のはてかも
一むかし昔の寺に来てみれば木立ちしげりて和尚相かはらず

黒々と幹を組みつつ老い立てる大松原に夕月低し

朝日さす大松原にこぼれつつ雀鳴き飛び飛び鳴きかはす
海の面も山の上にもうす霧の立ちこめたるに朝日上れり
城山の東ほそ路うねりつつ海より立てる霧にただよふ
わが室を窓より窓に通りゆく蝶の行方の孔雀草の花
屋根ばかり伝ひて歩く町の猫昨日と同じ猫の屋根かも
炎天の広庭の上を往き返る二つのとんぼ三たび五たび
街灯のとぼる頃しも夕栄えの雲の色こそ極まりにけれ
氷水一ぱい飲みて夕栄えのうつくしさをば妹と二人
広庭に水打ち足らし塀越しの街灯の灯に涼みつつあり
夕焼の色のやうやく美しき雲にだまりて五位鷺の飛ぶ
夕日影つくつくぼうし人住まぬとなり屋敷のつくつくぼうし
竹枯葉ひらひらと散る水打ちて涼しき庭のかた隅のもの
揚花火開くすなはち消えてあり暗き夜空のなほうつくしく
かすみ立つ野山をすぎて若草の川原のながめあまたよろしも（画讃）

白妙の庭のなかばに照る日影秋めくかもと蜥蜴が走る
青桐の木蔭の石に腰かけし母校の庭のつくつくぼうし
岡山の端の二階の見晴しの残暑に飛べる赤とんぼかも
工場のサイレンが鳴りみやしろの太鼓がひびき一泊の夜があける
ちろちろと筧の水の音のする縁に迫りて竹むら暗し
ことごとく明け放ちたる大広間白雲緑庭蚊がひとつとぶ
六十年も見ざりし踊りその頃とおなじ踊りをみんなをどるも
暑さまだ残りながらも夕日をばそぞろに冷やす風の吹くなり
地を打ち強く烈しくふりしきる雨の中なる虫の声つづく
松虫は小さき籠にひとつ居てひたすら町の秋を吟ずる
天地はひろくあれども年老いてひとりあそびをするところかも
恋人といふにあらねど年を経て互に老いて会ひにけるかも
松の間にまばらに生えし草にしてしみじみ黄なる花をもちたり

みやしろの屋根を廻りて鳴き交はす雀の声と森のひよどり

秋　庭

木蓮は春に花過ぎ　萩の花秋咲き終り　木蓮の大きなる葉も　萩の葉の小さきもみぢも　もろともに散り重なりて　雨瀟々たり

おしなべて紅葉散り敷く山肌とはつかに残る木々のもみぢと
紅葉川白瀬の石のせきれいの一つのことを二人おもふも
坐りゐてはつかに見ゆる山川は盛んに散れるもみぢを流す
しかすがに紅葉しければわが庭の楓の稚木一番うつくし
夕空のくらくなるまで戸をささずありしに時雨ふる音となる
一日よく晴れたる空の茜さし匂ひ暮るるは美しきかも
山吹の黄葉は日々にうつくしく縁に散りこみ明日の朝掃く
屋根の上に二つとまれるわが雀向きをちがへて近くならべり
老いぬればなほめづらしきその妻を亡くしてひとり茶をのむといふ（友人）

正月の日のよくあたりあたたかくめでたくかくの如くすこやかに
あたたかくよきお正月いくばくか残れる年を一つ拾ふに
東京をふきまくる風寒くありひとりごたつの火のあつくあり
先生の生れ日の歌かけてありわが生れ日の日のさしてあり
白玉の人に知られず年長く過ごしてをればよごれてあらず

屏風の雀

年々に屏風に一つ　雀をば画き加へて　いまははや幾つとなりし　わが室に訪づるる人　之を知り今年の雀　どの雀なりやときけど　どの雀ぞも

反歌

この年は孫がいふ故羽ひろげ飛び来る雀ゑがき加へぬ

今日のこと昨日のことのひとのことわが身のことのひとりごとかも
たのしげに家のものらが笑ふ声こたつにあたりきけばたのしも

天地におのづからなる恋心春の日影を浴びてをるかも
何となく人を思ふといふ夜は風があま戸をゆすりつつあり
となり家に何やらものの音きこゆわが家は別に音もせぬかも
春の日といふべくもあり屋根の上に雀が一つ来ては止るも

伊豆の海や初島ひとつうすがすみうぐひすの啼くところより見ゆ
梅終り沈丁花過ぎこの庭に椿は無くて路に見ゆるも
春の日のあまねくてらす松山のうしろの山に家あり畑あり
いづる湯の伊豆の伊東の湯の中に今日は浸りて今日はあるかも
あふれいづるいで湯の中にわが身体ひとつ浸せばあはれうつくし
天城やま茲より見えず松一つ頂きにある遠山の見ゆ
前山ゆいつぎいつぎに夕日影消えて残れる遠山むらさき
一日吹き止まざる風の夕暮のうぐひすきこゆ灯れる室に
伊豆の海は平らに蒼し春の空同じ色にも晴れわたりたり

立ちこむる湯気にいで湯は透きとほり玉の如くにして溢れたり

この室に入ればほのぼのくだもの香りがするといひて入りくる

風ふきて寒き夕べは春ながら共にさびしき灯火のあり

ママの写真とると騒げる孫のカメラ終りてわれも春の笑顔を

朝はやく来といふ客を迎ふべき室に朝日のさしてみなぎる

客去りてさびしくなりしこの室のおのづからなる夕まぐれかも

下つ毛野玉生の川の清き瀬の春の魚をば食べてみよとて

桃の花ことごとく咲き雨ふりて雫したたり少しは散りぬ

桃の花咲きてあるをばしみじみと眺めもせねばいまだ散らなくに

今日もまた風吹き荒るる悪日なり風呂より上り機嫌はよろし

ふるさとの四方の山畑くれなゐの桃の盛りといふたよりなり（画讃）

杖とりて歩きてゆけるところにて山あり水あり語る友のあり（画讃）

兀然《こつぜん》と坐りてをるといふものはわが春の夜の影法師なり

祝

木はあれど真木夫をのこは春花の匂ひ乙女と千代をちぎるかも

人みなは営みあれどわれはただ遊べる人を画にはかくかも（画讃）

雪白くさむくさぶしくうつくしくまたむつまじく裏山のあり（画讃）

鯛をいただく

ふるさとの瀬戸のうみの大桜鯛食べていばりてわれはあるかも

人群れてそれにまじりて赤きもの着たる乙女の居りてよろしも

青麦の野中の村の路ほそくうねりて遠く人のゆく見ゆ

さてものを考へて居り車窓にはみどりの景色長くつづけり

日光の高山あたり立つ雲は天のなかばにひろくひろがる

悼増成松平翁

丸山の浅きみどりにいづこともいはねどつねにうぐひすの啼く

君を見る楽しみもちてふるさとへかへらむものを悲しみとなる

佐藤一章先生

蛙鳴く田より直ちに立つ山の風の若葉に室新らしく

爽かな五月の山のガラス戸にあまた羽うつ蛾の夜気のあり

御嶽のや老い立つ杉の木の間より霧の山河は見えてはてもなく

老杉の霧の御坂に鳥啼きて御嶽のやしろ尚まだ高し

太々と御嶽の杉の諸立ちの随神門は朱く古りたり

前山の竹の林に雨ふりてはろかに熟れし麦畑へけぶる

麦の野を一すぢの白き路長く烟雨のはてに消えてゆくなり

あけ放つひとの家居の見通しに麦熟れし野をひろく置きたり

うつくしくつつじ花さく庭すみに俄かに鳴ける雨蛙かも

あけ放つ竹の小庭に久々の話し声をば送りて涼し

いにしへの人腰掛けし大石は幾世の海を見はらしてあり（宗祇石）

海見ゆる山の木の間を鳥飛んで右し左し朝日上るも
目のさめてねながらに見る夏山のみどりしたたり水の音する

悼玉堂先生

六月の終りの一日　いかにして明けやしにけむ　明けずしもあらましものを　天つ日と光り競ひし　画の神の玉堂先生　雲がくりいゆきたまひぬ　生きながら神にまししを　神ながらい逝きたまへば　いまははや見るよしなきか　にこやかに笑ましたまひて　あたたかく語りたまひて　目のまへにいますが如く　見えながら逢ふよしなきか
朝山の高く貴く　夕川の深くさやけく　見えながらあはれ

浴衣着て身だしなみよくしてありといへる手紙の山河涼し
雪ふりてうつくしければ裏山へ出でてゆきけりうつくしければ（画讃）
軒下の日照草の花凋れたりあまたの色の凋れたるかも
となり家の庭の植木に手入れして秋風清しわが庭さへも
海あをく秋早ければ笠岡の町家の庭にこほろぎの鳴く

笠岡の町家の縁に吹く風の秋ははやくも海より来る
笠岡の松山肌を赤く染め海よりさせる夕日も秋に
町寺の夕べの鐘をきく人よ秋立つ風におどろく人よ
秋の日と既に知られて影ふかくさせるところに虫の鳴くかも

松　山

松山に春風ふけば　春風の音蕩々たり　松山に秋風ふけば　秋風の声颯々たり　春の日はかすみたなびき　秋の雨に茸群立つ　松山は春もよろしく　秋も遊ぶべし

反歌

あしたには朝日かがやき夕べには夕雲しづむ松山まろく

山の蝶ガラス戸の中出でがてに庭は一山まろき萩の花
室の灯に浮き立つ竹の数本のうしろは深き虫の暗なり
萩の花松のあひだに茲にまた芒にまじり咲きみだれたり
しづしづと日のくれはつるつれなさよ灯火つけて雨戸をさしぬ

手紙

手紙が火鉢の側に　読み終へしままに置かれて　ちゃんと正しくなくて　例へば落葉のやうに　自然の所を得てゐる　うつくしきことを書きたる　その手紙が

秋晴れのよき日に来りすばらしくまた日あたりのよき室に坐る（白潮居）

紅緒の履もの

玄関に紅緒の履もの　揃へおけば美しき客　あるごとくひとの思はん　われもまた心になにか　美しき客は来ねども　また去にもせずて揃へおく　紅緒の履もの

時雨鹿沼はしる車の窓にして赤くまどけき月上るなり

くろぐろとガラス戸を塗るくらやみのつややかにしてわれをうつせり

残る葉のなほくれなゐに山近く水速くしてせきれいの飛ぶ

草枯れて落葉みだれてひとり住むあろじに残る柿あかきかも

はろかなる那須のけぶりのうすら立つ天あたたかし白河南湖にて

松太く楓は赤く波光り山野安らぎ秋風そぞろに（南湖）

美しきもの若くあり強きものまた若くあり年新らしく
工場をはつかに越えてさしきたる霜の朝日に年新らしく
花不見の翁なれども咲く花の匂へる春の翁なるかも
桃の花山吹の花散りまじり繚乱として庭狭くあり
満庭の落花となりて雨ふれり四月十三日日曜日

弔峡村君

花散りて寒き曇り日うちつづき春も悲しく君死にたまふ
よき看護涙ながれぬ癒えざらめやもといふ葉書絶筆となる

みほとけのものを盗みて逃げ失せしぬす人も居る春の夜かも
大梨を置きてつくづく眺めけりあなうつくしや赤くなけれど
うす色の家のまはりのむらさきの春も日蔭のしゃがの花かも

柿若葉雨さみどりに雫してとなりの窓のともし火早し
五月日の下野平野さみどりが走りつづくる汽車の風なり
雀の声あまた聞えて若葉せる庭に来れるほかの鳥かも
駅の名を思ひ出でつつ久しぶりに乗れる電車のれんげ田のながめ
晴れわたる夕くれなゐの遠かげの筑波の山は形正しく
ひろびろと構へし庭の棕梠の花寂寞として咲きこぼれたり
よきことのある日にはまた二つありこの夜まどけき月上りたり
六月のあつくかがやき春をはや忘れたる日に会ひにけるかも（或人に）
ひろびろと明け放ちたる室にして若葉日光の山を見るかも
歳月を湛へて青きみづうみの肌へをすべる静もりのあり
山高く若葉木立を深く来し温泉の宿の鱒とかみなりと
野も山も路もあらなくに滝津瀬と大雨のふりふりにふる車
ほつほつとつつじの花も残りたり赤葉の楓青葉の庭に
立ちしげる高木の上ゆふり来る雨細くして音のあるかも

雨ほそくあたりをこめてふりしきる川瀬のかじかあるかなきかに

川の中に重なる石のあひだより青草のびて蝶を二つ呼ぶ

玉堂先生一周忌

一年は早くもすぎぬ　此月の此日のことを　思ふそら安からなくに　嘆くそら尽きせぬものを　くやしくも悲しきことの　悲しくも苦しきことは　春されば庭の木の芽の霞立つ山辺につづき　秋の日は四方の山辺と　彩庭と同じ眺めを　歌に詠み画には染めつつ　いにしへの人にもまさり　今の世にたぐひもあらず　不思議なる心を寄せてひたすらに慕ひまつりて　ひとすぢに仰ぎし人を　今ははや見るよしもなく　年毎にその月その日　かへれどもかへらぬ恨み　しかれどもこれこの国の　伝へ来し画の神にして　その神にもとよりませば　死にたまふことのあらめや　天地に生き足らはして　此月の此日は殊に　近々といましたまひて　笑みたまひ語りたまふを　見ずや聞かずやも

ふるさとへかへり来りて何もせぬ二日が過ぎぬ雨の日と暑き日と

夕暮れて夏もさぶしき山河あり遠いなづまのほのめきのあり
夾竹桃白きが咲けり木槿の花白きが咲けりくちなしの白も
白き花ばかり咲かせて妹はあな涼しやとしたたか水打つ
堀の風涼しく入れて山陽と木堂の額相対ふ室に（西本邸）
岡山の三野の御寺の白萩のはつかに夏に咲きてある日に（訪帰庵和尚）
烈日の地上に鳥の影迅し雲ひとつ無き空をとびゆく
笠岡の二里ばかり奥に嫁入せし人年老いて死にたりといふ（おもひで）
たらちねの母がつくりし食べものを老いてもいまもわれは好むも

夕近く朝顔の花も凋まぬに松葉ぼたんの花も凋まぬに
秋風は君が山河へ吹きゆかむ蕭条として美しくして
下津井のをどりの乙女ひとり来て酒つぐ室に海くらくあり
室の灯は松の木をのみてらしたり海ひろびろと暗くありけり

夜のほどろほどろに立てる竹むらのくらき下より松虫の鳴く
あかときの露のしづくの細竹の下より咲ける白萩の花
はるばるとくれなゐ染めし朝空をわたり来る鳥一つありまたあり
うちわたす大島小島百島のみなむらさきの朝ぼらけなり
雨のふる音のさびしさ雨のふる音のやみたるさびしさとなる
踏石の上に脱ぎたる下駄はわが足くせのまま秋の日古し

独り往く

画人といふのでもなく　書家といふのでもなく　歌詠みの仲間も外れ　独り往く独りの道　年老いてとぼとぼと歩く　歩きゆくゆくあてもなく　はてしも知らず

城山にひとり上りて秋風の松の木の間の海を見わたす
城山のみちの雑草うつくしく秋に揃ひて蓼の花も露草も
爽やかに水の流るるごとくにも秋の到りて夕陽さしたり
この頃のものの眺めの清らかに秋に流るる天の白雲

鳥一つ舟二つ朝ほのぼのとむらさき重ね島は連る
うちつづく芒の穂波なほつづき秋を走れるわが車なり
舟一つ朝日に向ひ足速し海ことごとく小波ひかる
鳥まろく群れてわたるかはろばろと海山けぶる朝日の空を
のぼり来し山の上よりはろばろと眺めて淡き秋の風なり

歌詠みて年の寄りたる残秋の庭の落葉よ午后の日ざしよ
灯火を近く寄せつつ坐りたり浮世の秋の一ところなり
さざ波の寄するが如く立ちさわぐ淡墨描きの雲の空なり
あたたかき日のよくつづくことなどを挨拶にいひ年の押詰る
埋み火に手をあたためて居るときに心の貧しきものは幸なり
年老いてもののうつくし松山にうすら夕陽を残したるなど
野良よりのかへりに一寸寄りていふ明日も餅をばとどけ申さめ
稲刈りし田舎のみちを杖つきて歩く翁の好き天気なり

灯をとぼし坐るところに市役所の夕べを送る愛の音楽
なにげなく手紙の上に折りておく楓の紅の恋の一枝
夕焼のくれなゐ深き空のあり秋のあはれをいふ手紙あり
さびしさに秋の夕空ことごとく曇りし端のくれなゐ少し
ひとりでににこにことなるあたたかきどてらを送りたまはるといふ
客去にて戸をあけければあたたかく雨をふくめる街の灯早し
夕つ日は地上を染めて赤ければ冬の姿のわが影を置く
酒のみは寄りて酒のみ歌よみは寄りて歌よむたのしくもあるか（画讃）
火の燃ゆる炉ばたにをりて年暮るる松と芒の見ゆる窓なり
松山の下草枯れて冬の色あたたかくして日のあたりたり
あたたかき松山下にほそながき道を作りて古き家並

喜寿新年

年々によき年なれと祈りつつ拾ひし年の積りたるかも
年拾ふごとに若くはなるといふお世辞のやうなよき年拾はむ

ふるさとの人はもとより大声をもちて年始を言ひにきたるも

にほやかに晴れたる朝のさしくもり舞台の如き雪ふりきたる
寒き風窓を鳴らして雪の如き雨ふる時に人の噂さす
話しつつ笑ふときには花やかに女と男年老いたれど
朝日かげ今や障子にさし来りあかるく墨をすりてをるかも
バスの中の人のぬくみで寒からず女の人が数人まじる
松の間に雪がちらちらするところ窓より見えて話しはづむも
あたたかき冬の一日がいと寒き日の後にしてあはれなるかも
いふところよろしよろしと声高き茶のみばなしは老いのものなり
明日は雨ふらんとすなるあたたかき春遠からぬこの夕べかも
朝雲のはし波打ちてあかねさしうつくしくしてうすれゆくなり
庭にある甕にたまれる雨水の澄みて春立つ天地をうつす
くれなゐを淡く刷きたるあけぼのの空と海との春のためらひ

雨ふりしこと知らざりき庭の面に水のたまりて暮天をうつす
室の灯のあかりに庭をいつまでも影の如くに歩きをるなり
この道を挟みて山に白き梅海の側には紅梅の咲く
冬晴れし港へ入ると白き船ふきならしたる汽笛二声
春立つといふ朝たより夕べまで晴れつくしたる山と海と町と
となり家の竿の襁褓がわが庭へ影を落して朝日上るも
東京へかへり来たれば東京もふるさとの如く晴れて鳩とぶ
新らしく建てたる家の二階より春立つ四方の家を見るかも
赤々と燃えて暮れゆく西空に冬木は枝を編みてこまやか
碧玉をみがきあげたる如くにもわが生れ日の晴れわたりたり
東京の灯をうつしてはほのぼのと雨のくもれる空赤くあり
芝草のひろく枯れたる庭中に紅梅の花いまや咲きたり
春立つと雲もあらなくに晴れわたる大空こめてかすみたなびく
東京の落日赤く大いなりわが新らしき二階のものにて

一望の霧のみづうみくれなゐに色を染めたるこの朝たかも
霧こめしみづうみの上片寄りに鴨はうかぶも雪かげにして
カナリヤは君に飼はれてさへづりぬ小さきもののしあはせの唄
くもり朝忽ちに晴れきはまりて玲瓏としていまだ冬なり
二百枚はがき買ひ来ぬ第一枚を誰に書かんといふまでもなし
酒の粕焼きては食べて何とやら楽しきことをしてをるやうに
雪の日のあま戸かためてしんしんと夜となりけりふりつづくらん
あしもとゆ高くそびゆる二荒山既に見えずて雲烟飛動す

いくたりか客出入あり電話あり天気よろしく機嫌よろしく
早春はつややかにして寒くあり柳のみどり花よりさきに
夕日赤く赤く沈みぬこの時に栃錦よく今日も勝ちたり
夕暮れてうつむき急ぎ一人づつ家行く人を三人見送る

東京の灯を見渡して戸をさしぬ常にかくしてうつくしく暮れる
夕くれて戸をさし終りたるあとに雨のふる音やうやく高し
赤々と夕陽は沈みをはりけむなほ赤々と雲井たなびく
烈しくも風吹き明けし東京の一日の暮れぬ吹きもやまなくに
五十年前の友どち集りてむかしの言葉もて相語る（自疆会）

日光歌碑

春風の二荒の山はおほらかに雲井にそびえまたはかくるる

わが窓ゆ君があたりは見えねども春にてあれば見まくおもほゆ
春の夜の雨のそぞろに失恋の歌を直して下されといふ（料亭阿比留にて）
みやしろの太鼓の音のひびきたり夕空あかく風に燃えたり
東京の春を見渡す目の下の屋根よりのぞく花の一枝
木々の芽の或は赤くあたらしくくちびるほぐれもの言はんとす
弦立てし夕月かげや木蓮の花はよぢれてよぢれては咲く

梅さくらつぎて散りつつ海棠も気ままにやつれたる姿なり
窓下のくらきをただに帰りゆく人の家路の近くやあらむ
松林檜林とへだてたりまつばやしにはつつじ花さく
つつじ咲く路のまにまに下り来し坂を帰りは上りゆくなり
学校の丘の下より蛙鳴き菜種と麦のいろどりひろし
菜種野に低き丘をばめぐらして碧ぞらひろく日をまんなかに

日光名誉市民

ありがたやありがたやただ長生きし名誉市民となりてありがたや
ありがたや長生きをして仙人とならざりけれど名誉市民となる

あま戸をばさすとあけると道通る人の見えけりひたすら歩く
ガラス戸の雨粒ながらに新らしき四方の若葉のしげりなるかも
まん中に寝床をしきてこの室の灯火あはれ之をてらしぬ
黒ばらを一枝折りて挿したりと書き添へられて手紙のはしに

夕窓のまん中ほどに十三夜ばかりの月の表情のあり
山青く水広くして昼の月はつかに高き空に残れり
降る雨にけぶりて早く灯りたる窓一つあり二つありける
八百屋より買ひておきたるうつくしき野菜の肌の恋の画をかく（画讃）
大鯛をまたいただけり七十七年生けるしるしのありて食べけり（画讃）
滝の音に散りこむごとく鳴きいでし小鳥の声は松の上より（画讃）
みほとけのうつしゑみれば生きながらしかも尊くおはしけるかも（弔）
大空に漂ふまろき雲二つしづかに寄りて相くづれたり
山のあり野のあり朝の散歩あり千里の人を思ふ空のあり
山青く水清らけき川はらの草の上にも坐るところあり（画讃）
山川の清き流れのをちこちにどこやら鳴きて止むかじかかも

にはか雨沛然として降り来るはげしき音にたたかれてをる
にはか雨烈しくふりて止みたれば何事もなく人の歩くも

行くものはかくの如くに行く春の橋をくぐりて水迅くあり
われらしくものの散らばり明るき灯之をてらしてをる春の夜や
さみどりの植田を分けて一条の水ふとぶととゆるく流るる
沙羅の花この世に白く咲きたもつ一日のありて君を見るかも
ほととぎす鳴くよといひて足音をしのばせゆけば鳴くほととぎす
うぐひすの声に交りてほととぎす鳴きてはかざす紅更紗どうだん
みづうみは深くしづけく青くあり若葉の老木幹を組みたり

黒き蝶君が庭には飛ぶといふわがへにも飛び山河を隔つ
この庭のぶだうの棚の下蔭を往きつ返りつ思ひつつ歩く
富士のある空に富士をば失へる背景にして写真にうつる
灯に遠く月には近くそよそよと涼しさ動く端居なるかも

ぶだう

ぶだうの実つぶらつぶらに　むらさきの房は下れり　暑き日を遮る棚に　秋風の葉を

ゆるがせば　ぶだうの実つぶらつぶらに　むらさきに日々に色づき　いまははや食べてよからむ　食ぶべくは買ひもてきたれ　むらさきにつぶらつぶらに　色づきて下れる房は　見れど食べなくに

ただ暑し暑しといひて朝夕を送れば夏もをはりけるかも
夕暮れてとなりの家も灯りたりつくつくぼうし鳴き残りたり
風そよぐ庭木の影を地におき夕陽ははやく秋の色なり

夏の虫

暑さをば悪みつづけて　その夏もはや過ぎゆくか　しかすがにあはれあはれ　籠の中になほ鳴きのこり　鳴きつづけ昼も夜も　夏の虫ひとつ

反歌

夏すぎて秋のきたるか夏の虫なほ鳴きのこり秋の虫鳴く

腰が痛し

腰が痛し腰が痛し　顔を洗ふも飯を食ふも　臥たり起きたりするにも片手　そろりそ

ろりと痛や痛や　この腰は弱き腰にて　気をつけねば曲る腰なり　しかれども浦島腰とて　長生きをする腰なりと　お医者さまはいふ

秋風は山河を走りおとづれむシャルルマレランの恋ふかくあらむ
爽涼として秋風の吹くゆゑに女性の如く日のてらしたり
年々の筆のあそびをこの年もあそびつづけて秋きよらけく（竹印邸）

平賀元義歌集

元義の後に生れて元義の歌を読むこそ楽しかりけれ

ひろき田の色づく野路を走りゆく汽車の朝日に白鷺のとぶ
汽車近く飛ぶ白鷺の伸びきりし双つの脚のつよき黒なり
曼珠沙華むらがり咲けるところには千町の穂田の波うち寄する
波の音しきりにさわぐくらやみの太平洋に窓をあけたり
浪さわぐ太平洋のくらやみの室戸みさきに虫の鳴くなり

太平洋の暗はてしなし灯の船がひとつ動くか近きところに
あかときの太平洋の水平線をすべりゆく船大きく遅く

露草はみ空の色にほかの草は黄いろに咲きて路のほとりに
コスモスのはつかに生えし一本はくれなゐならず白く咲きたり
ぶだう棚もみぢしにけり朝がほの垣ももみぢし菊の花さく
川はらを大きく抱きまがりゆく水の行方の深き霧なり
漸くに白みそめたる窓にして富士は黒くも雲をかぶらず
知らぬこと多きに人の訪ね来て何かひとつづつ聞かして下さる
夕暮の淡き山野をひた走る電車の中の群衆の中に
群衆の車の中にほのかにも窓を走れる夕暮が見ゆ
秋枯れし槐大樹のまんなかに朝日上りて町の音する
松の木の下に八つ手の花さきてそこに小さき日溜りのあり
酒のめといはるるままに飲みたるが色に出でたる凡夫の顔なり

むらさきの軽きふとんをかけてある君のこたつにひとりあたるも
菊の咲き山茶花の散り山村の家のおなじきくらしなるかも
律院の秋には荒れて古びたる水を埋むる雲の影なり
枯れ枯れとはつかに残る秋の色山をうねらせ川を挟めり
金色にかがやきながら牛の如く角のある雲夕日に走る
画にかくと白菜を置くあやしくもその美しき肌へを睨む
わが歌をかきし屏風に冬晴れし朝の日がさし歌あたたかく

元日の曇りをはじき飛び立てる雀が四つ五つ六つあり
大皿に盛りし林檎とみかんとは冬あざやかに色を寄せたり
宵の月赤く大きくまどけきに顔を寄せつつてらされたまふ
朱の色は夕べを染めて荘厳にわれを独坐の像たらしむ
今ごろは何をしてとは思へどもこれ人のよくいふ言葉なり
北の戸を今日は朝よりあけざりき曇りて寒き室の表情

枯れてなほ花の形を保ちたる水仙があり灯火浅く
八角の黒き花瓶亡き伯父の形見だんだん美しく思へる
深き夜の人の足音こつこつといとも正しく歩み去るなり
日は赤くいや赤くして枯れ枯れとけぶれる冬に沈まむとする
沈む日のくれなゐなるを娘と孫を呼びてよく見せ美しと云はせる
あたたかく気のつかぬほど降りいでし雨のぬらせる夕まぐれかも
酒のむによき友だちの居りけるがつぎつぎ死にてひとり飲むといふ（放庵先生）
人の世に文句の多き君なれど山には何もいはず叙景す（為川君）
美しく燃ゆる夕べがわがもののやうに毎日美しくあり
しづけさをふとも楽しくするやうな道行く人の話し声なり
東京もしづかにしづかにひさかたの雨ふりきたるこの夕べかも
わが家に雛はなけれどほのぼのと花屋より買ふ桃の花かも
いふところ足らぬ手紙のはしに描く椿の花の八重のくれなゐ
白珠を七つ緒にぬき万葉の春より咲けるあしびの花は

山村の雪の消え間のまんさくの花のたよりに未だ嫁がず
沈丁花小さき枝を挿したれば出づると入るとひとりに匂ふ
風荒れて夜も止まなくに夜をこめて朝も止まなく夕べに至る
さしなみのとなりの桜さきにけりみやこの桜ことごとく咲かむ
となり家の二階のかげがむかひ家の壁にうつりて春の日低し
帰られしあとに届きし君子蘭あな豪華なりお礼と書きてあり（畑和子さん）
一つある灯にてらされて何もなき室の中なるわれの老いなり
春の日のかたむくままに寒くなりぬぎたる足袋を拾ひてはくも
五月野のみどりの上を泳がせて鯉のぼり立つ家の四五軒
寝床にて山より啼きにくる鳥の声のきこゆる春のあけぼの
山庭の楓の赤芽日のさして二つの池の蛙鳴くなり
山路をわけつつゆけば路尽きて一本残る山ざくらの花
松細く隙間もあらず立つ山の奥より鳴ける山鳩の声
夕ぐれの灯のまだ淡き一ときを蛙の声のゆるくつづけり

松山の木の下つつじ咲き盛り路分れたりいづれを行かむ

赤き日が汽車を追ひつつ走りたり川をわたりて低く走るも
大石の上に坐りぬ白雲が頭の上を行く八千年

黒ばらは光りをもちて暗くあり赤く匂ひて黒くあるかも
ばらの花あまた貰ひて夢よりも美しき室に眠らんとする
麦うれしはたけは広し上つ毛の山をかくして霧立ちわたる
湯檜曾川早瀬の音はただけぶる山雨の中をきこえゆくなり
みづうみの如くしづけき東京の霧のあしたの窓をひらくも
陶もののほとけをひとに貰ひたり歌のほとけといはむ顔なり
ガラス戸に走る雲迅し獣となり怪となり暴るる学徒となりて
七月の花より花にわが庭の端より端に黒き蝶飛ぶ
柘榴の花ひとつ落ちたる庭先にかみなり止みし雨たまりたり

金光にて

山の如き善三も碧水も水の如き竹印も比庵も共にあつくあり

里見三男君

四十年見ざる聞かざる云はざるに君の忘れざるわれの変らざる
八十二歳いまも肩をばゆりあげて歩きたまふかすこやかなれば
大阪の里見三男にやる手紙かけばたのしも返事来るべし

炎天にさへぎるものもなく鳴ける雨蛙をば聞きてをるかも
涼しさの千鳥あさぎりこまやかに露をむすびて千鳥あさぎり
台風の荒れて止みたる草木よりはじめて虫の鳴きいでにけり
あつやあつやはだかになりていくさせぬ国のますらを夏に負けけり
鳥ひとつ啼くと思へばつづかざり朝日に松と楓のしげり
はらはらと一葉は早く八月の朝た涼しく色づき落つる
しげりつつ水に傾く枝に来て鳥は鳴かねどゆれてありけり

矢の如く水に添ひつつ飛ぶ鳥の尻の黄色を見せて涼しく
朝日かげ山の木の間をくぐりつつ谷へまばらにとんぼ飛び交ふ
山深き蔭より出でて谷あひの日に漂へる黒き蝶なり
宿の女が出してくれたる糊かたき着物はありし母の如くに

帰庵和尚一周忌

逝きましてはや一年はめぐり来ぬ思ひつづけてなほはやきかも
書は君の分身なりと人のいふ書はうつくしく生きてありけり

虫鳴くと妹は耳を立てていふわれは聞えず庭にいでて聞く
あつき茶がうまくなりぬと年老いて同じことをばいひて語るも
一痕の月大空にかがやきてさへぎるものもなき踊りなり
石鉢にみたせる水の新らしく秋に澄みたる竹の庭なり
秋もはやものの悲しくなりにけり持ちてかへりし茶わんを愛す
わが庭は隙間もあらず鳴きすだく虫の声とはなりにけるかも

曼珠沙華一ぱい咲けるふるさとや一ぱい咲ける八幡さまの下

松　江

しろじろと空とひとつに濁りつつ雨にあけゆくみづうみの朝
みづうみは雲をうつして濁りたり鳰の鳥一つ近く浮ぶも
海の上の雲よりまろく落したる日影を慕ひ舟ひとつ行く
さし上る朝日に淡く明るくもはろかにしてや消ゆる海なり
窓下の舟はいくつも波にゆれて絶えず上下に夜を動かす

伯耆大山《だいせん》

あかときの色ながら走る雲ありて大山しぐれ降りきたるなり
ほつほつと紅葉しそめし雑木をば交へて松の風の林なり
松山の頂き越しに霞むべく弓の浜辺の長き白なり
鳥取の砂丘の上に立ちたればそのうねりより海少し見ゆ

天濶《ひろ》く砂丘はまろくうねりたりわれは小さく点一つなり

笠岡の歌人関喬翁

この里のむかしのえらき歌詠みに歌詠み継ぎてたのしくもあるか

夕日もて彩る雲の天垂れて秋にかすめる相模国原

山あひを燃やして沈む夕日影みかんの山のくらくなりけり

家にあればすることあれど箱根にて朝早きわれは湯に浸るかも

友はみないまだ寝てありわれはひとり湯より上りてよき機嫌なり

どうだんのもみぢばかりのこまやかに彩る庭を山に寄せたり

選挙日の昨日につづき今日もよく晴れて選挙のことばかりなり

十一月二十五日曾孫がテレビに現はれただ眠ってをる

駅に置く菊うつくしや汽車の中ひとり子供が之を云ひけり

冬の恋しみじみ赤しこの画く南瓜の色を赤くぬりつつ

うつくしく朝空明けて夕空もまたうつくしくくれなゐ匂ふ
くれなゐの絵具を多くもちてありくれなゐをもて老いをゑがくと
朝窓をあくるすなはちくれなゐににほへる空はわが祈りなり
朝はやく起きるたのしみしんしんとくれなゐ匂ふ天に戸を開く
一枚のはがきにさせる日の上に君の歌をばほめて書くかも
歌よみて年の寄るこそたのしけれ友もおなじく年の寄りける
二月八日わが生れ日のあたたかく羽織を脱ぎてまた足袋を脱ぐ
二月八日晴れて生れ日あたたかし生れし日にもかくやありけむ
毎日々々天気よろしくあたたかく旧正月も餅を食べけり
春早き赤坂一つ木の浅き夜の帯に書きたる歌のわれかも（料亭阿比留にて）
くれなゐのほのぼの春のあけぼののいまだ濡れたる雨あがりなり
白潮が竿竹売りを詠みたればそのあとにして焼薯の声
雪ふるといひて細目に戸をあけぬわが見るべくも降りしきるなり
口に含む水のつめたく甘くして早起きいでし朝の健康

八重椿つぎつぎ花の咲きみちて逢はぬ日数をうつくしくする
君子蘭豪華に咲きて夜おぼろ電話の声の宇都宮より
顔洗ふ窓の外にて鳴き交す雀きこゆるとなりなるかも
東京の若葉の近きところ遠きところ二つ泳げる鯉のぼりかも
町庭に深く高くも立ち茂る木々が曇らす栃木空かも　（本沢邸）

川口湖富士の高嶺はことごとく晴れわたりたる日おもてに見ゆ
あをあをと晴れわたりては吹きすさぶ風の中なる富士近くあり
目の前に聳え立ちたる富士が嶺に軒端の燕ひるがへりひるがへる
軒下の牡丹の花は夜閉ぢて朝は開くもわれより遅く
ほのぼのと芽吹く林の木の間よりみづうみ見ゆる窓をあけたり
高らかに囀りかはすうぐひすに家をかこめる林の芽吹く
夜深く庭をてらせる青き灯にむらがりきこゆ遠き蛙は
夕されば何処か木立に来ては鳴くつくつくぼうしつくつく恋し　（手紙のはしに）

ひとり生えひとりなりつつ色づきて二つ黄いろのまくは瓜かも
桃さへも思出となるうまき桃食《た》うぶるごとに悲しみとなる（帰庵和尚）
一昨日も昨日も晴れて秋の日の今日もさやけき天の色かも
友あり遠方より送り来たる家に伝はる長生きのくすり（渡辺保一郎君）
川原なでしこあまた植ゑしがきちかうは一本ばかり年々に咲く
庭の面をきれいに掃除してあれば二つならびて蟻の歩くも
虫の声月に出づればきこえけり室に坐ればきこえざりけり
こみあへる汽車の中にて見られつつ書きし手紙の宛名なるかも
山も河もふるさともなくくれなゐに色を染めたる霧の朝なり
高山に雪も残りて北国の春しらじらと梨の花さく（画讃）
雨水にうつりて金に流れたる街燈の火に雨またふるも
物のみな美しければ大空は秋あをあをと晴れわたりたり
坐りゐて窓より見ゆる夕焼の夕べの人の声のきこゆる
天高く柿赤くしてよき日々のうちつづくべくなりにけるかも

六十年

ふるさとの昔の家の柿の木はいまも生りつつ路より見ゆる

いにしへは萩を芒を秋といへど柿はまさりておもほゆるかも
もみぢせる山より見れば平らけき海をわたりて島も色づく
秋もはや火鉢恋しくなりにけり人の恋しといふ如くなり
秋高くひだり大山《だいせん》まむかひの蒜山《ひるせん》かけて雲横たはる
秋の日を目もはろばろと曇らせて蒜山原のりんだうの花
高山は秋に連りふとぶとと雲を這はせし北の色かも
越の国雪ふかからしその描く松の上にもふりつもりつつ（越雪彦ゑがく）
あをによし奈良のみやこのすがはらや伏見が丘の西村の公晴
春日野の万葉園の枯れ枯れしむかし草木の秋に歩むも
空みつ大和国原もみぢして大和絵がすみたなびきわたる
香久山はただにかすみて耳梨はひだりの端に少し見えけり

橿原神宮

もみぢせぬ秋の御苑の人稀れにいよいよ広き道の正しく

吉野山

吉野山春見るよりは　秋の日のさくら紅葉を　見まくほり上りきたれど　桜葉ははや落ちつくし　楓など少しばかりの　色添へて松杉多き　山のうねりて

反歌

みよしの吉野の山のもみぢ葉は春の花より少なかりけり

大和三山

三輪山はしかもまろきか香久山もうねびの山もしかもまろきかも

保田先生邸

しげり立つ細松林夕霧は空より染めてみなくれなゐに

くもりつつあけたる朝のやうやくに晴れわたりたるわが日和なり

夕月はほそくとがりて赤くあり山のあらざる広き空なり

わが歌をかきたる皿に盛りておくみかんうつくし歌をかくして
夕陽かげ赤く大きくうつくしく染井の墓地の林へ沈む
わが室の襖にさせる朝日かげコーヒーもちて家のものきたる
新聞にテレビラジオにこの年も花の盛りとなりにけるかも
東京もかすみたなびくみ冬つき春になりぬとかすみたなびく
しとしとただに雨ふる東京をぬらしてただに春の雨ふる

弔鈴木無庵君

もののふの矢板の里の川崎の炉ばたに坐り会ひし君はも
画をかける毛氈の上に行く春の日影を置きて春を惜しむも
床の上の泰山木の大きなる花は雪崩の如くくづるる

笠岡歌碑

城山の上の広場にただ射せる朝日より見る海のある町

大空のあくまで晴れて青きをば写して咲ける朝顔のはな
地を這ひ天に向ひて金色の南瓜大花あかとき開く
夏すぎて秋きたるらし雨ふれば涼しくなりて秋きたるらし
秋来ぬとすずしくなりて降る雨は庭にたまりてにごることなし
ただ一つばかり毎日鳴きに来るつくつくぼうし町の夕陽に
下つ毛野那須の高原むらさきのわが目のまへのりんだうの花（真理子さんの小包）

松山にて

子規堂の三畳の間の本箱と机の前に坐ぶとんもあり
子規堂の庭の柿の木実のならず葉のしげければもみぢしそめつ
天赦園と大きく彫りし百歳の春山公の筆のあとの苔
天赦園の庭に植ゑたる萩の花白くあるらし少し残れり
足摺のみさきの月を眺めむと走る車に月のあるかも
足摺のみさきを照らし黒雲の月ははつかに金をながせり

太平洋なかばは光る日の海に漕ぎゆく舟の小さく近く
大きなるげに大きなる大杉の三千年の下に立つかも
大杉の三千年の太陽は今日を照らして何ごともなし
一望の松原太く交差して砂清らけく海見えなくに
松葉掻く乙女うつくし話しする仲間に入り顔を見せけり
老松の下に来れば腰下し一休みすることとするかも
むらさきの枝には咲きしむらさきの花に生りたる茄子のむらさき
となり家のもみぢも散りてしかたなく冬のけしきとなりにけるかも
山の上の芒草原枯れ枯れとはろけく海の青に連る
逢ふべくも逢ふときあらず逢ふべくも思はぬときに逢ひにけるかも
山茶花は冬あたたかく咲きてあり冬あたたかく愛されてをる
ことごとく曇れる空が窓にありその窓の下にわがこたつあり
冬至湯の柚子のかをりのなつかしや老いて何でもなつかしきかも
八十の今年も十二月二十九日三つの曾孫ツウイストを踊る

産地より届きし林檎うつくしくして新らしく年新らしく
一月一日くれなゐ明けてうつくしくくれなゐ暮れぬ一日一日
冬の灯のうつくしくあり床の上に置きし林檎のしみじみ赤く
冬の日のあたたかくさし客のあり春遠からぬことをいふかも
わが歌をかきたる瓶に挿しておく寒の椿の君のくれなゐ
半月は天にかかれり東京のこのやうにある孤独を愛す
生れ日のうすら日はさす大きなる紙をひろげて書く歌の上に
朝窓をあけて少しくのぞかねば見えねどまろく月残りたり
朝の戸をひらくたのしみ残月のこの頃ありて浅き春なり
日を包む雲の下より黒き雲うごき来りぬ赤き本を置く
東京の雪一色に窓しめてこたつにあたる点景人物
男体の山はあれどもさみどりの佐野の敏男に栄えあらしめ（市会議員）

児　ら

女の児三人連れ立ち　わが顔を見ては笑ひぬ　何故に笑ふときけば　女のに髭がある
といふ　ますらをと思へるわれを　男のに髪が長しと　云はなくに児らは

わが庭の桃の花さきとなり家のさくらも咲きて春たけなはに
わが宿もとなりの庭も東京のいたるところも花盛りなり
さくら花いまだ散らねばまどかなる月を残して明けわたりたり
室よりは見えぬところに山吹は庭隅に咲く谷間の如くに
行く春のさつきは咲きぬ君が庭のさつきはあれど君の思ほゆ
いにしへの奈良の都の八重桜いまだ残りて山吹も咲くといふ
東京の小さき庭に咲く花の赤も黄いろもむらさきもあり
雨ふりてぬれたる道をしばらくは誰も通らぬ夕光があり
道通る人が見ゆれば何となく廊下に立ちて之を見てをる
庭に咲く花よといひてもちきたる撫子の花をわが歌の瓶へ
東京のまちを描きても人物を添へぬといふはあはれなるかも

庭木立窓にうつりてみどりなり隣りに飼へる鳥がさへづる

浅間山真赤に塗りし梅原の画を見てわれはこの山に恋す

くもりつつ降るにもあらずただ暮るる一日にてあり君の手紙一つ

東京の夕べの月の赤くあり悲しき人をなぐさめがたし（愛児を失へる人に）

軽井沢駅に下り立つふかふかとただ立ちこめし霧に下りたつ

高原の見晴しひろしふかふかと霧立ちこめて見えずしてひろし

浅間山このあたりにて見ゆといふ霧の中なるそのあたりかも

これやこの浅間かくしの霧ふかき窓には寄りて紅茶をのむも

信濃なる浅間は名にて霧ふかくふかくかくれて見えぬ山かも

浅間山ふかくかくれて見まく来し目には見えねど赤きを思ふ

庭たかく藪に限られ藪を隔てからすが鳴ける風景があり

極楽は涼しと申すあかときの四時半起きの極楽さまわれは

夕日影庭を走れり花のなき日影の中を飛べる蝶あり

ちろちろと金魚育ちて泳ぐらん子供をもたぬ家庭すずしく（手紙に）

あかときの台風焼の真赤なる天が下にて庭に立つかも

色波のただ打寄する如くにて夏に挑める松葉ぼたんの花

わが舟の上を越えつつ蝶ひとつ海へはろかに低くひらひらと

舟の中こほろぎ一つかくれたりわが去にし後鳴かむと思ひて

古里の笠岡に居て君に会ひぬ歌碑も見て貰ひ無花果もたべて貰ふ（小松北溟君）

いまだ見ぬ雑賀みさきの真夏日の風にまかせし黒髪思ほゆ（誰にあげし歌なりしか）

あをによし奈良のみやこの菅原や伏見の里もわが里も秋に（西村君）

お手紙をお待ち申してをりますと終りにかきし厚き手紙なり

朝あけし松五百本くれなゐに海を走りて日のさしきたる（金波楼）

夕日かげ秋の障子を染めてあり小さき蝶が之に羽ばたく

塀外に何か話せる人声の人の恋しき秋となりぬる

八十に二つ加へぬ二つなき命めでたくうつくしくあれ

君の隣り江連白潮わが隣り尾崎孝子女史あはれなるかも（歌集祝賀会）
東京の空くれなゐに暗くありとがれる月が低く大きく
真赤なる夕ぐれとなり夜となりしんしんと夜寒くなりぬる
餅一つ昼めし終り蜜柑たべぬ正月の日がふかくさしたり

伴林光平

国を思ひ歌を作りし光平の歌のすぐれてこの国かなし

床の上のみかん美しうつくしく笑ひて道をゆく声のあり
くもり空昼から晴れて梅の花咲きたる庭に日のあたりたり
蕗の薹このさみどりの早春の点を打ちたる庭の上かも
雨ふりぬ天気になりぬそれだけのわが明け暮れのひとりごとかも
雨の音四方にきこえてやうやくに暗くなりたる老いの夕暮

桃の花咲ける窓をばあけておく起てば見ゆれど坐れば見えず

八重椿つぎつぎ枝に咲きみちぬなほ隙間なく咲きつぎてあり
八重椿真赤に枝に咲きみちぬ地の上にも散りみちてあり
色づきし麦の畑のひろびろと山のなくして人らはたらく（下野平野）
ことごとく晴れわたりたる東京の春の行方に山もあらなくに
うつくしき首よといひてほめたれど夏の女のほめどころなり
年老いて日々に無事なり天地のささやく如く雨のおとする
海の波ばかりうつれるテレビをばしみじみと見てわが夜のあり

弔放庵先生

小杉未醒の漫画本よりわれは画を習ひしことをかしこみて申す

みんなみの風強くして八月の暑さもなにも吹きまくるなり
秋風はさびしからずやさびしきは若きゆゑとぞ人のいふなる
九月十五日わが老人の日にわるきこと一つ佐田山負ける
テレビをば直しに出してわが室ははにはかに広き秋となりけり

神の島寺間の浦の石蕗《つはぶき》はいたるところに咲きて冬なり

年老いて四人そろひてありけるがああ今日までのよろこびなりき

弟郁逝く

村里はいたるところに柿高く実を盛りあげて山河色づく

竹林寺豊秋の野を山を超え淡くきえゆく海を見はらす

荒海のよく晴れわたり隠岐の島波の上に見ゆ隠岐の島見ゆ

冬の夜を遠くへだてて電話にて聞ゆる声のおやすみなさい

富士の山見ゆる処を往き返り汽車にていつも見れど見えず今日は

年まさに暮れむとするに朝よりも夕日はあはれ室に一ぱい

今日の日のまた返らねば明日のことわれは思ほゆ天気であれと

雨のおとしづかにきこゆききながら眠らんとして眠りけるかも

八十あまり三つの年の生れ日の笑顔を孫が写真にうつす

朝日さす窓辺にひろげ昨日かきしわが画をみればこれでよろしも

梅の木に帽子をかけて何といふ誰も答へず梅ぼしといふ
雨の音しきりに起るテレビをも消してただその音ばかりとする
ふるさとの石をもち来て床の上にふるさとといふ銘をつけて置く
あたたかく花くもりして東京の四方のさくらの咲く日なるべし

湯上りのわが影うつるガラス戸の夕べに透きて雨のふるなり
池に浮く緋鯉の上にいくつかの雨紋をおきて松の庭なり
残雪の山門をくぐる日本曹洞第一道場永平寺参拝
永平寺僧より聞きて山門の前の一番うまき蕎麦食ふ
春蘭の鉢を置きたる玄関を入りて京都の客となりける
目のさめて既にあかるしこの家の京の光りにむかへられたる

目黒さんを弔ふ

うつくしく歌をよく詠み手紙くれまた手紙くれまたくれてもはや

如是山荘大歌集わが前にあり之を友情歌集といふ手紙も
五十里《いかり》ダム水青くして山青し山を浸して水満ちてあり
路に沿ひ山吹の花さきつづきつつじの花も多く残れり
湯西川露天風呂にほかの人居らずわれら浸りてかじかを聞くも
名物の平家蕎麦をば食《た》うべたり山にむらがり藤の花咲く

妹死す

八月と闘ふべくは全身に湯気立つやうな大きな書の構想
われによく尽してくれてわれをよく尚もながらへしめて妹は
大山《だいせん》の紅葉に立てば伯耆のや日のあたる野も雨の山も見ゆ
紅葉せる伯耆大山点描に赤に緑に黄に雄大に

妹亡し

笠岡へわれは来ぬれど無花果の浜田の家が知らぬ家の如く

秋晴れし葡萄の枯葉あたたかく老いを語りて過ぎし日々はも

琵琶湖

はてしなく夕映えけぶるみづうみの水をわたりて鐘のきこゆる
比良の山夕映えあはくみづうみへうすれて青き月出でてあり
大空とひとつに淡くはてしなきみづうみの上の人の声する

声　応制

ほのぼのとむらさきにほふ朝ぼらけうぐひすの声山よりきこゆ

生れ日の日影一ぱい室にさし八十四歳の膝の上にのぼる
魚といふ宮中御題木魚ではどうであらうと大僧正がいはれる
満庭の梅の落花に三月の曇りて低く垂れし空なり
八十三歳三月二十二日ゲーテ死すわれ八十三歳三月二十二日
二階の戸ひらけば匂ふ沈丁花咲きてあるのが知られけるかも
晴れわたる五月の日影庭ふかくはだらに落ちて苔をてらすも

庭古りて五月の日をばささへたりひとりの君に蝶小さく飛ぶ
若葉庭天広くして鳩飛べり紅き苺にミルクをかける
雨くもり一色に天ひろがれりわが庭狭き山百合の花
風つよく木々のみどりをゆさぶりぬスヰートピーの花をグラスに
ろうけつ染めの歌を選びて書きてをり臙脂の色に染める帯なり

庭くらく雨は見えねどふりてをりいくつも光るほたるが潜む
天翔る窓の下より富士の山麓まで見えひとりそびゆる
送り来し栗の中にて毬のまま三つ四つ山のけしきを添へる
朝起きて雨の音烈しあま戸をばあけずていまだ音の中に居る
霧こめし畑をひろくへだてつつ淡く列る杉並木なり（日光）
あやめ咲く戦場が原しばらくは歩きもとほるあざみの花も咲く
庭先の槐大樹はこまやかに葉をふるはして炎天すずし
青葉庭くぐりてくろき蝶は飛ぶ君と対ひてひとのうはさす

宛名をば書きて机の上におく寝るときになり月いまだ上らず
湯上りの夜涼にありて月いまだ上らぬ東窓をひらきて

風千里那須の広原八月の日をすべりたる雲に連る
灯のとぼる夕庭いまだ暮れやらずつくつくぼうし二つ鳴くなり
台風のあとのにはかに秋めきぬ落葉の色の蝶のただよふ
わが窓に月はまどかに上るなりテレビにて見るふるさとの歌まつり
客を送り二階を下りるところにて落日赤しそれを云ひつつ
早起きのあした美し人誰も之を見ざればとても美し
いま誰も人の通らぬ東京の路一筋に月てりわたる

大きなる鯉ゆるやかに濁りたる黄なる蝶来て池をわたるも
細松の千本松原大山《だいせん》の見ゆるところへまでは歩かず
去年よりも今年は顔の色よしと同じことをば去年も云はれし

近江のうみ月てりわたる小波の近江のうみに月てりわたる（南光邸歌碑）
くれなゐの朝をうつして波長く八重に七重に寄せ来るなり
もの言へど言へぬところの多くあり強く握手しもいち度握手す（里見君）
東京に月上るなりひんがしの窓より孤り月上るなり
ひんがしのあま戸をいまださざずあり月の上りてからと思ひて
四五枚を手紙に入れて君が家のもみぢを散らしたまふかわれに
山に似し小さき石をおきてあり紅葉の枯葉二三枚散らす
あたたかく伊豆の下田に年を越す友より届くさやえんどう沢山
冬の日のあまねくさして惜しければ廊下に出でて手紙をかくも
西東遠くへだてて年老いて互にほめる友だちの居る
針の如く細き寒月ひかりたり一日晴れたる夕間暮なり
土曜日の夜は少しく遅くまで起きてをり君もかと思ひつつ
手紙よりこぼれて匂ふ臘梅のしづかにひとり住める君より
うすら日の春立ち匂ふ八十あまり五たび無事の生れ日今日は

赤く青く氷柱が光る日のてりて青くひかるも赤くひかるも
蕗の薹買ひ来て日々に食卓に白き小さき皿に入れて一つ
三月三日三日つづきてくれなゐに晴れわたりたる朝の戸をひらく
雨ふりて街灯のかげ流れたる光りの路を一人も通らぬ
雨晴れて梅も咲くらん梅の画を廊下へ出して乾かしてをる
深大寺植物園をひろびろと梅の花に歩く椿の花に歩く
ほのぼのとわが歌を掛けい寝たれば初うぐひすが朝鳴けりとぞ
コーヒーをいれる匂ひが階上の春の朝日の室までただよふ
床の上に春の朝日が届きたり雪割草の小さき鉢が
むらさきに小さく蕋もむらさきに雪割草といふ名に咲くも
画のかけぬ日にてありけり手紙来ぬ日にてありけり雨のふる日にて
紅椿咲きいでにけりとなり家の窓のガラスに沢山うつる
沈丁花わが家にもあり郵便を出してかへりに余所にも匂ふ

松くらく幹を交へて深くあり日はその海を染めて傾く
はてしなき阿蘇の高原草焼くと燃ゆる火走る草原燃ゆる
歩き入る大松原や松をもて四方を塞がれ松の老人となる
木々の芽はみどりに赤にこまやかに散り残りたる花も交りて

藤の花ここにここにと見てゆけば驚くばかり群りてここに（汽車中）
岩手山大きくまろく残雪の頂きばかり窓にすぐ見ゆ
岩手山大きく立ちて流れくる北上川は濁りつづくる
滝のある山をもちたる庭狭し黄腹せきれい一つ来てをる
せきれいの踊りをすると黄なる帯しめしと云へるはなしもありて
水の音に枕してとやいつのまか眠りて明けし水の音かも
富士の山いかにも高くみづうみの五月の雲にかくれがちなり（山中湖）

松楓相茂りては水の音ほそく走れる朝の窓なり

円通寺七百畳一枚大石庭高方丈に良寛さまのもの
夕風のみんなみの窓東窓テレビに海はしぶきをあげる
東京を震ひあがらせ落雷が十八涼し十八とあとで聞く
伊吹山高く上りぬ天もなく地もなく霧、霧夏寒し
となりより蔓をのばせし昼貌のわが庭に咲くとなりより多く

見渡せば大松原のさみどりの波うちよするばかりなるかも
大洗閣窓あけ放ちただ見ゆる朝のみどりの大松原也
簡素にして古く涼しく西山荘光圀います如く寂かに
わが二階となりの屋根と並びたり雀が遊ぶとなりの屋根に
この年の中秋無月朝晴れて大きく沈む月が見えてをる
もみぢ葉の散り残りてはいや日々に色を増しつつ散りも終らず

東邦大学病院にて

年よりも膚《はだへ》はよほど若しとぞ恋も出世も無理をせざれば

十二月天気よろしく日は窓にみかんは室に餅は手紙に

新年御題　川（高梁歌碑）

水清き川の流れて山高し日は山を出で川をわたるも

順正短大校歌

水清き川の流れて山高し日は山を出で川をわたるも

男子らは強くあるべし乙女らは美しからむ山高く水清し

天津日は高く照してすこやかに順正短期大学の子等

雨ふりて寒く無為なりこたつにてゐねぶりをして今は覚めてをる

正月は早く空しく過ぎてゆく一月十五日月まどかなり

赤く赤く夕陽は沈む五分にて沈み終んぬこれはすばらし

天までも大樹にからみ咲き上る藤のむらさき今盛りなり（今藤長十郎さんに）

正月にひとの持ち来しシクラメンいつまでも咲く赤いつまでも

日のあたる室にて描きつづけたる梅の花咲く既に庭にも

富士見ゆと車中アナウンスわが窓に余りて高く姿全く
石がけも昔ゆゆしく仰ぎ見る金のしやちほこ春風名古屋
花咲きて哀しといへる手紙なり三十よりも四十は美し
清らかに朝は明けたり早く起き朝を見る人多からなくに
坐りゐて窓より見ゆる五月なりみどりうつくし家の見えねば
となり家の花が美し花のあるとなりの庭のあるわが家かも
誰も見ぬ赤き夕陽が沈みゆくあな惜しやとて沈むまで見る
四十年顧みてみな忘れたり忘れ得てなほ空しくあらず
大木の槐の若葉こまやかに都わすれの色の濃き花を
朝曇り若葉の色のあかるくて羽二重の帯に歌をかかんと
このあたり富士の山見ゆる処かと見れども見えず見ゆる如くにて
ことごとくあけ放したる家ひろしとなりに飼へる鳥がよく鳴く
年寄りし隣りの人の声高き立ばなしなり何もかもきこゆ
窓前の八つ手の葉には昨日の雨雫を残し深き庭なり

ほととぎす鳴くといはれてきこえねど沼のほとりの宿のあかとき

九十九里浜

砂浜にくづれて白き高波のただにはるかに九十九里といふ

美しき水着はをどりまはるべく高く崩るる波九十九里

森高く蝶一つとぶ遠けれど白ひらひらと見えてをるかも

炎天の台風前の風強し二つ並びて離れて鳥飛ぶ

弦立てし月まん中にかがやける南の窓の風の涼しや

雪白く積れる屋根のテレビなり風呂上りなる夏の宵なり

立秋の声を聞くよりふるさとは虫の鳴くらん妹の墓にも

夕ざれば風吹きいでぬ四方の窓みなあけたれば天地涼し

美空ひばりフランク永井カラーテレビとなりの子らが花火をあげる

日は雲に高く上りてわが窓に白く孤独に小さく見ゆる

敗戦記念日つくつくぼうし初めて鳴くその日も鳴きしつくつくぼうし

海蒼く蒼く動きてかなしさよカラーテレビが老人の室に

塩　原

七階の眼下にして釣垂るる二人一人は竿ばかり見ゆ
七階の眼下にしてはつらつと一つ釣れたり山川青し
塩原や清き川瀬のせせらぎの音の目覚めの八月の秋

窓日四十周年大会

生ビールジョッキに満たし乾杯す四十周年豪勢に涙

その姉のことをききしに死にしとぞただ年老いて死にたりといふ
雨水の庭にたまりてなほし降る雨紋に木立清く刈込まれ
雨ふりてくらくくれゆく山の無き町のネオンが高く赤くぬれる
深山りんだう西森君がもて来しがむらさき一つ九月一日
爽かに風北窓と東窓みなみの窓は日のあたりたり
一ところ夕日を抱く雲の色大かみなりが一方にとどろく

ひさかたの雨ふる秋のさびしさに歌集「土」届く雨にぬれずに
やうやくに秋の色なる木の間より昼もとぼれる灯火が見ゆ

歌書画作品集出版

ほめる手紙日々に届きぬ届くごとに作品集を出してみるかも
霧ふかく朝をこめたり家のものなかなか起きぬ日曜日の朝を
渓流の音の如くに東京の雨をききつつ栗をむいでゐる
高梁《たかはし》の市長より栗の届きたり明日は名月高梁の栗
今の地震異状なきかと電話あり仏の首がころがりしばかり
庭隅のどうにか日影さすところ毎年柿が十ばかり生る
この見ゆる山のかすめるところまでひろがる熱田朝日あまねし
庭隅に大石三つころばせるそのままよろし松竹のありて
朝日さす熱田の上の青空をひろくちらばり飛ぶ雀かも
大いなる小さきまたはいと小さき魚の釣れたる笑声かも（舟遊）

新年御題　星

日の落ちていつまでも濃く濃く赤く匂へる窓の一つ星なり
天の赤ややにうすれて星つよく光りを増しぬ赤いまだ消えず

赤き雲あかとき空にちらばれりそれだけにして赤はうつくし
夕暮るる空を眺めてうつくしや日々に眺めてもの悲しけれ
この見ゆる大樹ことごと紅葉して日に日に散りて散りも終らず
朝くもり寒くありしが昼晴れてあたたかくあり夕べ月あり
うすぐもりやはらかく照る十二月日和《びより》のかくの如き日が好き
一面にくもりはてたる冬の日のしかたもあらず雨にもならず
夕方の赤き空をば眺めつつありしに青き窓の灯がとぼる
うつくしきものは悲しくなるらしく夕赤空のやうやく暗し
柚二つわが辺に置きて今日の日や十二月二十二日、冬至、雨
雲厚く朝はありしが昼は晴れ天あをくひろく年の逝くなり

正月の三日も過ぎぬ天気よき四日の昼のお客さまかも
うつくしく沈む夕陽が見ゆるとも思はざりしにこたつより見ゆ
あたたかきこたつたとへば愛されてをるが如しと思ひてよきか
夕さればものを片付けあたたかきこたつにあたり灯火あかるく
大きなる紙をひろげて日のあたるその上へ画をかき始むなり
朝起きて雪の窓なり見ゆるものみなうつくしき雪の屋根なり
屋根ぬれて雨の夕べを光らしぬ灯る窓あり灯らぬもあり

鎮枝さま

鎮枝さま九十三歳　ふるさとの隣りの家に　母親に抱かれてありし　生れたるばかりのわれを　知りてゐてそれを云ひつつ　なつかしみ手紙下され　わが歌をほめたまふなり　われ今年八十七歳　鎮枝さま九十三歳　ふるさとの隣りに住みし　歌よみの姉さま

反歌

二月八日わが生れ日や朝晴れて残月淡しよき生れ日や

生れ日

二月八日わが生れ日は　旧暦の元日なりき　旧暦をいまはいふ人　あらねども元日なれば　惜しくしてわれはこの日も　生れ日と之を祝ひぬ　一年に二度の生れ日　赤飯炊きて

反歌

旧元日日の出に生れ秀（日出）といふ名さへめでたき弱虫泣虫なりき
弱虫の故に用心し長生きし泣虫の故に歌詠みとなる

随筆集出版祝賀会

八十七歳四月十三日花盛り随筆本の祝ひほめられてほめられて

週刊朝日　今良寛

今良寛といはれてわれは汗かきぬ本良寛はゐねむりてござらう
屋根の上に雀が一つとまりたり一つなれどもしばらく飛ばず
よく晴れて風爽かにさみどりの五月二日の手紙机に

死にし人悲しといへる手紙なり白き椿の咲くと書添へて
行く春の夕べの赤の漸くに淡くかそかに五月四日日曜日
大切にせられながらも老いゆくとひとの手紙の悲しくきこゆ
夕暮の赤昨日より少し濃し客を送りて廊下の椅子に
少しでも緑の見ゆる廊下にて薄茶一服五月十三日
今日は君の手紙が一つ曾孫がそれを二階にもちて来りぬ
噴火口あらはに見えて煙立つ大島三原山の真上を翔ける（飛行機）
豪奢なる室に泊りて目の覚めぬ天も野山も朝の金色に（原田邸）
うつくしく置き並べたる陶ものに映りて翳す窓の山若葉（新兵衛窯）
まどかなる月明かにして海暗し烈しく風の鳴り過ぐるなり（萩旅館）
萩は宜し宜しとききて来てみれば更にも宜し土塀武家屋敷夏みかん

アポロ十一号

ささやかなる一歩月にといへる声その声きこゆ月の上より
アポロ人いま月の上にその月が半弦にして天にかがやく

四方の雨滝の如くに台風の日古峯が原歌の会五十八人

庭つづきとなりも木立生ひしげるところに鳴けるつくつくぼうし

川に立ち釣る人清し水底も見えて流るる清き川に立ち

大いなる平岩走る川浅し小波淡く透きとほりつつ

娘に建ててやりたる新居窓ひろく天井高し何か書いてくれと

夕暮の空はやうやく見るべくなり淋しくなりぬ秋になりけり

九月秋また暑くなり腹立ちぬ夜、雨、大かみなりごめんなさいと

セーターを着着物を重ね足袋をはきまだ寒くしてさぶしかりける

台風は外れてゆきしがなほ強き風に吹かれて名月玲瓏たり

電話にて月見をいへばいま庭の松の上にといふ答へなり

ほんとうに秋らしきよき天気なり廊下の椅子にかけてをりても

風邪もはやよくなりしかと紙を展べ大字を書けばよく出来ぬよしよし

虫の声われにきこえずテレビにて見てもきこえず鈴虫こほろぎ

橋本邸歌碑

柳はみどり花はくれなゐ児島のや春はあけぼのこの上もなし

瀬戸邸歌碑

柳はみどり花はくれなゐ食べものは天ぷら糸づくり酒はのまねど

天竜寺湯豆腐の縁秋日さし嵐の山の頂きを借景に

落柿舎の小さき縁に一ぱいに秋日のさしてわびしかりける

吉兆の料理清寂夢の如く嵐の山を夜の縁に見せて（料亭吉兆）

松の間の天小さくして秋晴れてあくまで碧し松茸山にて

ふるさとの秋山河の雑草の遠き先祖の墓どころかも

紅をもて（抄）

歌の秘密

わが誌が復刊せられるといふ通知を受取つたが難有いことである。栃木県からは「下野文化」を送つて貰へるし、俳句の「にぎたま」も来るし、その文化運動の状況をよく知ることが出来るが、現住の岡山県では一向認められてゐないので、如何なる文化運動が行はれてゐるか知る処がない。ただ画は広く楽しまれて居るらしく各地に画家がゐるが皆相当に暮してゐる。笠岡にも四人画家が居たが、その一番大物、津田白印といふ画僧は二月末に逝去して今は三人となつた。

その中のMといふ画家は酒が好きで、当節の如く不自由になつても飲まないでは居られない、それで酒がある間はそれを飲んで楽しんでゐる。酒がなくなると画をかく、画をかいてゐれば無我に入つてゐるから、酒を飲んでゐるときと同じであるといふから、酒を飲まないで画をかいてゐればいい訳であるがそれがさうはゆかない。画が出来たらそれを持つて行つて酒に代へてまた酒を飲むといふ行方である。画さへかけば酒に代るといふところが難有い。なかなか今日如何なる人でも酒を自由に得るといふことは難かしいのであるが、その酒が得られるといふことは画の値打も大きなものである。

小生の画などはとてもさういふわけにゆかないが、一つ面白いことがある。それは笠岡に画の好で自分でも非常にうまく画く床屋がゐるが、たまたま小生がその床屋へ行つて店に画が沢山掲げてあるので画のはなしが始まり、次のときに小生の画を持つて行つてやつたら大いに喜び、それをやはり店へ掲げておいたところそれが非常な話題になつて皆感心して見るといふ。それで小生は床屋では別扱ひで、定つた時間に行くとちやんとやつてくれる。料金もいらないといふが之は払つてゐる。普通なら今日は床屋へ行くといふことは一仕事であつて、殆んど一日棒に振つてしまふのである。

小生の長孫は中学四年になつてゐるが決して床屋へ行かない、髪が延びて甚だ不良相を帯びてゐるのでやかましくいふけれど、床屋へ行けば一日損をするといつて行かうとしない。そこでとうとう母親が弱つてバリカンを借りて来て刈つてやつたが、之は甚だ便利である。かういふ世の中では、是非家庭にバリカンを備へ置くべきである。以前からちやんとバリカンを備付けて居た家庭は多かつた。時間の点だけを考へても之は至当の用意であつた筈であるが、以前は世の中が悠長であつてさういふことも小生は考へなかつた。

「下野文化」最近号を見ると、影山銀四郎君が「……意味は無い歌でもいいから高い調べのあるものでなければならぬ……」といつて居られる。歌にこれだけの考へが出てくれば以て与に語るべし。歌は調べだといふことは古来いひ陳るされて居ながら、調べの無い歌が氾濫してゐる。万葉では調べの為に意味の無い枕詞や序の句が用ゐられてゐると同時に、また詞を略して調べに重きを置いてゐる場合もある。かくして歌の意味といふものが難解になることはあるが全然歌の意味が無くなるといふことは無い。実をいふと調べも一つの意味である。そこで歌の意味を正確につかむといふことは、歌を批評鑑賞する上に非常に必要なこととなるのである。つまり歌の解釈といふこと、この解釈を誤つて居たら、如何なる批評と雖も価値がない。歌を正しく解釈するといふことが既に立派な批評でもある。

夕されば小倉の山に鳴く鹿のこよひは鳴かずいねにけらしも（万葉巻八）

この歌を解釈するのに古義には四五句の間に「妻を得て」といふことを挿み聞くべし、といつてゐる。解釈も実に茲まで徹しなければならないのである。この「妻を得て」といふ解釈がなかつたらこの歌のよさは殆んど失はれてしまふのである。それと同時に、歌の中にこの「妻を得て」といふことをあからさまに説明してあつたらどうであらう。この歌の調べといふものは甚だ低下すると思はれるのである。

山科の強田の山を馬はあれどかちゆわが来つなをおもひかねて（万葉巻十一）

この歌の三句は所謂挿句といつて調べの為にのみ加へた句であつて歌の意味には関係がない。それを正直に、馬があるなら馬に乗つて来た方が早いではないかといふやうにこの歌を非難したならば、歌の誤解の上に打立てられた批評であつて一顧の価値もない。さういふことで歌の批評といふものは決して容易のものでなく、よほど歌に熟達した人でなければ批評の出来ぬ筈であるけれど、をかしいことには歌壇の先輩長老は多く批評に口をつぐみ、批評は多く若輩に任されてゐるやうな傾があるのは歌道に忠実なものとはいひ難い。しかし決して若輩は批評してはならぬといふわけではない。歌といふものも一つの楽しみでもある以上、之をいいとかわるいとか話し合つてみるといふことも大きな楽しみでもある。かく話し合つてこそ歌の楽しみも愈々大きくなるわけである。しかし上述のやうなものであるから先づ歌の解釈を定めてから批評すべきである。

先年岸良雄君が石川暮人君の歌を批評添削したものに対し、その歌の解釈に誤りがあるといふ見解から小生が横槍を入れたことがあつた。ところで結局作者の作意は小生の解釈した通りであつたが、しかし歌の解釈といふものは必ずしも作者の作意と一致するものではないから、作者が之に判決を下すわけにはゆかない。それで作者の作意が明らかになつた後に於ても岸君は頑張つてゐたが、それはそれでいいとしても、岸君のやうな熟練した人でも小生から見ると誤解がある、と同様に岸君から見れば小生が誤解してゐることともなるのであるが、それで如何に歌の解釈が難かしいものであるかといふことがわかるであらうと思ふ。（昭和二十一月四月）

横山大観の言葉

横山大観先生逝去す、数へ年九十一歳といふことである。鉄斎九十歳を目指して八十九歳の十二月三十日に逝き、栖鳳八十になつたら、何やらわからんやうな画をかくと楽しんでゐたが七十九歳で亡くなり、玉堂先生は何ともいつてをられなかつたが、八十五歳にして疲れることを知らず、無論九十歳は確かだと思つてゐたが、その八十五歳の春から病み六月三十日に惜しいぺーヂを閉ぢられた。大観先生は一番長生きであつた。

大観先生は小生の弟がよく知つてをるので、小生も一度会ひたいと思つてゐたが終に果さなかつた。先生は芸術に国境ありと称し、日本画は洋画の真似をしてはいけない、写生なぞといふものはさほど重要なものでないといふ主張で、之は実に大胆に画の常道に反対した主張であるが、小生はこの頃年齢、健康の加減でだんだん写生をすることが少くなり所謂胸中山水を描くので、よく小生の画を見て、之は何処の画ですかと問はれると閉口するのであるが、そのやうなときは之は郷里の画ですと、漫然と答へる。尤も多くは郷里でメモした風景から作り上げるのであるから、郷里の画です、でも悪くはないと思ふ。それで胸中山水といふ以上メモも何もなくて作り上げることもあるけれど、之はやはりメモしたものから作り上げた方がどうも安心出来る。

昨秋Nさんをその勤務する学校に訪ねて、岸良雄歌集の合評を依頼したとき、Nさんがこの裏の渓流がとてもよいから見ないかといふので案内して貰つて見たが実によいところで、それをメモに取つておいたのを岡山の展覧会へ出す作品に仕上げたが、Nさんの風景とは全く異つたもので平生小生が描き癖の松や岩の寄合ひに過ぎないけれど、一寸面白いものが出来たので岡山へ出品したら、また之は何処の景色ですかと問はれることであらう。そしたら之はN渓谷なのですと答へやうか。さういふことで小生は甚だ大観先生の説を喜んでゐる。

大観先生は画材を多く有たなかつた。富士山とか松、桜などは日本の象徴として屢々描いたが、その外だいたい画かれるものがきまつてゐた。之は大観先生ばかりでなく玉堂先生も、大観先生より遥かに多様のものを描かれたが、又何でも自由に描ける人であつたが平生描いて居られる画は大体様式がきまつてゐた。但玉堂と大観との差はその彩色が、一は比類なく冴えたよい色であつたが、他は少し濁つてゐた。小生は玉堂先生の色の冴えて居るのも実に立派だと思ひ、屢々先生の画を描かれるところを見てゐて、稍々その秘訣を会得したやうに思ふが、大観先生の色の濁つてゐるのも必ずしも悪く考へない。之は墨を主とする画人としては当然であつて小生もこの濁りを学ぶことが多い。いつやら、いつも小生がいふMさんが見えて画の話になつたとき小生はわざと色を濁らせるといふ話をした。

大観先生が写生を重視しないといふことは小生の今の心持としてはありがたいが、小生も最初はなかなか写生を勉強したものである。小生はいろいろ写生したものをハガキにかいて諸友に送つた。ただ写生したばかりでなく、之をハガキにかいて送ればやはり多少真剣な気持になるので勉強になると思つたからである。

ところで、過般T君といふ四十年前の友人が訪ねて来て、四十年前小生が送つたヱハガキを全部アルバムに挟んでもつて来て見せてくれた。それからしばらくしてやはり昔からの友人Y君とD君とがやつて来てその話をしたら、D君が自分もその頃のヱハガキをやはり保存してゐるといふ。

それからまたしばらくして小松北溟君と飯塚清雄君が訪れ、小生の手紙を全部一括して仕舞つてあるといふ。それから尚紅一点を添へると、Hさんのこの間の手紙にやはり小生の手紙を一まとめにしてある、今四五年で交友十年になるからそしたら、持参しておめにかけるとかいてあつた。（昭和三十三年四月）

ユーモア

出版の仕事に兼ねて著述をやつてゐるK氏が来て、自分はユーモアについて一度書いたが、その続編としていろいろの実例を含んだものを書きたい、その中で書の見本としてあなたの作品を用ゐさして貰ひたい、といふことであつた。小生の作品がユーモアの見本になるといふことは愉快である。そのときお茶をくんで持出した盆に、小生のさつまいもの画に

いもにさへうまきとうまくなきいもとあるといふこそあはれなりけれ

といふ歌を題してそれを郷里の工芸家が彫つたものがあつたのを見て、K氏は大に喜び、之はこの歌もユーモアの見本になるといふ。

K氏はそのユーモアの本の前編に於て、ユーモアを説明して、ある新聞で読んだといふ一つの話を書いてゐる。それは、かつてイギリスのある閣僚が議会の答弁に立つたときのこと、一人の反対党の議員が「貴下は獣医ださうですね」と妙な質問を浴せ

て来た。さうするとその閣僚はおとなしく「いや、お言葉の通りです、ところで、あなたも気分が悪いやうでしたら診察してあげませうか」とやつたので満場どつと笑ひが起つた、といふのである。尚その新聞記者は之に付加して、之が日本の議会であつたらどういふことになるであらうか、といつてゐたといふことであるが、誠にどうも日本では議会に限らず労働運動にしても烈しい語調のやりとりがあつて、暴力的様相を呈することが多い。そのやうな点で国民にユーモアの欠乏してゐることはどうも残念であると思ふのである。

書でも画でも日本のものは支那から来たものといつてよいが、日本で発達するに従ひ、支那とは少し違つたものになつてゐる。日本の特徴は丸味を帯びてくるといふことで、書に於ても仮字の円いことは勿論であるが、支那の書をそのまま受継いだ漢字に於ても和様といへば著しく円味をもつたものになつてゐる。

この和様が嫌ひで殊更に漢様の字を書いた人は亦多くあつたけれど、自然に発達したものは仮字に合はした丸い漢字であつたやうである。之は仮字が土台となつてゐるから仕方がないやうなものであるけれど、その仮字が生れたといふこと自身が丸味といふことを説明してをると思ふ。それから画も南画が喜ばれ、俳画が発達した課程を考へてみると、やはり丸味に落付くやうな気がするのである。

郷里の金光といふところは金光教の本部があるところで、そこにT先生といふのが居られて、浦上玉堂のものを沢山集めてもつてをられる。多くは信者から贈られたものので真偽は混合してをるといはれる。小生にも見てくれといはれたが、やはり真偽といふ点でははつきりしたことがわからない。しかし小生が思ふには、玉堂は近頃になるまで決して流行画家ではなかつたから、さほど偽物は出来るわけはない。しかし玉堂は変人であつて琴を携へ酒を飲んで歩き非常に沢山画をかいたもので、その作品の中ですばらしく出来たものは僅少であつたであらうから、その出来の悪いものは偽物として取扱はれてゐるのではないかと思ふ。

之は書家にもこの例はあつて、伊予の三輪田米山といふ田舎の神官の書を大阪の豪商Y氏が見付け出して非常に感服し、良寛寂厳の上位に居ると称してその作品を探求したが、どうも非常に沢山の作品が残されてをるが、非常に沢山の駄作があつて佳品は少い。しかしその佳品は、実に良寛寂厳の上位に居る驚くべき佳品であるといってをる。之はひとり米山のみでなく誰でもそのやうなものではないかと思ふ。

玉堂でも米山でも玆まで達すると日本のものは実によい、その丸味のあるといふ点で支那のものより断然小生は好である。そこで思ふことは、この日本の書画の特徴がどうもユーモアに一脈通じるものはないであらうか。つまり日本国民が本質的にユーモアを欠いてをるとは思へないのであるが、如何。（昭和三十五年七月）

日本独特の線の芸術

五月二十八日、小松北溟君の紹介で、国鉄の高崎管理局の書道会で書に関するはなしをした。それは、「小生が今語らんとする書は従来の観念と少し違つてゐる。小生は自分の経験からいふのであるが、どうも芸術には相通じるところがあるやうで、小生の書は、小生の歌や画と相通じてをる。小生の書がわかつて貰へる人には、小生の歌も画もわかつて貰へるやうに思はれる。小生はこの経験を建前として、小生が勧めたいと思ふ書は歌や画が好になれるやうな書である。」とかういふことを骨子として、それからいろいろとはなしを進めたつもりである。

書家の中には勿論小生の歌や画が好でない書家もある。小生の歌や画といはないで、一般に歌や画に対し関心をもたぬ人もあるであらう。小生はそのやうな、歌や画に無関心な書は勧めたくない。歌や画に関心を寄せるやうな書を勧めたい。

之は書を中心としていつた訳であるが、歌や画を中心としていつても同じやうなことがいへる。歌人にして書や画に関心をもたぬ人は多いであらう。画人にして歌や書に関心をもたぬ人も多いであらう。小生はそのやうな人の歌や画には、縁が無いと思つてゐる。

さて書について専らいふことにするが、書はいふまでもなく日本と支那との特技で、支那のことはしばらくいはないで、日本だけについていつてよいと思ふが、之は欧米に無い日本独特の線の芸術である。それ故欧米の真似をすることの好な日本に於ても、欧米の真似の出来ない、どうでも日本で独往せねばならない芸術である。

それでもどうしても欧米の真似をしなければ気がすまない人も居て、欧米の抽象画の真似を書に於て試みようとして、さすがに之を書とはいひ切れないで、墨象といふやうな呼び方をして、之は読めない作品、即ち書に非ざるも、書家の作つた作品であるにはちがひないといふことを主張してゐる。このやうな作品も或は芸術といふものであるかもしれないけれど、書でないことは確かであるから之には触れないこととして、書は読めるといふことが厳重な建前となつてゐて、この建前に立つてはじめて日本独特の芸術となつてゐるのである。

そこで日本独特の芸術であるから日本人は特別に之に関心を払ひ、之を承継し研究し、発展させてゆかねばならぬのみならず、かくしてゆくことが、また日本の他の芸術を決定する基本となるのである。それは始めに述べた如く、芸術といふものは互に関連性をもつてゐて、日本のいろいろの芸術は書道を基調として理解しられる場合が多く、またそのやうな芸術にしてはじめて、日本で育つた特色のある芸術といふことが出来るからである。

書は古来名書が沢山あつて、之を習ふといふことが従来唯一の学習方法であつた。

之は丁度画に於けるデッサンのやうなものである。しかし画に於てもデッサンと作品とは異なつてをるやうに、書に於ても古筆を習ふといふことと自分の作品を作るといふこととは異なるのである。

例へば安井曾太郎氏が作品を作る場合に於ては、非常に詳密なデッサンを作り、それを漸次省略したりして作品を作り上げるといふことであるが、書に於てもそれと同じやうな工夫があつて、はじめて、作者の個性のある愉快な作品が出来上るものだといふべきであらう。

それから書の作品につき尚一言を加へたいと思ふのは、書は前述の如く画や歌と関連性があるのであるから、その画や歌を学習してその方から書を眺めるといふ方法も採られてよいものであつて、支那でも特に書巻の気のある書といふものに興味をもつてゐるが、之は学者詩人の書のことであつて、之等の学者詩人の多くは一方で一寸画もかいたといふこともよい参考となると思ふのである。（昭和三十五年九月）

餅を拾ふ人生

書芸公論社から小生の作品集が発刊しられた。之は同社の会頭桑田笹舟先生が非常に念を入れて編集して下さつたもので、自分の仕事として後世に残すものといつてをられる。小生自身は別に運動をしたわけでなく、拱手してゐてかやうなお世話になるといふことは、いかにも幸福な男のやうである。

かつて日光へ歌碑を建てて貰つたときの挨拶に、棟上げの餅を拾ふ話……餅を見ないでたゞ足許を見て居れ、さうすると餅がころんで来るから、それを拾ふのだと母親が子に教へたといふ話をしたが、作品集もそれである。どうも小生の人生は餅を拾ふ人生であるらしい。そのかはり積極的に人と競ふ働きの無いものである、力は弱いし頭の働きもにぶい、その小生が不思議に強い作品をつくる。作品をつくるときだけ全身を以て当る。といつて別にわけがあるのでもない、たださうしないで居られない、さうすることが最も楽しいものである。

作品集の中に松の画がある、之は桑田先生にあげたものである。之を画家の小林和作先生が大にほめて、鉄斎の松の画と並べて客に見せられたといふことであつたが、その後小林先生に会つたときに、松を大きくかいてみないかといはれ、之は新年試筆の宿題によいと思つてゐた。

本年の元日の天気予報はあまりよくなかつたが、その元日の曙の空は雲が少しあつたけれどほのぼのとくれなゐ匂ふ美しい空であつた。

ひさかたの天の大空くれなゐにわが八十の朝ぼらけなり

と詠んでそれから筆を執つた。旧例によると試筆は二日に行ふものであるが、別に何も元日の行事をもたない小生は、元日から筆を執り松の大作に取りかかつた。ところがどうも思ふやうにかけない。大作であるから一枚で弱りその日は止めて、二日の朝かき直しを始めた。どうもいけない、それから三日、四日と毎日かいたが益々いけない、十五枚かき直して、もうへとへとになつて之は駄目だと筆を投じた。

それから何も描かない日が二日ばかりつづいて、それから、今一度松の画を見直してみたところ全く駄目ともいへないやうな気になつて、それでその中三枚を選んで小林先生へ送つてみた。小林先生は手紙を送れば必ずすぐ返事を下さる人であるから、何とかいつて下さるであらうと待つてゐたところ、折返すやうに返事が来た。何と書いてあるかと読んでみると、思の外気に入つたらしく「豪快にして壮気溢るるばかり、全く驚嘆した」と書いてあつた。先生は決してお世辞をいはぬ人で、昨年はやはり全紙へ十枚漢詩を書いて送つたが一枚もほめて貰へなかつた。しかし漢詩の中にも松の画と同じく先生から日本一（之が先生のいつものほめ言葉）を頂いたものもある。作品集の中の「東臨碣石……」といふ全紙ものである。

陶ものの仏は歌のみほとけとわれは祈らむ顔のよければ

この陶仏は格別名工の作つたといふものでなく、小生の郷国の若い人が作つたものである。しかしこの若い人は後にアメリカの人に認められアメリカへ招かれたりなどしたもので、その陶仏の顔が実によい。定めて之は何か古の名作を手本にしたものであらうと思へるが、それが何仏であるか知らないので小生は勝手に之を歌の仏ときめて居るのである。

このやうに美しい歌の仏を小生は有つてゐるのだが、今朝はラジオの人生読本で杜甫のことを話してゐた中に、杜甫の詩才は中国第一であつて、その自己の悲惨な経験を基礎として作られたその詩は実に人の心を打つた。しかしたゞ杜甫には西欧詩人に見るやうな神との交流がなかつたから、どうもその詩から明るいところへの通路がなかつた、といつてゐる。

T君から久しぶりに手紙が来たが、相変らず歌も作らず、手紙も書かずと書いてある。ところでその手紙を書かぬことが即ち歌を作らぬことなのである。歌は恋人への手紙である、手紙は人生への歌である。手紙に書いたことをよく吟味してみると、その中には必ずいくつかの歌がある。その歌が、手紙にあるやうに安らかな形で歌になつたらその人は歌人といふべきである。(昭和三十七年三月)

祈りをこめた人生記録

第一次世界戦のときのアメリカ大統領ウイルソンは大雄弁家であつたが、曾て演説につき人に語つて、一時間くらゐの演説なら即座に出来るが、二十分程の演説をするには二時間位の準備がいる、若し五分間の演説をしようと思へば一日構想を練らねばならない、といつたさうである。

歌は短いものだからといつて短い時間で出来るものではなく、或は長い文学よりも長い時間がかゝるといつてもよい。小生は歌の即詠を唱へてゐるが、同時に歌は直すのに時間をかけることを唱へてゐる。歌は即詠が出来れば非常に楽しい。それで即詠の挿話は昔から沢山ある。

大江山いく野のみちの遠ければまだふみも見ず天の橋立

之は小倉百人一首の小式部内侍の歌である。この歌はその長い詞書にあるやうに、小式部が或歌合せに際して一人の宮人から、丹後のたよりはあつたかと尋ねられたとき、その袖を扣へて即詠した歌である。小式部はまだ年の若いのに歌がうまいので、之は母和泉式部の代作であらうなどと思はれてゐたので、右の宮人の言はその含みで、当時夫藤原保昌に従ひ丹後に行つてゐた和泉式部から代作が届いたか、といふやうないひ振りであつたので小式部は「まだ文も見ず」と答へたもので、四句は「まだ文も見ず」と「まだ踏みも見ず」と詞を掛けてある。而して五句はこの後の意味につづいて「まだ踏みも見ず天の橋立」となるのであるが、之は普通の語法を転倒して四五句に用ゐてをり、特殊の語例となつてゐる。

小式部はよほど即詠のうまい才女であつたと見え、或時小式部を愛してゐた関白教通が病気をして、それがよくなつてから小式部に出会つたとき、病気見舞に来なかつたねといつて通り過ぎやうとした。小式部言下に之を引留めて

死ぬばかり嘆きにこそは嘆きしか生きて問ふべき身にしあらねば

と詠み、身分の違ふことを嘆いたので、教通は益々小式部に対する愛情を深くしたといふ。

歌は即詠の外に、之を直すといふ楽しみがある。之は日数をかけて、幾度も見て直すのである、日を変へて幾度も見るといふことが大切である。一度で仕上げようと思ひ長い時間をかけても駄目である。かくして幾度も見るうちに前に逆戻りして、どうも前の方がよいと思ふ場合もある、がそれでも尚幾度も見て直すべし。

直すといふことの楽しみがわかるやうにならないと佳い歌は出来ない。歌のうまい人ほど歌を直す楽しみを知つてゐる。小生の或る歌友は三年かかつて直したといふ歌を小生に示して、歌といふものは直せば直すほど楽しくなるといつてゐた。

多くの歌を作る人は、只一首でも古人に愧ぢない歌が得られたら満足であるといふ、

それだけ歌を作るにはよい歌を得るべく努力する。しかしよい歌はよい歌をよい歌をと勉めても出来るものでなく、全く偶然に出来るといふのは小生の常に唱へる処である。之はよい歌を作らうと思ひあまりに硬くなつては駄目であるといふことをいひたいのであつて、よい歌など念頭に置かず、何でも三十一文字を作ればよいといふ意味ではない。実情としてよい歌を念頭に置かないで歌を作る人は無いと思ふ。小生の新年の歌に

年々によき年なれと祈りつつ拾ひし年の積りたるかも

といふ歌がある。いかにも凡作八十一年であるが、年々に祈りをこめた八十一年である。歌も亦之と同じく一首毎に祈りをこめたわが人生記録でなければならない。(昭和三十九年一月)

「現代畸人伝」出版祝賀会

三月八日は忙しい日であつた。晩五時から保田與重郎先生の「現代畸人伝」出版祝賀会があつて、之は小生が装幀した本であるから是非出席してと思つてゐるところへ、宮田重雄先生と田村泰次郎先生が訪ねて来るといふ電話、多分午後二時頃に来て四時

頃には帰られるであらうと自分勝手に解釈してゐたところ、二時になつても、三時になつても見えない。

之はしまつた、保田先生の会に遅刻することになる、と思つてゐたところ、四時過ぎに見えて、それからの話、昨秋銀座松屋に於いて、比庵の書展を見て驚いた、そのとき比庵は会場にはゐなかつたので弟と話をしたが、尾道の小林和作先生が比庵の作品を多く有つてゐるといふことで、小林先生と宮田先生とは年来の友人であるところから、田村先生と一緒に尾道へゆき小林先生に会つて比庵の作品を見せて貰つたところ、書ばかりでなく画も大作があつたので更に驚き、それから「比庵」といふ作品集を貰つたがその中の歌を見て更に驚くといふやうなはなし、テレビでよくお目にかゝつてゐた宮田先生の温いすばらしい笑顔を目の前になまで心ゆくばかり見られるのは勿体ないやうな心地であつた。

歌は寧ろ田村先生の方の心に留つたと見えて、数首を書抜いて持つて来てをられ、之を書いて下さいといふことであつた。その歌の中に

花びらは崩れてみだれしどけなくなほも匂へる牡丹に恋す

といふ歌があり、さすがに肉体文学の先生の選であると思つたが、

いしぶみのほとりに坐り久しければ日はしんしんと千年をてらす

といふ多胡碑の歌もあり、この歌などはよほど歌の味へる人でないとわからぬのではあるまいかと思つた。

かやうなことで話が面白く、時計など一度も見ないで既に五時半、それでは自分の車で保田先生の会場までお送りしようと宮田先生にいはれ、それから車の中でも話は尽きず、小生がルオーの画が好きであるといつたところ宮田先生、堅く小生の手を握りそれだよそれだよといはれ、それからルオーの画を貰つた話が出て、ルオーの動作の鈍い老人振りに飄逸と善意を加へた宮田先生のルオー描写は実に愉快で、小生は宮田先生とルオーとが重なつて小生の眼前に見えてゐるやうに思はれた。

会場に着いてみると受付の人々面識も無いのであるが、小生が氏名録に名前を書くとまるで旧知の人のやうに心安くなり、今丁度これから開会するところですといつて小生を案内してくれた。席はメーンテーブルの保田先生夫妻とその次に故佐藤春夫夫人を置いて小生といふ、どうも晴れがましい席であるので弱つたが、それから祝賀会乾盃の音頭の役に振当てられて尚まごついた。

会する人は会場を埋め尽し数百人に上つてゐたと思ふが、北海道から九州まで日本の全地域から出掛けて来てをるのに驚いた。それからテーブルスピーチになつて一層驚いたことはそのスピーチのうまさ、各々たつぷりユーモアを盛つて、次々と聴けども聴けども飽くことを知らない。いかさま之は相当の人物が揃つてゐると感嘆した。保田先生のことであるから、右翼がかつた人もゐたやうに見受けたが、右にしても左にしても、小生はユーモアの無い人であつたらさほど尊敬が出来ない。このユーモアの有無により右とか左とかに拘らず道理のわかる人かわからない人かが見分けられると思ふのである。

ある日本通の外人、鎌倉へ梅見にゆき、梅の花を見て廻つてから、かぶつてゐた帽子を一寸梅の木にかけ、之を何といひますかと聞く、誰も答へるものがない、それで外人、小さい声で「梅ぼし」。(昭和四十年五月)

川合玉堂を憶ふ

前章で玉堂先生のことを書いたが、山種美術館での対談では尚少し他のこともいつたからそれを含めていろいろのことを補つて見たい。

先生の生れ日の歌掛けてありわが生れ日の日の射してあり

之は小生の生れ日の歌であるが、先生の生れ日には常に門人だちを集め先生の生れ日の歌を書いた色紙を頒たれる、その色紙の一枚を小生も貰つてゐて小生の生れ日にこれを掛ける。ところが先生は生れ日といふ詞より誕生日といふ方が普通であるとして、小生の生れ日といふ詞に賛成しられない。小生は歌をなるべく軟かにする為に、なるべく漢字の二つ続いた詞を避けて出来るなら漢字は一つで間に合ふ詞にして用ゐる。その点がこの頃の歌には寧ろ反対の傾向が見え、わざわざ漢字の二つ連なつた軍隊語のやうな硬い詞を用ゐて歌を詞の上から新しくしようとしてゐるが、玉堂先生は別の意味で以上の如く小生に同調しられぬ場合もあつた。

玉堂先生は座辺に雲板をかけて、それに交友から送られた葉書や丹尺色紙などを入れておかれるが、たまたま小生の色紙が掛けてあつたとき、北大路魯山人が遊びに来てその色紙をほめたといふことで、このひとのものをほめたことのない毒舌家が、ほめたといふことを異色として先生は之を小生に伝へられた。

ところで小生の書はそれからどんどん躍つてゆき伝統を重んじる先生には堪へ難くなつたとみえて、どうも比庵先生の書は以前のものの方がよくないかといはれるやうになつた。それでも小生の書は躍つて止まないので、先生も終に匙を投げられた。この書に合はして画を入れるのは仲々骨が折れるといつてをられた。然る処児玉希望画伯が先生と小生の合作を見て、之は先生はよほど骨を折つて画を書に合はせてをられる、といつたので、早速之を先生に伝へたところ、ア丶希望がそれを見てくれましたか、といつて喜色満面の様子であつた。

先生は以上の如く伝統を重んじてをられたけれども歌には、すばらしいものが多く、之はやはり思切つた斬新な表現を目立たぬやうにしてをられるといふところが、先生の画にも通じたすぐれた技巧といへるのである。

天つ空はなれて近くせまるがにかがやききたる月といむかふ
天地嶽にじむとみるや天地をおほひつくして雪ふりきたる
有明の月残ればやよもすがら鳴きにし虫のなほも鳴くなり
雲ひらき山しりぞきて中ぞらを占めて今宵の月のかがやく

山種美術館の対談を終つて茶を頂いてをるとき河北倫明先生が曰く、玉堂先生の画は比庵と歌の交際が始つてからほんものとなり先生独自の温かい情感を湛へるやうになつた、之はどうもはつきりいへるやうに思はれるといふことであつた。

上掲の先生の歌は小生の好みで選んだもの故自然小生の歌風に近いものとなつてゐるけれど、それにしても先生の歌に小生の歌風に近い沢山の名歌を見出し得ることは、多少小生の影響が先生の上にあつたとも、或は先生と小生とが互に接近した人柄であつたともいへると思ふ。

三月二十四日博多大丸で小生の作品展を開催したので飛行機で一寸行つて来た。飛行機は事故が続いたのであまり気持がよくないけれど、仕事で利用するのは仕方がないと思つてゐる。

博多では書家が多く見てくれて芳名録はその書家の字で大変美しいものになつた。芳名録の美しさは博多が第一である。その書家の一人といろいろ話をして愉快であつた。博多には仙厓が居て、博多の誇りの一つとなつてゐる。その寺は堂々たる大きな寺で後に隠居して死ぬまでゐた別院も残つてゐて、その隠居所を訪れて数々の仙厓を見せて貰つた。小生は仙厓の肉筆を見たのは之が初めてである。

さて上述の書家はこの仙厓と良寛とを比べて、仙厓はいろいろの書画を残してゐるがそれは悉く衆生済度の線を守つてゐる。良寛のものは芸術としては高い水準にあるけれども僧としての本質からは外れてゐる、而して芸術的に仙厓の作品を見てもやはり高級のものではないか、どうだ、といふのである。ところで良寛の作品は別の博多の書家により比庵と比較しられてゐる。曰く良寛の作品は常にその底に哀感が漂うてゐる、比庵のものはそれを近代的生活の知恵により楽しみの方へ切替へてをる、といつてゐる。（昭和四十二年六月）

歌と書との国民性

ラジオで先日聞いたことであるが或る村の代官が百姓の家でお茶を飲んだところそのお茶が大変うまかつたので、その百姓にお茶の実を貰ひたいと頼んだ。このお茶の実が百姓にはわからないで、之はお茶飲みを屋敷へよこせといふことであらうと解し、お茶をよく飲むお爺さんを一人引張つて来て代官の前へ差出した。そこで代官はびつくりして、オイオイお茶の実だよ生《は》えるお茶の実だよといつたところ爺さんが、イヤ私でも這へますよといつて、這つてみせた、といふ笑ひばなし。

そこで小生はこの笑ひばなしを自分の話に作り変へて、私でも這へる、といつたのでなく、私でも生へるといふことにして、誰でも何かやらうと思へば芽が出る、といふこととし之を歌を作ることに持つて行き足利の歌会でも之を話した。

その後盛岡で作品展があり、丁度その日にロータリー倶楽部の集会があり会員が小生の作品を見てくれてから何か倶楽部で話をせよといはれ、あまり突然で小生も当惑したが、右の茶の実のはなしをしてお茶を濁したところ、それから岩手テレビで録画することとなり、そのときロータリーへ出席してゐた岩手テレビの常務がロータリーの話が大変よかつたから、あれをもう一度やれといはれ、同じやうなことをテレビでもいつた。

大阪松坂屋で「書のすべて展」といふのがあつて、小生の条幅が出品しられてをり「あつやあつやはだかになりていくさせぬ国のますらを夏に負けけり」といふ歌が書いてあつたのを、中年の女性が二三人寄つて字をたどりつつ之を読み、面白い面白いと連呼してゐたといふ手紙が来た。このやうな書展に歌が書いてあるとそれを読んでみるといふこと、それは小生の作品展でも屢々見る光景で、之は歌といふものが日本の国民文学であつて誰にでも興味をもたせるといふことを証明する訳で、それ故歌はなるべく国民誰にでもわかるやうな平易な表現を用ゐ、誰にでも肯けるやうな通俗な題材を詠む方がよい。

福岡に於ける小生の作品展で、K氏といふ古武士のやうな老人が現れて(裃のやうな袖無し羽織を着て袴を穿いてゐた)小生の歌にえらい共鳴し、自分は過去二十年佐々木信綱先生の指導をうけてゐたが、どうも佐々木先生の歌よりも比庵の歌の方が題材が平俗でしかも格調が高い、歌といふものはこのやうなものかといふことを初めて勉強したといふ。

このK氏は福岡に於ける正道書家を以て自認し、今回個展を開くに付、自分の書を理解してゐるのは書家の中でも大坪氏だけであるから、これに紹介文を書いて貰ふといつてゐた。その後大坪氏に聞くと紹介文を書いてあげたが、それが少し気に入らぬとあつて、自らその反駁文を書き之を大坪氏の紹介文と並べて印刷することにしたといふ。K氏の面目躍如たるはなし、それで大坪氏にK氏の書のことを聞くと、彼は懸腕直筆力を籠めて誠に剛直そのものといつた書をかくといふ、玆でも性格がすつかり書に出てゐるやうである。性格は書に最もよく現れるといふが、それを貫くといふのが書の面白さとなるのである。

書でも画でも歌でも作者の性格を貫くといふことが大切であつて、之を大きくいふと日本の芸術は日本を貫くことによつて世界的に認められるといふものである。それを穿きちがへて歌は外国の詩の真似をする、画は外国のアブストラクトの真似をするといふ有様では到底世界的日本という芸術は育たない。之は結論があまり大きくなつたが、K老人がさやうに剛直の書をかきながら、小生の歌を理解するといふことがやはり歌の国民性を語つてゐるものと思はれる。それからK老人の書も頑固一徹のやうに見えるけれど、やはり歌を解する人の書である上は何処か違つたところがありはしないかと思ふのである。（昭和四十二年七月）

前川佐美雄（まえかわ　さみお）
明治三十六年、奈良県に生れる。早く佐佐木信綱の竹柏会に入ったが、上京して東洋大学を卒業後は「まるめら」に参加している。同会がそのモダニズム志向には慊らなかったといえば、写生を基底とする近代短歌への反措定として作歌が始っている事情は、昭和五年に刊行の処女歌集「植物祭」に具に読まれる。同九年「日本歌人」を創刊、尖鋭な抒情を斬新に歌って、ひとつの意味で前衛的な作品が、同時に伝統的な声調を潜めているところが、閉塞した時代に迎えられた。戦争責任を糾された戦後も、一貫して勁いものを失わず、俊才を門下に輩出するなかで、次第に平明なものに向った晩年の歌風をよく示す一巻に「白木黒木」がある。平成二年歿。

清水比庵（しみず　ひあん）
明治十六年、岡山県に生れる。京都帝大を卒えた後、古河電気工業日光精銅所に勤務していた昭和五年、日光町の懇望によって同町長に就任、傍ら作歌を事とし、歌誌「二荒」を創めたことから、歌人町長の名を謳われる。町長職に十年在る間、融通無碍で飄逸味の溢れる歌境を深めては、書と画の世界に遊んだのがやがて一家をなすに至り、昭和十七年に川合玉堂、清水三渓らと野水会を、また戦後の同三十七年には奥村土牛、小倉遊亀らと有山会を設立、毎年の両会展の催しに書画の作品を発表したその活動は、歌誌「窓日」の主宰となった八十翁の日にむしろ旺んであった。歌集「比庵晴れ」を同四十八年に刊行し、翌々五十年に歿。

近代浪漫派文庫　39　前川佐美雄　清水比庵

二〇〇七年二月十二日　第一刷発行
二〇二二年四月　八日　第二刷発行

著者　前川佐美雄　清水比庵／発行者　山本伸夫／発行所　株式会社新学社　〒六〇七―八五〇一　京都市山科区東野中井ノ上町一一―三九　TEL〇七五―五八一―六一六三

印刷・製本＝天理時報社／編集協力＝風日舎

ISBN 978-4-7868-0097-9

● 近代浪漫派文庫刊行のことば

　文芸の変質と近年の文芸書出版の不振は、出版界のみならず、多くの人たちの夙に認めるところであろう。そうした状況にもかかわらず、先に『保田與重郎文庫』(全三十一冊)を送り出した小社は、日本の文芸に敬意と愛情を懐き、その系譜を信じる確かな読書人の存在を確認することができた。

　その結果に励まされて、専ら時代に追従し、徒らに新奇を追うごとき文芸ジャーナリズムから一歩距離をおいた新しい文芸書シリーズの刊行を小社は思い立った。即ち、狭義の文学史や文壇に捉われることなく、浪漫的心性に富んだ近代の文学者・芸術家を選んで四十二冊とし、小説、詩歌、エッセイなど、それぞれの作家精神を窺うにたる作品を文庫本という小宇宙に収めるものである。

　以って近代日本が生んだ文芸精神の一系譜を伝え得る、類例のない出版活動と信じる。

新学社

新学社近代浪漫派文庫（全42冊）

①維新草莽詩文集
②富岡鉄斎／大田垣蓮月
③西郷隆盛／乃木希典
④内村鑑三／岡倉天心
⑤徳富蘇峰／黒岩涙香
⑥幸田露伴
⑦正岡子規／高浜虚子
⑧北村透谷／高山樗牛
⑨宮崎滔天
⑩樋口一葉／一宮操子
⑪島崎藤村
⑫土井晩翠／上田敏
⑬与謝野鉄幹／与謝野晶子
⑭登張竹風／生田長江
⑮蒲原有明／薄田泣菫
⑯柳田国男
⑰伊藤左千夫／佐佐木信綱
⑱山田孝雄／新村出
⑲島木赤彦／斎藤茂吉
⑳北原白秋／吉井勇
㉑萩原朔太郎
㉒前田普羅／原石鼎
㉓大手拓次／佐藤惣之助
㉔折口信夫
㉕宮沢賢治／早川孝太郎
㉖岡本かの子／上村松園
㉗佐藤春夫
㉘河井寛次郎／棟方志功
㉙大木惇夫／蔵原伸二郎
㉚中河与一／横光利一
㉛尾崎士郎／中谷孝雄
㉜川端康成
㉝「日本浪曼派」集
㉞立原道造／津村信夫
㉟蓮田善明／伊東静雄
㊱大東亜戦争詩文集
㊲岡潔／胡蘭成
㊳小林秀雄
㊴前川佐美雄／清水比庵
㊵太宰治／檀一雄
㊶今東光／五味康祐
㊷三島由紀夫